The Time Machine
The Invisible Man

时间机器
隐身人

(英)乔治·威尔斯●著 门润杰●译 何亮●丛书编辑

首都师范大学出版社
CAPITAL NORMAL UNIVERSITY PRESS

图书在版编目(CIP)数据

时间机器＋隐身人/(英)威尔斯著；门润杰译.—北京：首都师范大学出版社，2016.1(2019.7重印)

(奥斯卡经典文库)

ISBN 978-7-5656-2510-7

Ⅰ.①时… Ⅱ.①威… ②门… Ⅲ.①中篇小说－小说集－英国－现代 Ⅳ.①I561.45

中国版本图书馆CIP数据核字(2015)第213376号

SHIJIAN JIQI YINSHENREN

时间机器　隐身人

(英)乔治·威尔斯 著　门润杰 译

责任编辑　刘志勇

首都师范大学出版社出版发行

地　址	北京西三环北路105号
邮　编	100048
电　话	68418523(总编室)　68982468(发行部)
网　址	www.cnupn.com.cn
印　刷	龙口市新华林文化发展有限公司
经　销	全国新华书店发行
版　次	2016年1月第1版
印　次	2019年7月第4次印刷
开　本	880mm×1230mm　1/32
印　张	9.125
字　数	203千
定　价	29.00元

版权所有　违者必究
如有质量问题　请与出版社联系退换

总序：电影的文学性决定其艺术性

不是每个人都拥有将文字转换成影像的能力，曾有人将剧作者分成两类：一种是"通过他的文字，读剧本的人看到戏在演。"还有一种是"自己写时头脑里不演，别人读时也看不到戏——那样的剧本实是字冢。"为什么会这样，有一类人在忙于经营文字的表面，而另一类人深谙禅宗里的一句偈"指月亮的手不是月亮"。他们尽量在通过文字（指月亮的手），让你看到戏（月亮）。

小说对文字的经营，更多的是让你在阅读时，内视里不断地上演着你想象中的那故事的场景和人物，并不断地唤起你对故事情节进程的判断，这种想象着的判断被印证或被否定是小说吸引你的一个重要原因，也是作者能够邀你进入到他的文字中与你博弈的门径。当读者的判断踩空了时，他会期待着你有什么高明的华彩乐段来说服他，打动他，让他兴奋，赞美。现实主义的小说是这样，先锋的小说也是这样，准确的新鲜感，什么时候都是迷人的。

有一种说法是天下的故事已经讲完了，现代人要做的是改变讲故事的方式，而方式是常换常新的。我曾经在北欧的某个剧场看过一版把国家变成公司，穿着现代西服演的《哈姆莱特》，也看过骑摩托车版的电影《罗密欧与朱丽叶》，当然还有变成《狮子王》的动画片。总之，除了不断地改变方式外，文学经典的另一个特征，是它像一个肥沃的营养基地一样，永远在滋养着戏剧，影视，舞蹈，甚至是音乐。

我没有做过统计，是不是20世纪以传世的文学作品改编成电影的比例比当下要多，如果这样的比较不好得出有意义的结论的话，我想换一种说法——是不是更具文学性的影片会穿越时间，走得更远，占领的时间更长。你可能会反问，真是电影的文学性决定了它的经典性吗？我认为是这样。当商业片越来越与这个炫彩的时代相契合时，"剧场效果"这个词对电影来说，变得至关重要。曾有一段时期认为所谓的剧场效果就是"声光电"的科技组合，其实你看看更多的卖座影片，就会发现没那么简单。我们发现了如果两百个人在剧场同时大笑时，也是剧场效果（他一个人在家看时可能不会那么被感染）；精彩的表演和台词也是剧场效果；最终"剧场效果"一定会归到"文学性"上来，因为最终你会发现最大的剧场效果是人心，是那种心心相印，然而这却是那些失去"文学性"的电影无法达到的境界。

《奥斯卡经典文库》将改编成电影的原著，如此大量地集中展示给读者，同时请一些业内人士做有效的解读，这不仅是一个大工程，也是一件有意义的事。从文字到影像；从借助个人想象的阅读，到具体化的明确的立体呈现；从繁复的枝蔓的叙说，到"滴水映太阳"的以小见大；各种各样的改编方式，在进行一些细致的分析后，不仅会得到改编写作的收益，对剧本原创也是极有帮助的，是件好事。

——资深编剧　邹静之

主编的话： 跟随文学人物走进各种各样的命运险境

能参与《奥斯卡经典文库》丛书的编辑工作，我感到特别的荣幸和高兴。说实话，这套丛书的编辑过程不仅给我，也给我们整个编辑团队带来了莫大的兴奋感。

兴奋之一：这是国内首次以大型丛书的形式出版经典电影的文学原著，这无疑是奉献给广大读者的一场阅读盛宴，我们相信无论何种口味的读者，都会从这套丛书里找到自己的最爱，甚至找到陪伴自己一生的精神伴侣。

兴奋之二：我们选择的书目全部是奥斯卡奖得奖或者提名的电影原著。奥斯卡本身就是全球最值得大众信赖的品牌之一，在奥斯卡异常严格的选拔标准下，这一批电影原著小说的艺术质量，还有部分原著是第一次出中文版本，我们之前也并未读过，但读过之后，深为震撼——世界一流的小说确实能带给人直击心灵而又妙不可言的独特感受。

兴奋之三：这套丛书让我们重新认识了文学原著和电影作品之间的互动关系。有的作品我们只看过小说，没有看过电影；而有的作品我们只看过电影，没有看过小说（后一种情况更多一些）。于是在编辑的过程中，我们重新补课，将同一故事的两种艺术形式尽量都补看完整。补完课才发现，文学与电影之间的关系真是太有趣了——电影或者因为时长所限、或者因为视听特性的发扬、或者因为求新求变，通常都要对原来的文学作品做出取舍和改动，电影编剧和导演如何取舍如何改动，背后其实都隐藏着电影创作者的深入思考。而很多文学名著又被不同的电影创作者多次改编，这些不同的电影版本所体现出来的电影创作者的不同趣味、不同表达以及独特个性，每每让我们生出一种"又发现了一片新大陆"的感觉。我们作为读者和观众，往往会为哪一个电影版本改得更好而争论得面红耳赤——而对于那些两种艺术形式都没看过的朋友来说，我个人的建议，最好先读小说，充分展开自己的想象世界之后，再去看电影，收获绝对不一样。

兴奋之四：比起编剧和导演对文学作品的改编，演员、明星们对文学人物的演绎无疑更能引起大家的好奇和关注，在看完小说之后，带着悠闲而挑剔的眼光，再去评论、比较电影里的明星的表现，甚至去评论、比较不同版本的明星的表现，这给我们带来了数不清的快乐时光。

因为部分原著小说和电影也是我们第一次接触，以上所呈现的，都是我们在编辑过程中非常真实的感受。我们也非常期望我们的工作能带给广大读者同样的兴奋和快乐。《奥斯卡经典文库》为您精心挑选的这些非常优秀的原著小说，完全值得您腾出一点业余时间，全身心投入其中，跟随着那些精彩的文学人物走进各种各样的命运险境，去迎接那些意想不到的感动和震撼。

——北影老师　何亮

导读：一代科幻大师的重温之路

1866年，在伦敦西部的一个叫作布朗利的小镇上，赫伯特·乔治·威尔斯（Herbert George Wells）出生了。贫寒的家境迫使他早早辍学，辗转在布店、学校，甚至药剂师的店铺里做学徒，当助手。可这样的生活令他无法忍受，最终不得不选择离开。后来，他通过助学金在一所师范学校读书。在那里，他学习天文、生物，还有地质学。所有这些都为他日后的写作奠定了坚实的科学基础，还让他遇到了对自己影响颇深的一位老师——托马斯·亨利·赫胥黎（Thomas Henry Huxley）。他的这位老师在达尔文（Darwin）提出《物种起源》之后，毅然决然地站在了进化论的一边，成为进化论最杰出的代表，被称为"达尔文的坚定追随者"。这位老师的思想也影响了威尔斯一生的创作。然而，进步的思想在当时并不被大多数人推崇，威尔斯只能通过科幻小说的形式，宣传自己的改革理念。

少年的学徒经历，让威尔斯对任何事物都抱着批判改良的思想，他试图通过科学技术和教育来改变当下的社会。1897年，《隐身人》在报纸上连载，同年作为小说出版问世。威尔斯以第三人称的视角，讲述了一位痴迷成狂的物理学家格里芬。他通过科学技术和各种各样的实验，不断改良完善，将人类的细胞变得透明，从而达到隐身的目的。从这一点上来看，《隐身人》就是柏拉图《裘格斯戒指》①的现代版。可天才的发明并没有给他带来多少快乐和幸福，反而让他的自我意识不断膨胀。他妄图通过制造恐慌和骚乱，建立起一个恐怖统治的政权。这位冷血的物理学家甚至对其父亲的死亡也无动于衷，一心寄希望于科学实验。当一切真相被揭穿后，他对自己的朋友穷追不舍，誓死追杀。他的一切冷血残暴行为，导致所有村民都对他忍无可忍，最后合力将其打死。炫酷的科幻场景，独特的科幻构想，丝丝相扣的故事情节，及其折射的深刻内涵，都证明《隐身人》是一部不朽的科幻小说经典之作。在它出版后的100年后，也足够经典到被拍成好莱坞的电影。这部由克劳德·瑞恩斯担纲的电影一经播出，就引起强烈反响。随后而来的多部电影都以隐身人为题材出现在了大屏幕上。

19世纪末20世纪初的英国，科学技术所带来的影响让人无法预料，在此背景下诞生的《隐身人》也反映出那个时代的主题：科学技术会带来人类的进步，可如果运用不当，不仅不会带来快乐，还有可能导致人性的扭曲，人类也终究会变成没有感情冷冰冰的实验机器，这并不是科学技术最终的目的。科学技术的目的，是要改善人类的生存环境，促进人类社会的发展，帮助人类获得更美好的未来。

1895年，《时间机器》问世，将威尔斯推上了创作巅峰，使他一举成名。书中介绍了生活在19世纪的时间旅行者，通过科学技术发明了时间机器，去往802710的未来。在那个时

---

① 《裘格斯戒指》是柏拉图讲述的一个传说。在吕底亚有一个贫穷的牧羊人，他在无意间发现了一枚黄金戒指。随后他发现这枚戒指可以带来隐身的效果。通过这枚戒指的帮助，他成功地俘获了皇后的芳心，除掉了现任国王，成为吕底亚的下一任国王。

代，人类分离成了两个截然不同的族群。其中一个族群生活在地面上，他们衣食无忧，快乐安逸，不分男女老幼，但也懒惰虚弱，注意力无法长时间集中。这样的状态导致他们的身体和心灵退化严重，智力类似当代的五岁孩童，他们代表着资产阶级的后代。另一个族群生活在地下，与生活于地上的族群正好相反，他们居住在黑暗中，野蛮残暴，面容丑陋。虽然平时为地面的族群提供食物，但在夜晚也大肆捕捉猎杀他们，成为恐怖的代名词，他们是工人阶级的后代。这样两个截然相反的族群共同生活在未来的世界，给时间旅行者带来了惊险刺激的体验。文章结尾也再次体现了威尔斯的乐观主义精神：代表温情的两朵白花被时间旅行者带回他所处的时代，预示着人类的感性没有完全消失，人类社会也不会完全退回野蛮的时代。人类的文明发展还是有希望的。

透过时间旅行者的视角，威尔斯给我们带来了一场震撼人心的旅行。他对未来的世界进行大胆的想象，试图为当时的时代敲响警钟：维多利亚时代在工业革命的帮助下，不断进步发展，不断向外扩张，达到了帝国主义发展的巅峰。英国在将他们的语言、文化和先进技术带给殖民地的同时，也受到了殖民地本土文化的影响。长期被压迫的殖民地人民不断反抗，如果大英帝国继续按照以往的模式发展，是不会一直处于巅峰期的。物极必反，总有衰亡的一天到来。

第一次世界大战前后期异常活跃的威尔斯，参加国联活动，出版图书，访问苏联，担任战地记者。从这些方面来看，威尔斯更像是一位历史学家，一位社会活动家。科幻写作只不过是他宣传政治思想的一种手段。而他优秀的文学素养，又让这种手段显得不空洞、不枯燥。他所开拓的科幻题材让人应接不暇：时间机器穿越时空，化学药水隐藏身体，未来世界不同族群变异，超级力量拯救人类，毁灭性灾难颠覆世界，异形生物攻占地球，平行空间并存……威尔斯笔下的科幻题材范围之广，主题之新，数量之多，无出其右者也。

1946年，威尔斯在伦敦逝世，一代科幻大师完成了他跌宕起伏的一生，为世人留下了数不清的科幻宝藏，也为日后的科幻作家和读者提供了源源不竭的素材。时至今日，威尔斯被称为继凡尔纳之后最杰出的科幻作家。他的三部科幻著作《隐身人》、《时间机器》和《星球大战》，也成为科幻爱好者的必读之物。日后科幻小说及外星人"大脑袋"的形象，均受到了他的影响。

目 录

时间机器　　　　　　　　　　　001
隐身人　　　　　　　　　　　　101
第1章　陌生人的到来　　　　　102
第2章　泰迪·亨弗里的最初印象　109
第3章　一千零一个瓶子　　　　115
第4章　康斯先生拜访陌生人　　122
第5章　牧师家失窃　　　　　　130
第6章　发疯的家具　　　　　　133
第7章　陌生人的真面目　　　　138
第8章　在途中　　　　　　　　148
第9章　托马斯·马弗尔先生　　149

第 10 章	马弗尔先生造访伊滨	157
第 11 章	在"车马旅馆"	161
第 12 章	隐身人怒气冲天	166
第 13 章	马弗尔先生提出辞职	172
第 14 章	在斯托港	176
第 15 章	奔跑的人	183
第 16 章	在"快乐板球手"酒馆	186
第 17 章	坎普医生的访客	191
第 18 章	隐身人睡着了	201
第 19 章	基本原理	206
第 20 章	在大波特兰街的房子中	212
第 21 章	在牛津街	223
第 22 章	在大商场	229
第 23 章	在特鲁里街	236
第 24 章	计划失败	247
第 25 章	搜寻隐身人	252
第 26 章	威克斯第德凶杀案	255
第 27 章	包围坎普的住处	260
第 28 章	猎人被捕	271
后记		278

The Time Machine

时间机器

第 1 章

时间旅行者（为了方便，我们这样称呼他）正在为我们详细讲解一个深奥的问题。他那灰色的眼瞳闪闪发光，异常有神，以往苍白的面庞此刻也焕发出红光。炉火烧得很旺，长明灯透过银制的百合花灯罩散发出柔和的光芒，正好照在玻璃杯里晃动的气泡上。我们的椅子是他特别制作的，与其说这些椅子是给我们坐的，还不如说是它们在拥抱、抚慰着我们。晚饭后的氛围难能可贵，因为我们的思维可以任意驰骋，不用过度思考。他用瘦削的食指给我们画着要点，讲解着这个深奥的问题，而我们则懒散地坐在那儿，对他在这个新悖论（我们认为那是个悖论）上表现出来的认真和创造力，表示由衷的钦佩。

"你们必须仔细听我说，跟上我的思路。我要否定一两个举世公认的概念。比如说他们在学校里教你们的几何，这就是一个错误的概念。"

"对我们来说,从这里开始范围太大了吧?"菲尔比(Filby)说。他是一个喜好争辩的人,留着红红的头发。

"我不是让你们接受没有理论根据的观点。很快,你们就会承认那些你们需要承认的内容。你们当然知道,所谓数学上的一条线,一条没有宽度的线根本不存在,他们是这么教你们的吧?也没有所谓的数学上的平面,这些都只是抽象的东西。"

"没错。"心理学家接话道。

"仅有长度、宽度和厚度的立方体也不可能真实存在。"

"这一点我要反驳一下,"菲尔比说,"固体当然是可以存在的,所有真实的东西……"

"大多数人认为如此,但是请好好想想啊,一个即时的立方体可以存在吗?"

"我不明白你是什么意思?"菲尔比说。

"一个在时间上根本无法延续的立方体可以存在吗?"

菲尔比沉思起来。

"很明显,"时间旅行者继续说道,"任何一个实体都必须在四个方向上有所延伸:它一定要有长度、宽度、厚度和时间上的持续度。但是我们往往会忽略这个问题,因为人类有天生的缺陷,这一点我一会儿再解释。实际上,世界上真的存在四维,我们将其中的三个维度称为空间里的三个平面,而第四个维度就是时间。但是,人们总是倾向于将前三个维度和时间进行不实际的区分。因为,我们的意识正好是沿着时间的一个方向,从生命的起点到终点,断断续续地朝前运动。"

"这……"一个年轻人一边哆嗦着想要在灯上重新点着他的雪茄烟,一边说道,"这……一点确实非常清楚。"

"对啊,可是那么多人都忽略了这一点,真是太不可思议了。"时间旅行者的兴致更浓了。他继续说道,"确实,尽管有些人并不知道他们所谈论的第四维度到底是什么意思,但这才是第四维的真正含义。这只不过是看待时间的另外一种方法罢了。除了我们的意识是沿着时间向前运动的以外,时间和空间三维中的任何一个都没有什么本质上的区别。但有些愚蠢的人理解反了这个观点的含义。你们都听过他们关于第四维度的论断吧?"

"我还没听过。"地方官说道。

"很简单。数学家认为,空间拥有三个维度,我们称之为长度、宽度和厚度。每一个平面和另外两个互成直角,我们始终可以通过这种方式将它们表示出来。但是,一些有分析头脑的人就会问,为什么就正好是三维呢?为什么就没有另一个方向可以同其他三维互成直角呢?他们还试图创建四维几何。大约一个月以前,西蒙·纽康教授①(Professor Simon Newcomb)还向纽约数学学会解释过这个问题。我们都知道如何在二维的平面上展现三维的实体。而他们认为,如果他们可以掌握一个东西的角度,那么用同样的方法,就可以通过三维的模型表现出四维的实体。这样就明白了吧?"

"嗯,"地方官轻声说。他皱着眉头,进入思考的状态,双唇好像在重复咒语一样,一动一动的。"对,我觉得我现在明白了。"过了一会儿,他说道,脸上突然露出喜悦的神色。

"嗯,我不介意告诉你们,相当长一段时间内,我都致力

---

① 西蒙·纽康教授(1835—1909):美国著名的天文学家,曾任美国数学学会会长,后创建美国天文学会,并任第一任会长。——译者注(除特别标示外,后文里脚注均为译者注)

于四维几何的研究。我得出的一些结论非常奇怪。比如说，这里有一个人的肖像，是他的8岁，15岁，17岁，23岁……这些时候的。显而易见，这些都是一些片段，但我们却用三维表现出他四维的生命。这是既定不可更改的事实。"

"科学家，"为了给大家充足的时间理解他所说的话，时间旅行者停顿了一会儿接着说，"清楚地知道，时间只不过是空间的一种。这是一张普通的科学图表，用于进行天气记录。我指着的这条线显示的是气压的变化。昨天白天气压非常高，夜里气压又下降了，而今天早上又升上去了，一直慢慢地升到这里。水银绝不能在公认的空间维度里画出这条线，但它又真的画出了这条线。所以，我们可以断定，它是按照时间维度来的。"

"但是，"医生目不转睛地看着炉火中的一块煤，说道，"如果，时间真的只是空间里的第四个维度，那它又为什么会被认为，而且是自始至终就被认为是个不同的东西呢？我们为什么就不能像在空间其他三维中自由活动那样在时间里进出自如呢？"

时间旅行者笑了笑，说道："你确定我们可以在空间里自由移动吗？我们可以左右、前后活动，人们历来也是这样做的。我承认，我们可以在二维空间中自由活动。但上下移动能行吗？地球引力将我们限制在这里。"

"也不完全是这样的，"医生说，"我们还有气球啊。"

"但是在发明气球以前呢？除了蹦蹦跳跳和高低不平的路面以外，人在垂直运动方面是没有自由的。"

"但他们还是可以上下移动一点儿的。"医生说。

"向下可比向上容易，而且还容易得多。"

"而且我们在时间里完全无法自由移动，一个人无法摆脱现在这个时刻。"

"亲爱的先生,这就是你犯错的地方。这也正是整个世界犯错的地方。我们总在脱离现在这个时刻。我们的精神意识就不是物质的,而且没有维度,我们从出生到死亡,精神意识就沿着时间维度前进。这就好像如果我们的存在是从五十英里以上的高空开始,那么我们就该下降了。"

"但关键问题是,"心理学家打断了他的话,"人可以沿着空间里的任意一个方向移动,却无法在时间里自由移动。"

"这就是我的伟大发现萌芽的地方。但是,你关于我们在时间维度里无法移动的说法是错误的。比如说,如果我在生动地回忆一件事情,那么我就是回到了它真实发生的那一刻。这就是你们说的,我走神儿了。有那么一刻,我回到了过去。当然我们无法实实在在的'涉足'过去的任何一段时间,这就像是野蛮人或者动物无法在六英尺以上的空间待着一样。但是,文明人在这方面要比野蛮人强得多。他可以乘坐气球摆脱地球引力向上运动。既然如此,他为什么就不能期望自己最终能在时间里停留或者加速运动,甚至于逆向运动呢?"

"啊,这个,"菲尔比开口说道,"是完全……"

"为什么不可能呢?"时间旅行者说道。

"这违背常理。"菲尔比说。

"什么常理?"时间旅行者问。

"你能言善辩,可以颠倒是非,把黑的说成白的,"菲尔比说,"但你永远无法让我信服。"

"也许我说服不了你,"时间旅行者说,"但现在你开始明白我为什么研究四维几何了。很早以前,我就曾粗略设想过一种机器——"

"能够穿越时间的机器!"那个年轻人惊叫起来。

"它可以在空间和时间中毫无阻碍地运动，全凭驾驶员控制。"

菲尔比笑得不能自已。

"我有实验验证。"时间旅行者说道。

"这对历史学家来说实在是一大便利，"心理学家建议道，"比方说，人们可以通过时间机器回到过去，去核实有关黑斯廷斯战役①的公认记载！"

"你不觉得你有点太过于吸引人眼球了吗？"医生说，"我们的祖先对与时代不合的事物可没有太多忍耐力。"

"如果这样的话，我们就可以直接跟荷马（Homer）② 和柏拉图（Plato）③ 学习希腊语了。"那个年轻人心里想。

"如果这样的话，他们一定会因为这样的小事而批评你。德国的学者已经让希腊语提高了一大截。"

"还有我们的未来呢，"年轻人接着说，"想想吧！我们可以将所有的钱进行投资，然后坐等收息，再接着继续赶路。"

"还可以建立一个社会，"我说，"一个严格建立在共产主义基础之上的社会。"

"这都是些疯狂的稀奇古怪的理论！"心理学家开始说道。

"对，我原本也是这么想的，所以我从来不谈论它，直

---

① 黑斯廷斯战役：黑斯廷斯是英国东萨塞克斯郡濒临加来海峡的城市。1066 年 10 月 14 日，哈罗德国王和诺曼底公爵威廉一世的军队在黑斯廷斯进行交战。最后哈罗德战死，威廉一世的军队获得胜利。

② 荷马（约公元前 9 世纪—公元前 8 世纪）：古希腊盲人诗人，著有《荷马史诗》，分为《伊利亚特》和《奥德赛》两部分。就《荷马史诗》开创西方文学先河的意义来说，荷马可以说是西方文学的始祖。

③ 柏拉图（公元前 427 年—公元前 347 年）：古希腊伟大的哲学家，其创造或发展的概念包括：柏拉图思想，柏拉图主义，柏拉图爱情等。其著作包括《理想国》和《法律篇》。

到……"

"实验性的证明!"我喊道,"你要证明这一点?"

"用实验证明!"菲尔比也大声喊道。他的脑子已经开始疲乏了。

"不管怎么样,你都要让我们看到你的实验,"心理学家说,"尽管这都是骗人的话,这你清楚。"

时间旅行者笑着看了看我们。接着,他慢慢走出房间,仍然带着淡淡的微笑,双手深插在裤子口袋里。我们听见他趿拉着拖鞋,穿过长长的走廊走向他的实验室。

心理学家看着我们。"真不知道他想干什么?"

"不过是一些耍人的把戏。"医生说。菲尔比想要给我们讲他在伯斯勒姆①遇到的一个魔术师的事情,可还没等他说完开头,时间旅行者就回来了。所以,菲尔比对其奇闻逸事的讲述也只能停止。

时间旅行者手里拿着的是一个闪闪发光的金属框架,架子比一个小闹钟大不了多少,做工非常精细。里面有象牙制品,还有一些透明的水晶物质。现在我必须把一切都解释清楚,因为除非他的解释能让人接受,否则接下来的这件事情绝对让人无法理解。他拿起散落在房间中的一张小小的八角桌子,将它放置在炉火前,桌子的两条腿搁在炉前的地毯上。然后他就把那个机器放在桌上,又拖了一把椅子坐下来。桌子上的另一样东西是一盏有灯罩的小台灯,明晃晃的灯光照在模型上。还有大约十几根蜡烛,其中两根插在壁炉上的黄铜烛台上,另外几根插在壁突式的烛台上。所以,房间被照得灯火辉煌。我坐在最临近炉火的一把低矮的扶手椅上。我

---

① 伯斯勒姆:位于英格兰西部斯塔福德郡特伦特河畔的斯托克。

将椅子向前挪了一点儿，这样我就差不多在时间旅行者和壁炉之间了。菲尔比坐在时间旅行者的后面，越过他的肩膀看过来。医生和地方官从时间旅行者的右面看过来，心理学家从他的左边看过来。年轻人就站在心理学家的背后。我们都很紧张，随时准备着。在我看来，无论有多么巧妙的构思，无论有多么熟练的手法，任何花招在这样的情况下都不可能愚弄到我们。

时间旅行者看了看我们，然后又看了看那个机器。"嗯？"心理学家说道。

时间旅行者的胳膊肘放在桌子上，两手一起按到仪器上，说道："这个小东西还只是个模型。让这台机器穿过时间就是我的计划。你们会发现它看起来非常歪，并且这根杆的表面很奇怪还很亮，就好像是假的一样。"他用手指了指这一部分，"另外，这儿有一根白色的小杆，这儿还有一根。"

医生从他的椅子上站起来，瞅了瞅这个机器。

"机器做得很漂亮。"他说。

"花了我两年的时间。"时间旅行者回答道。当我们都学医生那样站起来去看那台机器时，他说："现在，我希望你们清楚地明白，一旦按下这根杆，机器就会被送到将来。按下另一根杆，机器就会回到过去。这个鞍座是时间旅行者的座位。现在，我就要按下这根杆，然后机器就会发射。它会慢慢消失，进入未来的时间点，最后消失不见。你们要好好看着这台机器，还要好好看着这张桌子，确保这里面没有什么花样。我可不想浪费这个模型，最后还有人说我是骗子。"

大家大概停顿了一分钟。心理学家好像想要跟我说点什么，但最终什么也没说。然后时间旅行者就将手指伸向了那根杆。"不，"他突然说道，"借你的手给我用一下。"他扭头看向心理学家,把他的手放在自己手中,并让他伸出食指。所以,其实是心理学家自己把时间机器发送到漫长的旅行中的。我们都看到那根杆转动了。我十分肯定这里没有什么花样。这时,吹来一阵微风,灯中的火苗跳动着。风吹灭了壁炉架上的一根蜡烛。就在这时,这台小机器突然转了起来,越来越模糊。有那么一刻,它看起来就像是一个鬼影,又像是微微闪光的黄铜或是象牙旋转所产生的旋涡。然后,它就消失了——完全消失不见了!除了那盏灯,桌子上现在空无一物了!

每个人都沉默了一会儿。然后菲尔比喊了一声"真是见鬼"。

心理学家从恍惚中恢复过来,然后突然看了看桌子底下。看他这样,时间旅行者愉快地笑了起来。"怎么样?"他学着心理学家的腔调问道,然后起身走向壁炉架上的烟草缸,背对着我们开始向他的烟斗里装烟丝。

我们茫然地望着彼此。"看这儿,"医生说,"这件事儿你是认真的吗?你真的相信机器已经到时间维度里了吗?"

"当然了。"时间旅行者说着蹲在壁炉火边上点燃了一个火纸筒①,然后转过身,盯着心理学家的脸点燃了自己的烟斗。心理学家为了掩饰自己的慌乱,也拿起一支雪茄,却连雪茄屁股都没切掉就点着了。"还有一点,我那儿还有一台大型机器也快要完成了。"他指向实验室,"如果那台机器完成了,我就打算自己来一趟时间旅行了。"

"你是说那台机器进入未来了?"菲尔比说道。

"去到未来还是回到过去,这一点我不确定。"

---

① 火纸筒:用纸条搓成的引火物,又称为纸捻、火煤子等。

过了一会儿，心理学家灵光一闪。"如果说它肯定是去了哪里的话，那它肯定是回到了过去。"他说道。

"为什么？"时间旅行者问道。

"因为我认为它没在空间维度中移动。如果它是穿越到将来的话，那它这会儿应该是在这里，因为它必须穿过现在这个时刻才能进入未来。"

"但是，"我说，"如果它是回到过去的话，那我们刚才进入房间的时候就应该看见它了。上个星期四我们也应该能在这里看到它，上上个星期四也能看见，以前无数个星期四我们都能看见它！"

"好论点！"地方官评论说道，然后带着公正无私的神情转向时间旅行者。

"一点儿也不好，"时间旅行者转向心理学家，说道，"你认为，你可以解释这一点。这是临界值下的表象，是浅显的表象，你知道的。"

"当然了。"心理学家说道，还再次跟我们保证，"这是心理学上很简单的一点。我本应该想到这一点的。它足够明显，并且能够说明这种悖论。我们没办法看见这台机器，也欣赏不了它。就好像我们没办法看到旋转的轮毂或是在空中飞行的子弹。如果时间机器在时间中穿行的速度是我们的五十倍或一百倍，如果它度过了一分钟而我们才度过一秒钟，那么它所产生的效果当然就只是没有在时间中穿行时的五十分之一或者一百分之一了。这点足够明显啊。"他的手在机器原来摆放的地方晃了晃。"看到了吧？"他说道，还笑了起来。

我们坐在那儿，盯着空空如也的桌子看了一两分钟。然后，时间旅行者问我们对这件事是怎么看的。

"但从今晚来看，这件事还有点像假的，"医生说道，"不过我们可以等到明天。等明早我们都清醒的时候再说。"

"你们想看一下真正的时间机器吗?"时间旅行者问。说完他就举着灯,带着我们穿过长长的通风良好的长廊,走向他的实验室。我现在还能清楚地记得那摇曳的灯火,他那奇怪的宽宽的大脑袋的投影,以及晃动的人影。我还记得我们如何满是疑惑地跟着他,如何在实验室里看到那个刚刚从我们眼前消失不见的小机器的更大号的版本。这个大机器的某些零部件是镍的,某些是象牙的,还有些是用石英锉成或锯成的。这台机器已经快完成了,但是弯曲的水晶棒还没有完成,被放置在一条板凳上。板凳旁还有几张图纸。我拿起一根棒子好好看了一下,好像是石英做的。

"看这儿,"医生说道,"你是认真的?还是说这是骗人的把戏,就像是去年圣诞节你让我们看到的那个鬼?"

"在这台机器上,"时间旅行者举着灯说道,"我想要去探索时间。明白了吗?我这一辈子就没有这样认真过。"

我们没人知道该怎样理解他说的这句话。

越过医生的肩膀,我的视线遇到菲尔比投来的目光,他严肃地向我眨了眨眼。

第 2 章

我觉得，在那一刻，我们没人真的相信这台时间机器。实际上，时间旅行者太聪明了，以至于让人不敢相信：你觉得你从来没有看透过他；你总怀疑在他坦率直白的后面还有一点儿保留，还隐藏着心机。如果是菲尔比来展示这台模型，并用时间旅行者说过的话来解释这件事，那我们就不会对他这样怀疑。因为我们肯定能明白他的动机：连个杀猪的屠夫都能明白菲尔比。可是，就时间旅行者来说，这件事不仅是一点儿奇思妙想的问题，而是我们都不信任他。一个比他笨的人所做的简单事情，在他那里就像是骗局。太容易就把事情完成其实是个错误。那些认真对待他的人从来不确定他的言行举止是什么意思；他们觉得虽然自己擅长判断，但在某种程度上，相信时间旅行者就好像用蛋壳瓷去装修一所幼儿园。所以，我觉得，虽然从那个星期四到下个星期四的这段时间内，我们都没有谈论时间旅行这件事儿，但毫无疑问的是，我们大多数人还是觉得，时间旅行这件事虽然奇怪，但还是有可行性的，貌似有理但实际可疑，这也就是导致时代颠倒和混乱不明的可能性。就我自己来说，我可是一直关心着有关那个模型的把戏。关于这一点，我记得还跟医生讨论过，我周五的时候在林奈安见过他。他说他在图宾根①见过相似的事情，还特别强调了一下蜡烛被吹熄的情形，但是他还无法解释这个把戏是怎么完成的。

我在第二个星期四又去了里士满②，我觉得我是时间旅行者最频繁的客人之一了。我到的时候比较晚，已经有四五个人聚集在他的客厅里。医生站在炉火前，一只手拿着一张纸，另一只手拿着他的手表。我没看到时间旅行者，就往四周看了看。"现在是七点半，"医生说，"我觉得我们还是先吃晚饭吧？"

"那个人呢？"我问道，我指的是我们的主人。

"你才来？真奇怪，他无疑是被什么事儿耽搁了。他在便条上留言说：如果他七点还没有回来，就让我带大家先去吃饭。他说他回来的时候会解释的。"

"糟蹋晚餐似乎有点儿可惜。"一位出名的日报编辑说道。然后医生就按了铃。

除了我和医生，心理学家就是唯一加入前一次晚餐的人了。其他人分别是布朗克（Blank），就是我们前面提及的编辑，还有一位记者。还有一位，他是个内向害羞且留着胡须的男人，我不认识他。据我观察，他整个晚上都没开口说过

---

① 图宾根：德国巴登符腾堡州的四区及其首府之一，建于1231年，莱茵河的支流奈卡河横穿城市的东西。

② 里士满：美国弗吉尼亚州的首府。

话。时间旅行者不在，大家吃饭的时候就有了一些推测，我半打趣地说到时间旅行。编辑希望有人给他解释一下，所以心理学家自告奋勇要对那天我们看到的"巧妙的悖论和花样"进行真实的描述。当他正好描述到一半的时候，走廊的门悄无声息地慢慢打开了。我正好面向那扇门，所以最先看到了。"你好啊！"我说，"你可回来了！"这时候门开得更宽了，而时间旅行者就站在我们眼前，我惊奇地叫了一声。医生是第二个看见他的。"我的天哪！老兄，你是怎么了？"医生喊道。然后整桌人都转身看向门口那里。他的情况很糟糕，外套上满是灰尘，还很脏。袖口上还沾着绿颜色的东西。他的头发也乱糟糟的，在我看来好像更灰了，要么是因为头发上的尘垢，要么就是头发颜色真的变浅了。他脸色惨白得吓人，下颌上还有一道棕色的口子，这道口子还没有完全愈合。他神情憔悴又疲惫，好像吃了不少苦。他在门口踟蹰了一会儿，好像被灯光晃了眼，然后就走进房间，像脚痛的流浪汉一样一瘸一拐的。我们默默地看着他，希望他能跟我们说话。

他一个字也没说，吃力地挪到桌子前，朝酒瓶比了个手势。编辑倒了一杯香槟，向他推了推。他仰头喝下，好像酒对他起了点儿作用，因为他环顾了一下桌子旁的人，惯有的笑容又浮现在他的脸上。

"你到底干吗去了，兄弟？"医生问道。

时间旅行者置若罔闻。"不要让我打扰到你们，"他说，声音发颤却很清晰。"我很好。"这时，他又住了嘴，自己又倒了点儿酒，一饮而尽。"很好。"他说。

他的眼睛有了神色，面颊也出现了微红。他用呆滞而又认可的眼光朝我们扫视了一眼，接着又在暖和舒服的房间里转了一圈。然后，他又说话了，仍然是话里有话。"我现在要去洗洗澡，换身衣服，然后我会下楼跟你们解释一些事情……那个羊肉给我留点儿，我快被肉馋死了。"

他的视线穿过屋子看向编辑，他希望编辑一切都好，因为编辑可不会经常来。编辑问了个问题。"一会儿就告诉你，"时间旅行者说道，"我这样——太可笑了！一会儿就好。"

他放下玻璃杯，走向楼梯所在的门口。我再次发现他的一瘸一拐，还有脚步声的软绵。当他出门的时候，我从我的位置看到了他的脚。除了一双破烂的血迹斑斑的袜子，他的脚上什么都没有。这时门关上了。我本来想跟着他去，不过我又想到他不喜欢别人因为他而大惊小怪，所以也就算了。有那么一刻，我有点儿心不在焉。这个时候，我听到编辑说："杰出科学家的非凡举动！"出于习惯，他又开始考虑头条文章的标题了。这让我的关注点又回到灯光明亮的餐桌上。

"他玩什么呢？"记者说，"他扮演的是业余的乞丐吗？我不懂。"心理学家和我四目交汇，我在他的脸上看出相同的理解。我想到时间旅行者痛苦无力地爬上楼的情景。我觉得没人注意到他在跛行。

首个从惊讶中回过神来的是医生。他按了按铃——时间旅行者讨厌吃饭时仆人站在旁边伺候——想要一份热菜。这时候编辑嘟囔着拿起刀叉，那个沉默的人也这样做了。晚饭重新开始。有那么一会儿，我们的谈话变成了感叹，间或有几声惊叹，然后编辑就抑制不住好奇心了。"我们这位朋友是通过到处穿梭来补贴他微薄的收入呢？还是到了尼布甲尼撒二世（Nebuchadnezzar）① 时代呢？"他问道。

---

① 尼布甲尼撒二世（约公元前 630 年－公元前 562 年）：古巴比伦的国王，攻占了耶路撒冷，并建造空中花园。后被流放，像野人一般生活。

"我觉得这肯定和时间机器脱不了干系。"我接着心理学家刚才讲述上次聚会的事儿说道。

新来的客人们明确表示怀疑。

编辑还提出了质疑:"这个时间旅行是怎么回事?难道人们会在悖论里弄得满身是尘土吗?"这时,他好像想起了什么,就开始挖苦起人来,"难道未来的人都没有扫衣服的掸子吗?"记者也是死活不信,他跟编辑一块儿,不断嘲笑整个事情。他们都是那种新潮的记者,充满快乐又不拘礼数。当时间旅行者回来的时候,记者正在说,也可以说正在吼:"我们《后天》的特约记者报道……"时间旅行者换上了普通的衣服。除了脸庞有点憔悴外,他刚才吓人的样子已经荡然无存了。

"我说啊,"编辑兴奋地说,"这儿的家伙们说你穿越到下星期了!跟我们说说小罗塞贝利(Rosebery)的事儿吧。你觉得他运气怎么样?"

时间旅行者一言不发地来到为他留的座位旁。他安静地笑了,就跟以前一样。

"羊肉呢?"他问道,"又能吃上羊肉了,真是难得的乐事啊!"

"快点儿讲故事!"编辑叫道。

"去你的故事吧!"时间旅行者说,"我现在想吃东西。如果没吃饱的话,我是一个字也不会说的。把盐递给我,谢谢。"

"我就说一句话,"我说,"你穿过时间旅行去了吗?"

"对。"时间旅行者满嘴都是东西,他点了点头回答道。

"如果你们逐字逐句地记录下来,我愿意每行字出一先令。"编辑说道。时间旅行者将玻璃杯推到那个沉默的人那里，并用手指甲敲了敲杯子。那个呆呆地看着时间旅行者的沉默的人吓了一跳，赶紧给他斟满了酒。接下来的晚餐氛围让人不舒服。就我来说，我总感觉有问题要脱口而出，而且我敢说其他人也是这样。那个记者试图缓和紧张的气氛，就讲起了赫蒂·波特（Hettie Potter）的故事。时间旅行者把所有注意力都放在晚餐上，好像个饥饿的流浪汉一样。医生点了根烟，眯缝着眼睛看着时间旅行者。沉默的人看起来比平常更笨拙了。因为紧张不安，他不停地喝着酒。最终，时间旅行者把盘子推到一边，看了我们一眼。"我觉得我肯定要跟你们道歉，"他说，"我刚才只不过是太饿了。我的经历真是太棒了！"他伸手要了一支雪茄，并切去烟屁股。"我们还是到吸烟室去吧。故事太长了，我们还是不要守着这些油腻的盘子讲了。"他一边走一边摇了摇铃，把我们大家领进了隔壁房间。

"你已经告诉布朗克、达希（Dash）和肖兹（Chose）时间机器的事了吗？"他靠在自己的安乐椅上，点着三位新客人的名字，问我。

"但这种事情只不过是悖论。"编辑说。

"今天晚上我没有精力辩驳。我不介意把故事告诉你们，但我不会跟你们争辩。我会……"他继续说道，"把我的经历告诉你们，如果你们想听的话。但是你们要抑制住冲动，不能打断我。我很想讲这个故事。其中大部分听起来像是在说谎，不过就这样吧！这个故事是真的，每一个字都是真的。四点的时候我还在实验室里，接着……我活了八天……绝不会有人有过这样的八天！我现在快要虚脱了，可是没给你们讲完故事我是不会去睡觉的。讲完之后我就去睡觉。不过，不能打断我的话！你们都同意吗？"

"同意。"编辑说道。我们都附和着说同意。听到大家这样说,时间旅行者就开始给我们讲述我接下来记录的这件事儿。刚开始,他靠在椅子上,说话也绵软无力。后来,他讲得越来越起劲。在记录这件事的时候,我感觉到自己文笔不行,尤其是我自己能力不行,无法很好地表述这件事。我觉得,你们现在一定读得很仔细。但是,你们没法看到讲述者在小台灯光晕下苍白而认真严肃的脸,也没法听到他说话的声调。你们也不知道,随着故事的跌宕起伏,他的表现力是如何变化的!我们大部分听众都坐在阴影里,因为吸烟室的蜡烛没有点上,只有记者的脸和沉默者膝盖以下的部位被照亮了。刚开始的时候,我们还时不时地看看彼此。但没一会儿,我们就只盯着时间旅行者的脸,而顾不上其他人了。

第3章

"上个星期四我告诉过你们一些人时间机器的运行原理,并带你们去看了一下真正的时间机器实体,那时候它在车间里还是不完整的。现在它是这个样子的,因为旅行而有点破损,这是真的。一根象牙制成的杆儿已经裂开了,一根铜杆也变弯了。不过剩下的部分还是完好无损的。我本来打算星期五能完成的,但在星期五即将完成组装的时候,我发现其中一根镍棒短了有一英寸那么长。所以,我只能重新再做。因此,我今天早晨才完成它。也就是说,直到今天早上十点钟,时间机器才开始运行。我最后拍了拍机器,拧固了全部螺丝,又给石英棒滴了一滴油,接着我就坐到了鞍座上。我觉得,那一刻的感受,就像一个想自杀所以用枪指着自己脑袋的人一样,不知道接下来会有什么事情发生。我一只手握着启动杆,另一只手握着急停杆。我先按启动杆,紧接着又按了急停杆。我感到一阵眩晕,像做了噩梦一样不断向下坠落。我朝四周看了看,实验室还是原来的样子。发生什么事了吗?有那么一刻,我怀疑是我的智力愚弄了我。然后我注意到那个钟,刚才它好像是指着十点一分左右的地方,而现在,都快要到三点半了!

"我深吸了一口气,咬了咬牙,双手抓住了启动杆。'砰'的一声机器就出发了。实验室里很快就满是烟雾,并且黑了下来。沃切特夫人(Mrs. Watchett)穿过实验室去了花园,很显然她没看见我。我想她可能要用一分钟左右穿过这里,可我感觉到她像是火箭一般穿过了这个房间。我又将启动杆推到极限的位置,就像熄灯一样,夜晚突然就降临了。再一转眼,又到了第二天。实验室里模糊一片,雾气沉沉,而且还越来越模糊。第二天的夜晚又来临了,然后又是白天,夜晚,白天,而且越来越快。机器旋转的声音灌满我的耳朵。一种奇怪无声的混乱感涌上我的心头。

"我恐怕无法表达出在时间旅行中的种种独特感受,反正那是极其不舒服的,就像我们坐过山车的感觉一样,只有无助的激烈的运动,还有那种即将要粉身碎骨的可怕的感觉。我加快速度后,白天和黑夜的交替就像是一双扑棱着的黑翅膀。实验室的模糊形象好像马上要离开我。我看见太阳从空中轻快地跳跃而过,每隔一分钟就会跳动一下,而每分钟就代表了新的一天。我觉得实验室肯定已经毁了,我现在就暴露在露天中。我隐隐感觉到脚手架,可是我的速度太快了,以至于我都无法看清移动的东西。对我来说,连最缓慢的蜗牛也从我眼前一闪而过。黑暗和明亮的快速交替对我的眼睛来说是一种折磨。在黑暗的间歇中,我看见月亮快速地圆缺变化,还恍惚看到了星星的旋转。当我继续前行时,速度还在不断加快。白天和黑夜的跳动最终幻化成一片灰色。天空呈现出绝妙的深蓝色,犹如清晨时灿烂夺目的光辉。跳动的太阳变成了一道火光,成为空中的绚烂拱门。月亮也变成了更模糊的跳动飘带。我一颗星星也没看到,只看到在蓝色天际中时不时出现的闪亮光环。

"四周的景色朦胧一片,什么都看不清楚。我仍然还在这所房屋所在的山旁。山峰在我面前高高耸立,呈现出灰色且朦胧的一片。我看到树木的成长和变化像喷薄的雾气,一会儿是棕色,一会儿是绿色。它们成长、延伸、颤抖、枯萎。我看见高楼耸立,像梦一般闪过。整个地球的表面都在变化——就在我的眼前消失溜走。刻度盘上的小指针显示我的速度越来越快。我马上就注意到,太阳显示出的光带在上下晃动,在一分钟左右的时间内,就从一个至日①转变到了另一个至日。所以,我的步伐速度其实是一分钟相当于一年的速度。一分钟又一分钟,白色的雪花掠过这个世界又消失不见,接着就是繁茂而短暂的绿色春天。

"刚开始那种不舒服的感觉现在也不那么厉害了。这些感觉最终融合,变成了近乎疯狂的愉悦。我清楚地感觉到机器的摇晃,不过我解释不出是为什么。我脑子有点混乱,根本就没有心思去管。所以,我带着越来越疯狂的心情将自己甩进了未来。刚开始的时候,我根本没想到要停止,除了这些新鲜的感受,其他什么也没想。但是很快,一种新的印象出现在我的脑海中,那是一种好奇心,还有随之而来的担心,最后,我被这些情感完全控制住了。当我靠近去看这个在我眼前前进和波动的模糊难懂的世界时,我想,人性的奇妙发展,还有我们最初文明的远大前景,仅靠匆匆一瞥是无法体

---

① 至日,指的是夏至和冬至。

会的。我看到伟大辉煌的建筑在我眼前升起,比我们这个时代的所有建筑都要伟大。它们闪着微光,又有点模糊。我看到更绿的颜色飘到山这旁,并停留在那儿,一点儿也没有受到冬天的侵扰。即使透过我模糊的面纱,地球仍然看起来非常美好。所以我就想到了要停下来。

"但这其中的特殊危险在于,我可能会在我或者机器所占据的空间里发现其他东西的存在。只要我以高速度穿过时间,那也没什么要紧的。可以这么说,我被减弱了,就像是水蒸气穿过空间物质的间隙!但是停下来,就意味着我身体内的一个个分子与挡路的东西撞在一起,也就意味着,我的原子会同这些障碍物发生亲密接触,从而产生巨大的化学反应,有可能是意义深远的大爆炸,将我和我的设备炸得无影无踪,炸入未知的世界。在制造机器时,我一次又一次地想到过这种可能性,可我又将它作为不可避免的风险而欣然接受了。这种风险是我们不得不冒的风险!现在,这个风险已经不可避免,我却再也无法欣然接受。实际上,在不知不觉中,这绝对陌生的一切,机器不正常的震动和摇摆,还有长时间的下降,已经扰乱了我的心情。我告诉自己一定不要停下来,可我一气之下又决定要停下来,像个没耐心的傻瓜一样,我狠狠地拉了一下操纵杆。时间机器顿时不断旋转起来,而我就猛地飞了出去。

"耳边响起一声巨雷,我眩晕了一下。冷酷无情的冰雹嗖嗖地落在我周围。我坐在一片柔软的草地上,后面是翻倒的时间机器。现在,一切东西还是灰蒙蒙的一片,但我很快发现耳中的轰响消失不见了。我看了看周围,发现自己是在一个花园的草地上。周围都是杜鹃花丛。淡紫色和紫色的杜鹃花禁不住冰雹的击打已经纷纷落下。弹跳舞动的冰雹就挂在机器上面的云朵中，而这云朵像烟雾一样横扫了大地。一会儿的工夫，我全身就湿透了。'对一个穿过数年光景来看你的人来说，'我说，'真是好客啊！'

"很快我就觉得，这样浑身湿漉漉的看起来真傻。我站起来看了看四周。透过雾蒙蒙的水汽，一个明显刻在白色石头上的巨大石像，在杜鹃花后面若隐若现。此外，整个世界什么都看不清楚。

"很难用言语描述我的感受。当冰雹下得越来越稀疏时，我越来越清楚地看到那个白色石像。石像很大，白桦树才能到它的肩膀。石像是大理石材质，形状像长了翅膀的斯芬克斯狮身人面像①。不过它的一对翅膀并不是在两旁垂着，而是伸展开，像是在盘旋翱翔。我觉得，它的基座是青铜的，上面是厚厚的一层铜绣。石像的脸正好对着我，它那什么都看不见的双眼好像在注视着我，嘴角还有隐隐的笑意。石像经过风吹雨打，让人感觉好像生病了一样。我站在那儿观望了半分钟，又或者是半个小时。冰雹忽密忽疏，石像也就好像在前后移动。后来，我看了看别处，只见冰雹幕布裂开，太阳就要出来了，天空也放晴了。

"我再次抬头看了看蜷缩着的白色石像，突然觉得此次旅行的草率。这朦胧的幕布退去后会有什么出现呢？人类会发生什么样的事情呢？如果残酷已经演变成一种普通的情绪该怎么办呢？如果在这段时间里人类这个族群已经失去了人性，并发展出非人性的性格，冷酷无情，且力大无比，那该怎么办呢？我也许会遇到古时候的野蛮动物，只不过比我们现代

---

① 狮身人面像：名叫斯芬克斯，法老胡夫命令石匠按照他的脸型雕刻的，像高二十米，长五十七米，脸长五米。

人更可怕、更令人厌恶，一只该被立即屠杀的邪恶生物。

"我还看到了其他的庞然大物，配备复杂护栏和高柱的巨大建筑物，还有树林茂密的山坡，它们透过渐稀的雨幕，慢慢地爬向我。我既恐惧又恐慌，猛地转身，跑向时间机器，费劲想将它翻过来。就在我翻动时间机器时，阳光穿过雷雨，灰色的雨幕被横扫开去，像鬼魂的拖沓长衣一样消失不见了。在我的头顶上空，天空越来越蓝，几朵淡褐色的云彩也不见踪影。周围的高大建筑越来越清晰，在雨后的阳光中不停地闪烁。周围堆积的尚未融化的冰雹粒将它们映衬得更加耀眼。我感觉自己在这个陌生的世界里裸露着，就像晴朗空中的飞鸟，直到老鹰在空中盘旋，随时都会飞扑下来。我的恐惧变成了狂乱。我深吸了口气，咬了咬牙，手脚并用再次扳动时间机器。就在我快要绝望的时候，它终于翻了过来，还狠狠地打到了我的下巴。我一只手放在鞍座上，另一只手抓着杆儿，气喘吁吁地站好，准备再次登上机器。

"但是，当我从仓促的撤退中恢复过来时，我的勇气也回来了。我更加好奇且无畏地打量着这个遥远未知的世界。在不远处房子的高墙上，有一扇圆形的门。我看到一群身着昂贵柔软长袍的人。他们的脸朝向我，应该看见了我。

"然后我听到有声音朝我这边传来。在斯芬克斯白色石像旁边的灌木丛里，我看到人们跑向这里时耸动着头顶和肩膀。我和时间机器所在的草坪旁有一条小路，他们其中一个人就是从那里跑来的。他身材瘦小，大约有四英尺高，身上穿着紫色的长袍，腰间戴着皮带。脚上穿着凉鞋或者半筒靴子——这个我看得不是很清楚。他露出小腿，头上什么也没戴。这时，我才发现，天气多么暖和。

"他是一个漂亮、高雅却无比脆弱的人，这让我大吃一惊。他红润的脸庞让我想起漂亮的肺病患者，就是我们经常听说的那种病美人。看到他的样子，我突然又恢复了信心。我将手从时间机器上移开。"

第 4 章

"没一会儿,我就和这个未来世界的脆弱生物面对面站在了一起。他径直走向我,看着我的眼睛大笑起来。他的无所畏惧让我印象深刻。然后他转过身面对跟着他的两个人,用一种奇怪却悦耳轻快的声音跟他们交流。

"其他人也陆续过来了。没用多久,八九个这样精致的生物就围在我周围,其中一个还跟我打招呼。奇怪的是,我觉得我的声音对他们来说,太尖锐太生硬。所以,我摇了摇头,指了指我的耳朵,又摇了摇头。他们犹豫着向前走了一步,碰了碰我的手。这时,我的后背和肩膀又感觉到一些柔软触角的碰触,他们想要确定我是否真实。这一点没什么可警惕的。确实,这些漂亮的小东西能让人产生信心,那是一种优雅的温柔,像孩童似的放松。另外,他们太脆弱了,以至于我都能想象自己可以像玩九柱戏①那样，一下子打倒他们十几个人。不过，当我看到他们粉红色的小手去碰触时间机器时，我还是突然警告了一下他们。幸运的是，我想起了我刚才忘记的危险，赶紧把手伸向机器的杆儿。我把能启动机器的操纵杆拧了下来，放进了我的口袋。然后又转过身思考，怎样才能跟他们交流。

"这时，通过对他们容貌更仔细的观察，我发现，在他们如同德累斯顿②瓷器般精美的脸上，有一些独一无二的特征。他们一律卷曲的头发，长到齐脖子和脸颊的地方。脸上却一点儿毛发也没有。他们的耳朵非常小，嘴唇也很小，两片嘴唇又红又薄，小小的下巴很尖，眼睛很大，透着温柔。我觉得，他们不如我所期望的那样吸引人，也许是我比较自负的想法吧。

"他们并不想跟我交流，只是笑着站在我身边，彼此低声说话。是我先开始与他们攀谈的。我指了指自己和时间机器。然后犹豫了一会儿，想了想该如何表达时间，然后指了指太阳。立刻就有一个穿紫色和白色相间格子衫的漂亮小人儿，跟着我的动作，学了雷鸣的声音，这真让我吃惊。

"尽管他表达的重点非常清楚，但有一瞬间我还是不知所措。我头脑中陡然涌出一个问题：这些生物傻吗？你们可能不懂我为什么会想到这个问题。要知道，我一直觉得，八十万年后的人类，在学识、艺术和其他任何方面，都比我们先进。可突然，他们其中一个人问了一个五岁孩童才会问的问题，实际上，他问我是不是从太阳上随雷雨掉下来的！这让我对他们的衣服、软弱无力的四肢和脆弱特征的怀疑有了结

---

① 九柱戏：被认为是保龄球运动的前身，是公元3—4世纪，欧洲贵族间一种颇为盛行的高雅游戏。

② 德累斯顿：德国萨克森州首府和第一大城市，是德国重要的文化、政治和经济中心，其西北部的迈森小镇被称为欧洲的"景德镇"。

论。我突然感到一阵失望。有那么一刻,我觉得我真是白费工夫来造这架时间机器。

"我指着太阳点了点头,又学了一遍那种让他们害怕的雷声。他们全都退后了一两步,还给我鞠躬。这时,有一个人冲我大笑起来,还拿着一个我从没见过的花环,套在我脖子上。这个主意赢得一片掌声。然后,他们就全都跑去摘鲜花,并笑着将花扔在我身上,直到我差点被淹没在花丛里。你们这些没有经历过当时那种场面的人,很难想象出,漫长岁月的文化,创造出了何等美丽绚烂的花朵。然后,有人提议,应该将他们的玩具放到最近的建筑物里进行展览。所以,我被他们带领着,走过白色的斯芬克斯大理石像,走向一座石头已被侵蚀的巨大灰色建筑物,而那石像好像一直带着微笑,在看着我的吃惊表情。跟着他们的时候,我不禁想起对人类伟大而聪明的后代的期望,自己难以抑制地高兴起来。

"建筑物的入口门很宽,整体的尺寸也很大。当然,最吸引我的是越来越多的小人儿,还有那些朝我敞开的幽深而神秘的大门。越过他们的头顶,我对这个世界的整体印象是:一座交织着美丽灌木丛和鲜花的、长时间无人看管却无杂草的花园。我看到许多奇怪的白色花朵耸立着,柔软的花瓣大约有一英尺。它们像野生花朵一样,零星散布在斑叶灌木丛中。可我说过,这个时候我没有仔细去赏花。时间机器还留在满是杜鹃花的草坪上呢。

"拱门上雕刻丰富,当然了,我没有仔细研究这些雕刻。但是我经过的时候好像看到了古腓尼基人①时代的装饰。令

---

① 腓尼基人(Phoenician):中国历史上的一个古老民族,生活在长江流域,其海外分支生活在现在的地中海东岸,也就是黎巴嫩和叙利亚沿海附近。

我吃惊的是，它们好像经过风吹雨打，破败不堪。有一些穿戴更加艳丽的人在入口处迎接我，于是我们就进去了。我穿着十九世纪的暗色衣服，看起来非常古怪，脖子上还戴着花环。一大群穿着颜色明亮、材质柔和衣服的人围着我。他们四肢闪着光，洁白无瑕。他们笑着，交谈着，形成了美妙的乐章。

"宽敞的大门通向一个同样宽敞的大厅，大厅四周悬挂着褐色的窗帘。屋顶被挡在阴影里，有些窗户安装了有色玻璃，透进来柔和的光。地面是由巨大坚硬的白色金属组成的，不是金属板材而是金属块儿。据我判断，经过世世代代的人们在上面来回走动，地面已经磨损得很厉害了，以至于在主要通道上都出现了沟痕。有许多光滑的石板做成的桌子被摆放在大厅里。桌子距地面大约一英尺，上面有一大堆的水果。我认识其中的一些，是硕大的覆盆子和橘子，但是大部分水果我都不认识。

"桌子中间分散着一些垫子。领我进来的人坐上垫子，然后比画着让我也坐下来。他们毫无礼节地用手抓着水果就吃起来，随手将果皮和茎这样的东西扔进桌子旁的圆洞里。我只好也学他们的样子，因为我感到又渴又饿。我一边吃，一边悠闲地观察着这个大厅。

"最让我吃惊的是大厅荒废的外表。玻璃窗上满是污渍，好像几何图形，并且多处玻璃已经破碎了。悬挂的窗帘下摆也满是尘土。我还注意到，旁边有张大理石桌子还缺了一个角。不过，总体感觉大厅还是富丽多彩、风景如画的。大厅里面有几百个人在吃饭，大多数人尽量朝我靠拢。他们先是饶有兴趣地看着我，然后又用那小小的眼睛目不转睛地注视着他们眼前的水果。所有人都穿着同样柔软又结实的<u>丝绸</u>

衣服。

"顺便说一下,水果就是他们唯一的膳食。遥远未来的这些人是严格的素食主义者。尽管我渴望吃肉,但跟他们在一起,我也只能吃水果了。的确,我后来发现,马、牛、羊和狗都随鱼龙①灭绝了。不过这些水果非常美味,尤其有一种我在的时候一直都供应的水果——外壳是三角形的粉状的东西——很美味。我把它当作主食。起先,所有这些奇怪的水果和奇怪的鲜花都让我迷惑。但是后来,我开始理解它们的重要性。

"不管怎么样,我现在是在跟你们讲述遥远未来的水果晚餐。等我稍微吃饱后,我就决定立刻要学习未来那些人的语言。这显然也是我接下来应该做的事。从水果开始学习倒也挺方便。我拿着一个水果,开始发出一系列询问的声音,并做出各种手势。不过,在传达意思方面,我遇到了很大的困难。开始,我的努力只换来愕然的注视和阵阵大笑,不过随即有个满头金发的小家伙明白了我的用意,他反复重复着一个名字。其他人之间不得不重复谈论和解释这件事。我第一次学习发出他们语言中的优美短音时,他们居然被逗得哈哈大笑。不过,我感觉自己像是小孩中的老师。通过坚持不懈的努力,我很快就学会了二十几个名词。然后我又学会了指示代词,甚至是动词'吃'。不过,这个过程很缓慢。那些小人儿很快就烦了,都不想回答我的问题。所以我只能决定,等他们愿意教我时,再零零散散学一点儿。可没用多久我就发现,从他们那儿几乎学不到什么东西,因为我从来没有见

---

① 鱼龙:是一种类似鱼和海豚的大型海栖爬行动物。它们最早出现在大约2.5亿年前,比恐龙稍微早一点。

过比他们还懒惰还容易倦怠的人。

"很快,我就发现了一件奇怪的事情,那就是我的小主人们缺乏兴趣。他们会像小孩子一样,惊奇急切地叫喊着奔向我,但他们也会像小孩子一样,很快就不再观察我,而是跑到其他地方玩别的玩具了。晚餐还有我的初期交谈都结束了,我第一次发现,最开始围着我的人差不多都离开了。奇怪的是,我对这些小人儿也很快就失去了兴趣。我一吃饱饭,就穿过大门走到阳光下。我陆续碰上一些未来的人。他们总会跟随我一段距离,谈论笑话一下我,然后再对我友好地笑笑,做做手势,最后又剩下我和我的仪器。

"我离开大厅时,夜晚的宁静已经降临到这个世界。西沉的太阳发出柔和的光,照亮了周围的景色。起初,周围的一切都让人费解。一切事物都跟我所熟知的世界有所不同,甚至连花都是不同的。我刚离开的高大建筑坐落在宽阔河谷的坡上,不过,泰晤士河①比它现在的位置移动了大约一英里。我决定要爬上大约 1.5 英里外的一个山顶,从那里,我可以更清楚地看到我们星球在公元 802701 年的样子。我解释一下,这个时间是我机器上的表盘记录的时间。

"我一边走一边四处留意,看看有没有什么东西可以解释,为什么这个世界现在是一片壮观的废墟,真的是废墟。举个例子,沿着小山向上一点就是一个花岗岩堆,成块的铝将它们连接在一起,成为一个有着险峻墙壁和大块石堆的巨大迷宫,里面有许多如同宝塔般漂亮的植物,可能是荨麻类植物,它们的叶子是美丽的棕色,且不扎人。很明显,这是

---

① 泰晤士河:英国著名的"母亲河",发源于英格兰西南部的科兹沃尔德希尔斯,横贯伦敦。

某个巨大建筑物的废墟,为何建造我就不知道了。稍晚时候,我注定会在这里遇上更为奇特的经历,这只是个提示,以后还有更奇特的事发生,不过这个我到时候再讲。

"我坐在一个平台上休息,突然灵光一闪,然后就举目四望。这时我才发现,这里看不到小房子。很明显,那些独立的房子,甚至是房子里的主人都消失不见了。四周的绿草中都是宫殿一样高大的建筑物,而构成现代英国景色的房子和小屋都消失了。"

共产主义。我心里想。

"看着跟着我的五六个小人儿,我随即又想起别的事情。电光火石间,我发现他们都穿着一样的衣服,丝毫毛发没有的脸颊也一样柔软,四肢也都如女孩子的一样圆润。你们可能会觉得奇怪,为什么我以前没有注意到这一点。那是因为这里的一切都很奇怪,我现在才看得清楚。从衣服和区分性别的本质特征来说,未来的人都是一个模样。孩子也只不过是他们父母的缩小版。所以我断定,这个时代的孩子都早熟,最起码身体上是这样的。后来,我找到了证明我观点的充分证据。

"看着这些人生活中的安逸和安全,我觉得他们不同性别之间如此相似也是情理之中的事情。因为,男人的强壮,女人的柔和,家庭的组成和职业的分化,都是为了适应体力时代战争的需求。对一个国家来说,当人口充足稳定时,过度地孕育小孩就是坏事而非好事;在暴力消失、后代安全的地方,就不太需要有效率的家庭,也确实没有这个必要。当然也不需要根据孩子的需求区分男女的不同。这种现象即使在我们这个时代也开始出现了。不过在未来的世界里,这种转变已经彻底完成。我得说一下,这只是我在那个时候的想法。

后来我才明白，这种想法是多么不切实际。

"当我思考这些事的时候，我的注意力被一个漂亮的结构吸引住了，那是一个圆盖下的井状物。我觉得真是奇怪，在这个时代井居然还存在！然后我又继续刚才的思考，朝着山顶附近的地方就没有高大的建筑物了。因为我走路能力很强，所以很快就抛下了我的跟随者，独自一人前行。怀着自由和探险的奇怪情感，我继续爬到了山顶。

"在那儿，有一把椅子，是用一种我没见过的黄色金属制成的。上面有几处粉红色的锈迹，一半儿都爬满了柔软的青苔。椅子的扶手被铸成鹰头狮格里芬①的样子。我坐在椅子上，看着这个世界在漫漫白天结束时被夕阳笼罩着的景象。那是一种我从来没有见过的甜美柔和的景象。太阳已经落下地平线，西边金色的晚霞熠熠生辉，天际有几道紫红相间的光芒。山下就是泰晤士河谷，河流像一条锃光瓦亮的钢带镶嵌其中。还有我刚才提及的巨大宫殿，它们分散在绿草丛中，有些已经荒废了，有些还有人住。这个星球上的荒园里，到处是白色或银色的雕像，到处是圆顶屋子或垂直的尖塔。没有篱笆，没有所有权标志，没有农业生产的迹象。整个地球变成了一个花园。

"听着，我要开始解释我的所见所闻了，我的解释就是讲述那天晚上我所见到的情景。后来，我才发现我只了解到一半真相——或者说只是瞥了一眼真相。

"看起来，我正巧碰上了人类走向衰败的阶段。红色的落日让我想起了人类的日落。我第一次意识到，我们现在所进行的社会事业所带来的奇怪后果。不过仔细想想，这其实也

---

① 格里芬（Griffin）：希腊神话中半狮半鹫的怪兽。

符合逻辑。力量来源于需求，安逸助长虚弱。改善生活条件的努力——让生活越来越安逸的真正的教化过程——已经稳步接近顶点。人类团结在一起去战胜大自然，而胜利接踵而至。我们现在这个时代只能作为梦想的事情，在那个时代已经变成触手可及的工程。这些收获的果实就是我看到的。

"毕竟，我们现在的环境卫生和农业还在初级阶段。我们现在的科学也只不过攻克了人类疾病的小部分。不过即使如此，它仍然在稳定而持续地发展着。我们现在的农业和园艺业到处毁坏草皮，然后种植几株对健康有益的植物，这需要大多数植物自己寻求平衡，获得生长和发展。我们通过选择性育种，不断改善自己所喜欢的植物和动物——只不过它们的种类很少。我们一会儿研究出新品改良的桃子，一会儿又研究出无籽葡萄，一会儿又是更香更大的花儿，一会儿又是更方便饲养的家畜。我们不断改善这些品种，是因为我们的理想短暂而模糊。我们的知识也极其有限，而且大自然因为我们的笨手笨脚变得害羞和迟钝。总有一天，所有的一切都会被规划好，而且会越来越好。不管有什么样的困难，这都是必然趋势。整个世界将会变得理智、有教养且彼此合作。所有的事情都会朝着征服大自然的方向运动得越来越快。最终，我们将会明智而谨慎地调整动物和植物生命之间的平衡，从而使之适应人类的需要。

"我认为，这种调整肯定已经完成了，而且完成得很好。确实，这个调整在时间机器略过的时间和空间里已经完成了。在这里，空中没有飞虫；地上没有杂草或真菌；处处有水果和馥郁的鲜花；美丽的蝴蝶到处飞舞。预防医学的理想已经实现。疾病已经灭绝。待在那儿的一段时间里，我没有看到传染病的迹象。稍后我会告诉你们，甚至于生物变坏和腐烂的过程也受到这些变化的巨大影响。

"同样,社会成就也被这些变化影响了。我看到人类住在辉煌的屋子里,穿着华丽,而且我发现他们不用做苦工。没有争斗的迹象,社会争斗和经济争斗都没有。所有构成我们这个世界结构的商店、广告和交通等都没有了。在那个金黄色的夜晚,我很自然就想到了社会天堂这个词。我猜,人口增长的问题应该被解决了,因为他们的人口已经停止了增长。

"不过,这种变化的条件是人类不可避免地适应这一变化。到底是什么产生了人类的智力和活力呢?如果生物科学是正确的话,那答案当然是困难和自由:在这种情况下,主动、强壮且敏捷的生物才能生存,弱小者只能靠边站;在这种情况下,有能力的人会结成忠诚者联盟,从而产生自制、耐心和果敢。家庭的构成,以及随之而来的情感——强烈的嫉妒、对后代的温柔,家长的献身精神,全都在孩子即将遭遇危险时,找到正当的理由和落脚点。现在,这些随时可能会来临的危险在哪儿呢?有一种情感正在产生,它在不断地发展。这种情感反对夫妻间的爱慕,反对强烈的母爱以及一切情感。因为在这个时候,情感是多余的,只会让我们不舒服,它们是野蛮时代遗留下来的产物,它们与现代精致愉快的生活不相容。

"我想起那些身体虚弱、智力低下的小人儿,还有那庞大的废墟。这让我坚信,人类彻底征服了大自然。因为战争之后才有宁静。人类曾经身体强壮、充满能量、智力非凡,并用旺盛的精力来改变其生活的环境。现在,被改变的环境对他们产生了反作用。

"在完全舒适及安逸的新环境下,那活跃的精力,也就是我们所说的力量,就会成为弱点。即使是我们现在这个时代,曾经是生存必需品的某些倾向和需求，也不断成为人类进化失败的导火索。举个例子，对文明人来说，勇敢无畏和争强好胜并没有太大帮助，甚至可能会成为绊脚石。在身体平衡和安逸的状态下，人类的力量和智力就会显得格格不入。据我判断，在漫长的岁月里，那里没有战争的危险，甚至于暴乱都没有；也没有野兽的攻击；也不需要增强体质来抵抗疾病；也不需要辛苦工作。对这样的生活来说，弱小的人和强壮的人具备同样的能力，弱者也不再弱小。他们实际拥有更强的能力，因为强壮者还要烦恼精力如何释放。毫无疑问，我所看到的精美绝伦的建筑物，是毫无目的的人类在与其生活的环境达成和谐一致之前，最后一次精力爆发的结果——这是一次胜利，它开启了人类最后的和平。人类的精力在安逸的环境中就会有这样的命运。它沉浸于艺术和色情，最终颓废和衰败。

"这一艺术性的冲动最后也会消亡，它在我所见的时代就几乎灭亡了。他们用鲜花装扮自己，在阳光下载歌载舞，这就是仅剩的艺术精神，再无其他。甚至是这种冲动，最终也会变成自我满足的懒散行为。我们一直热衷于痛苦和需求这块磨石。我觉得，这块可恨的磨石终于在未来被打碎了！

"夜幕降临，我站在那里沉思，通过这条简单的解释，我已经掌握了世界的问题，掌握了这些小人儿的整个秘密。可能是他们控制人口增长的方法太有效，以至于人口非但没有保持稳定，还下降了。这一点可以解释四周为什么会有那么多的废弃物。我的解释很简单，也很合理，就如同大多数错误的理论一样！"

第 5 章

"我站在那儿，思考着人类这场过于完美的胜利。一轮黄澄澄的满月从天空东北方向的银辉中缓缓升起。山脚下，欢快的小人儿们停止了走动。一只猫头鹰悄悄飞过。夜晚寒风阵阵，我在瑟瑟发抖。我决定下山寻找睡觉的地方。

"我寻找着我了解的那栋建筑物。这时，我看到了青铜底座上的白色斯芬克斯石像。石像随着更加明亮的月光变得越来越清晰。我可以看清它靠着的那棵白桦树。杜鹃花丛纠缠在一起，在白光的映照下漆黑一片，还有那一小片草坪。我又看了一眼草坪，心里涌起一种难言的疑惑，我的自信都快被击碎了。'不，'我坚决地对自己说，'刚才不是这块草坪。'

"可这就是那块草坪啊！因为斯芬克斯鳞片状的白脸还朝着它。你们能想象到我得出这个结论时的感受吗？你们肯定想象不出来。因为时间机器不见了！

"立刻，我的脸就像被抽了一鞭子，因为我可能会失去自己的时代,孤立无援地留在这个陌生的新世界里。想到这一点我就不寒而栗,感到自己被扼住了喉咙,喘不过气。我顿时惶恐不已,大步跑下山去。跑动的时候还头朝下摔倒了,脸都被划破了。我没有时间止血,跳起来又继续往前跑,热乎乎的血流到我的脸腮和下巴上。我边跑边想:'他们只不过把时间机器移动了一下,把它推到旁边的灌木丛去了,以免它挡在路中间。'可我还在拼命地奔跑。在这一段时间里,因为极度的恐惧我的头脑变得清晰,我知道这样的自我安慰很傻,我本能地觉得我找不到时间机器了。奔跑让我呼吸困难。我觉得从山顶到草坪大约有两英里,而我用了十分钟就跑完了。我不是年轻人了。我一边跑一边大骂自己,怎么可以那么傻,竟然信心满满地将时间机器留在那里。我大声叫喊,可是没人回答。我丝毫没有打扰到月光下的生物。

"到达草坪的时候,我最担心的事变成了现实:时间机器无影无踪了。我面对漆黑一片花丛中的空地,感到一阵眩晕和凉意。我绕着草坪猛跑了一圈,觉得时间机器好像被藏在某个角落里。然后我突然停住脚步,双手紧紧抓着头发。青铜底座上的斯芬克斯石像耸立在我面前。那张鳞片似的脸,在升起的月色下被映衬得又白又亮,好像对我的沮丧嗤之以鼻。

"要不是因为我不相信那些小人儿的体力和智力,我肯定会安慰自己,他们替我把时间机器放在了有遮挡的地方。这就是让我沮丧的地方:因为某种未知力量的介入,我的发明消失了。不过,有一件事情我可以肯定:除非别的时代产生了完全一样的复制品,否则这台机器无法在时间中移动。这些杆儿的附件——我稍后给你们演示一下方法——可以防止在移动机器的过程中启动它。机器被移动了,被藏起来了,不过也只是在空间范围内。那它到底去哪儿了呢?

"我觉得我快疯了。我记得,我围着斯芬克斯石像在月光映照的花丛中跑进跑出。还吓到了某个白色的小动物。在昏暗的月光下,我觉得那是一只小鹿。我还记得那天晚上的晚些时候,我用紧握的拳头击打着花丛,直到断裂的树枝将我的手关节划伤,鲜血直流。之后,我痛苦不堪,抽泣着走到那栋巨大的石头建筑物里。大厅里一片漆黑死寂,空无一人。我在崎岖不平的地面上滑了一跤,摔倒在一张孔雀石制成的桌子上,差点撞断我的胫骨。我点着一根火柴,继续穿过布满灰尘的窗帘。我刚跟你们讲过这些窗帘。

"在那里,我发现另外一个铺满垫子的大厅。大约有二十几个小人儿在垫子上睡觉。我突然从寂静的黑暗中走出来,嘴里发出杂乱的声音,还有火柴的闪光。毫无疑问,对于我这种形象的第二次出场他们肯定会觉得奇怪。因为他们不记得有火柴。'我的时间机器呢?'我像愤怒的孩子一样号啕大哭起来,还双手抓着他们,将他们全都摇晃醒。他们肯定觉得我这样很奇怪。有些人笑了,不过大多数人被吓得惊慌失措。当我看到他们站在我周围时,我才意识到,在这种情况下,我做了一件多么傻的事情,这只会让他们恐惧。从他们白天的表现来看,我觉得他们不怕我了。

"突然,我熄灭火柴,冲出人群,还撞倒了一个人。我又一次跌跌撞撞地穿过大厅,跑到月光下。我听见恐惧的喊叫,还有他们的小脚丫跑来跑去的声音。当月亮爬上天空时,我已记不清我都干了什么。我觉得,我的损失所带来的无法估计的结果让我发疯了。我觉得,我和同类之间的联系被切断了——我成了未知世界的一只奇怪的动物。我到处咆哮,指天骂地。我记得,当漫漫长夜的绝望退去后,我极其劳累,在不可能的地方胡乱寻找,在月光映照下的废墟中摸索,还在黑影里碰触到一些奇怪的生物。最后,我倒在靠近斯芬克斯石像旁的地面上,可怜地痛哭起来。除了痛苦我一无所有。后来我就睡着了。当我再次醒过来的时候,天已经大亮,有几只小麻雀就在我身边的草地上蹦蹦跳跳。

"我在清晨的新鲜空气中坐起来。我试着想弄清楚我怎么到这儿的,而我又为什么会感到这样深的孤独和绝望。这时,我的头脑慢慢清晰了。在明晃晃的阳光下,我清楚地明白了自己的处境。我明白昨晚疯狂行为的愚蠢之处,我可以自己给自己讲道理了。'想想最坏的情况是什么?'我说,'假如时间机器完全找不到了,或者是被毁了,那我理应保持冷静和耐心,然后了解这个时代人类的方式,了解我的损失的解决方法,并了解获得材料和工具的途径。这样的话,我最后还有可能再制造一台机器。'这可能是我唯一的希望,不过总比绝望好。不管怎么说,这是一个美丽且稀奇的世界。

"不过,机器可能只是被移走了。可即使这样,我还是要冷静,要有耐心,尽快找到它被藏在哪里,然后通过武力或者计谋将它找回来。想到这儿,我就爬起来看了看自己,想着可以到哪里去洗个澡。我感到疲惫不堪,浑身僵硬,旅途劳顿。清晨的清凉让我渴望内心的清凉。我已经耗尽了感情。确实,我在处理自己的事情时,发现我都不知道为什么昨晚会那么激动。我仔细查看了草坪周围。我还费力向经过的小人儿打听询问,不过这都是在浪费时间。他们都不明白我的手势:有的一动不动,有的以为我在开玩笑,哈哈大笑起来。我真抑制不住冲动,想在他们漂亮的笑脸上掴上一掌。我知道这是愚蠢的冲动,不过,恐惧和无名的怒火很容易就控制住我的情绪。那块草坪给了我线索。我发现上面有一道沟壑,差不多就在斯芬克斯石像的底座和我来时的脚印的中间。那时候，我拼命想要将时间机器翻过来。周围还有其他移动的痕迹，脚印非常狭窄，我能想起来的就是树獭的脚印。这让我更加细心地去观察那个底座。我记得我说过，这个底座是青铜的。它不是一块完整的青铜，而是两边装饰着带有深框的嵌板。我走过去，敲了敲嵌板。底座是中空的。仔细检查了一下嵌板，我发现它和框架不是连在一起的。上面没有把手，也没有锁孔。不过，如果这些嵌板是入口的话，它可能是从里面开启的。有一点已经很清楚，不用太费脑筋我就知道，时间机器就在底座里面。不过，它是怎么进去的就是另外一个问题了。

"我看到两个穿着桔黄色衣服的人，他们穿过灌木丛，从满是鲜花的苹果树下向我走来。我转身朝他们微笑，招呼他们过来。我指着青铜底座，表示我想要将它打开。可是我刚指向青铜底座，他们就做出奇怪的举动。我不知道怎么对你们描述他们的表情。想象一下你向一位脆弱的女人做出不恰当的手势后，她会露出的表情。他们两个人像受了奇耻大辱一样愤愤离开了。我又对一个穿着白色衣服的漂亮小人儿做了同样的手势，结果是一样的。不知为什么，他的举动让我感到羞愧。不过你们知道，我想要时间机器，所以我又试了一次。当他像其他两个人一样离开时，我气得不行，紧走几步追上他，一把抓住他脖子领口宽松的部分，并将他拖向斯芬克斯石像。这时，我看到他脸上那种害怕和厌恶的表情，突然我就放他走了。

"不过我不甘心。我用拳头捶打着那些青铜嵌板。我恍惚听到里面有声音——说明白点，我觉得我好像听到了轻笑声——我一定是弄错了。然后，我又从河里拿来一大块鹅卵石，用它把一块装饰的花纹都快敲平了。铜锈大块大块地掉下来。四周一英里外的小人儿肯定都听到我敲击的声音了,不过好像这样也没什么不妥。我看见山坡上有一群人,他们正偷偷地看着我。最后,我又热又累地坐下来打量四周。可我太焦躁不安了,我根本坐不了太长时间。对于守夜来说,我太西方化了,坚持不了多久。我可以花费几年的时间研究一个问题,可是一动不动地等待二十四小时就是另外一回事了。

"过了片刻,我站起来,开始漫无目的地穿过灌木花丛,再次走向小山。'要有耐心,'我对自己说,'如果你想要再次拿回时间机器,你就得离斯芬克斯石像远点儿。如果他们故意拿走你的时间机器,那你破坏他们的青铜嵌板也于事无补。如果他们不是故意拿走的,那你到时候就可以跟他们要回来。面对难题,徒劳地坐在未知事物之中是没有帮助的,这样做是一种偏执。面对这个世界,了解它的运行方法,仔细观察,不要急着下结论。这样你最终会找到线索的。'突然,我就发现整个事情的可笑之处:我花费这么多年的时间勤奋研究,努力工作,就是为了找到通往未来时间的方法。而现在,我却急切地想要离开它。我为自己设计了一个人类最复杂最无望的陷阱。虽然是自讨苦吃,但我还是做了。想到这里,我大笑起来。

"穿过大厅时,那些小人儿好像都在躲着我。这也许是我的想象,也许与我敲打青铜门那件事有关。不过,我确实感觉到他们在避着我。不过我尽量表现出不在乎,并克制住追问他们的欲望。一两天后,事情恢复了原样。我尽量学习他们的语言。另外,我进一步到处寻找。要么是我遗漏了一些细微之处,要么就是他们的语言太简单——几乎只有名词性实词和动词。看起来很少有抽象术语,或者形容性的词汇。

通常，他们的语句都很简单，只有两个单词。不过，除了最简单的话，其他的我都无法表达或理解。我决定将时间机器和斯芬克斯石像下的青铜门这两件事尽量放到一边，直到我的知识增长到可以自然考虑这些问题为止。不过你们应该能理解，有一种感觉让我一直逗留在我着陆的周围，不愿离开。

"就我现在看到的，整个世界就像泰晤士河谷一样富饶。我爬过每一座山，看到的都是同样恢宏的建筑物，材料和形式上变化万千，同样的常青树灌木丛，同样开满鲜花的树和蕨类植物。四周的河水都清澈明亮。远处，大地与连绵起伏的群山连接，最终隐入平静的天际。这时，一个奇怪的现象吸引了我的注意：有一些圆井，其中有一些看起来还很深。有一口井就在通往山上的路边，我第一次去山上时经过那儿。跟其他井一样，这口井周围也是青铜栏杆，上面还有一个圆屋顶防止雨水落进去。我坐在这些井边，望着黑黢黢的井下，没有一点儿水光，划亮火柴也没有反光。不过，所有的井下都有一种声音：砰——砰——砰，就像某种大型发动机的声音。在火柴的光照下，有一股平稳的气流向下冲。所以，我又扔下一张纸。纸片不是缓慢地向下飘，而是立即被吸进去，不见了踪影。

"不一会儿，我就把这些井和山上到处耸立的高塔结合在一起，因为高塔上经常会出现那种在艳阳高照的沙滩上会出现的闪光。将这些现象结合在一起，我得到一个结论：地下有一个通风分支系统，我们很难想到它的真正入口在哪里。起初，我将它们与这里人类的卫生系统联系在一起。很明显，这个结论是错的。

"在此，我不得不承认，在这个未来世界停留期间，我对他们的排水沟、车铃、运输方式等便利设施一无所知。在我读过的《乌托邦》①和有关未来世界的作品中,有许多关于建筑物和社会结构等的细节描述。尽管这些细节在人类想象的完整世界中很容易获得,不过在真正的时间旅行者所找到的这个世界里,这些细节无处可寻。想象一下伦敦的那个传说:一个来自中非的黑人会为他的部落带回去什么呢?对于铁路公司、各种社会运动、电话和电报线、包裹快递公司、汇票等东西,他能了解到什么呢?不过,我们最终都愿意向他解释这一切!可即使他了解这一切,他又怎么向未旅行过的朋友解释并让他们相信呢?现在,想想我们时代的黑人和白人之间的差距有多小,而我自己和黄金时代的人类之间的间隔又有多大!我对给我安慰的未知事物非常敏感。可除了对他们自动化组织的大体印象外,我恐怕没法告诉你们这之间有什么不同。

"就拿坟墓来说,我没有看到任何有关火葬场或者坟墓的迹象。不过我也想,在我还没去过的地方应该会有墓地(或者火葬场)。这是我故意给自己提的另一个问题。可我对这个问题的好奇心从一开始就被彻底打败了。所有的事情都让我困惑,我要进一步说明让我更加困惑的事情:他们中没有老年人或者体弱者。

"不得不说,我对自己最初想到的自动化文明和颓废的人类这个理论非常满意,可这种满足感没持续多长时间。而我又想不出其他的理论。现在让我说说我的困难。我去过的那几个大厅只是居住区、就餐厅和睡觉区。我没有看到任何机械或电气类的东西。不过这些人都穿着面料舒适的衣服。这

---

① 《乌托邦》:托马斯·摩尔的著作,将乌托邦比喻为人类思想意识中最美好的世界,类似西方早些时候的"空想社会主义"。

些衣服肯定需要不断换新。尽管他们的凉鞋没有修饰,却是很复杂的机器制造出来的产品。无论如何,这些东西都是机器制造出来的,可这些小人儿一点儿创造能力也没有。这个地方没有商店、车间,也没有进口货物的迹象。他们每天都在高雅地玩耍,在河里洗澡,在半真半假地求欢,在吃水果和睡觉。我真不懂这一切是如何运作的。

"现在再说一下时间机器这个问题:我不知道是什么东西,但肯定有东西把它搬到斯芬克斯石像的空底座里了。原因是什么呢?我绞尽脑汁也想不出来。那些没水的井和闪光的柱子我也搞不懂。我觉得——该怎么表达呢?——就好像你发现了一篇碑文,碑上都是简单通俗的英文,不过其中穿插了一些编造出来或我们完全不认识的句子或者字母。嗯,我到达这里的第三天,802701年的世界留给我的就是这样的印象!

"我在那天还交了一个所谓的朋友。是这样的,当我正在看着那些小人儿在浅滩里洗澡时,其中一个人突然痉挛了,还顺着河流向下漂去。当时的水流很急,不过一般水性的人应该也可以应付。在接下来我要说的内容里,你们会发现这些小人儿的奇怪之处:那个小人儿哭喊着在他们面前下沉,可其他人都没有想要救他。意识到这一点时,我赶紧脱下衣服,艰难地涉水走到下游的地方,抓住那个可怜的家伙,并把她安全地拖上岸。我对着她的四肢按摩了一会儿,她很快就醒了。当我离开她时,我很高兴她已经没事了。我对她的族人的评价很低,所以也没指望她会致谢。不过,在这一点上我错了。

"这件事情发生在上午,下午的时候我又遇见了她,我确信是她,当时我正从探险的地方返回我的大本营。她高兴地叫喊着迎接我，还给了我一大束鲜花。这件事让我有了想法，可能是因为我一直觉得在这里很孤独。不管怎么样，我尽量表现得非常喜欢这份礼物。很快，我们就坐在一个小石凉亭里开始聊天了，当然主要是微笑。这个生物的友好就像孩子的友好一样影响了我。我们为彼此递上鲜花。她亲吻了我的双手，我也亲吻了她的。然后我又跟她交流，知道她的名字是维娜（Weena），不过我不知道它的含义，反正觉得挺适合她的。我们之间奇特的友情就是这样开始的。这场友情在一个周之后结束——我后面会给你们讲的！

"她真的很像个孩子。她想一直跟我待在一起。无论我去哪儿，她都要跟着。第二次出门时，我突然想到要将她拖垮，然后离开她，让她哀怨地在后面喊我。可世界上的问题总是要解决的啊。我心想，我来到未来可不是为了跟一个小人儿调情的。可当我离开她时，她痛不欲生，离别时她的劝告有时又近于疯狂。所以，我觉得，她的付出给我带来了同样多的问题和安慰。可不管怎样，她是我的安慰。我觉得，可能是孩子般的感情让她整天黏着我。我不知道当我离开她时，会给她带去多大的伤害，我也不清楚她对我的意义，等我明白过来时，一切已经晚了。因为，仅仅通过她喜欢我，并以脆弱无望的方式对我表达关心这一点，这个小娃娃就让我在走到斯芬克斯白色石像附近时找到了回家的感觉。一翻过小山，我就急着寻找她黄白相间的小巧身影。

"我也是从她那里才了解到恐惧还留在这个世界。白天时她一点儿也不害怕，而且对我很信任。有一次我犯了傻，满是威胁意味地看着她，可她只是笑笑。不过她害怕黑暗，害怕影子，害怕黑色的事物。黑暗是她唯一害怕的东西。这是一种很强烈的情感，它让我去思考，去观察。然后我发现，这些小人儿晚上聚集在大房子里，彼此挤在一起睡觉。不点灯走向他们会让他们恐惧。我发现，天黑之后他们没有一个人出门，也不会单独一个人睡觉。不过，我是个榆木脑袋，没有从他们的恐惧中学到经验教训。我还不顾维娜的痛苦，坚决不跟那些嗜睡的人睡在一块儿。

"这让她很不安，不过她对我的奇特感情最后占了上风。在我们认识的五个夜晚里，也包括最后一个晚上，她都拿我的手臂当枕头。一说到她，我就又岔开话题了。那是在她获救的前一个晚上，我在黎明的时候才醒过来。那一晚我睡得不踏实，做梦都是我被淹死的噩梦。海葵用柔软的触角抚摸着我的脸。我突然醒来，感觉一只浅灰色的动物刚冲出屋子。我想再睡一会儿，可感到焦躁不安还难受。就是在这黎明前的昏暗时刻，某些生物会爬出黑暗，就在一切无色且轮廓清晰但又不真实的时刻。我起床走出大厅，来到大厅前的石板上。我还是很想看看日出的。

"月亮缓缓西沉，暗淡的月光和破晓的第一道曙光交汇成忽明忽暗的色彩。灌木花丛一片漆黑，大地灰暗阴沉，天空阴郁无色。在山顶上，我好像看到了鬼。当我看向山坡的时候，有好几次都看见了白色的身影，像猿一样的生物迅速爬上山。还有一次，在瓦砾中他们抬着某具黑色的尸体。他们移动得很快，消失在灌木丛中，我看不清发生了什么。你们肯定明白，那时天色还很模糊。你们可能都知道那种清晨的寒冷和飘忽不定。我怀疑我看到的那些东西。

"当东方的天空越来越明亮时，白天的光照出现了，太阳绚丽的色彩再一次回归大地。我仔细观察着周围的景色，可我没看到有白色的身影。它们可能只在光照昏暗时出现。'它们肯定是鬼，'我说：'我想知道他们来自哪里。'我想起了格兰特·艾伦（Grant Allen）①的一个奇怪想法，自己都被逗笑了。他认为，如果每一个人死后都会变成鬼，那世界最后一定会鬼满为患。按照这种想法，鬼的数量在八十万年之后就难以计算了。所以我刚才一下看到四只也就不奇怪了。可开玩笑是没用的，我整个早上都在想那些白色的身影，直到救了维娜我才忘了这些事。我将它们与第一次急切地寻找时间机器时所惊动的白色动物联系在一起，可维娜是个开心果，很快就让我忘了这件事。尽管这样，这些身影注定一直占据着我的心灵。

"我记得跟你们说过，这个黄金年代的天气比我们这个时代的天气热得多。我也不知道为什么，可能是因为太阳越来越热，也可能是因为地球离太阳越来越近。大家通常认为，未来太阳的温度会越来越低。但是像青年达尔文（Darwin）一样不熟悉这种推论的人，可能忘记了行星最终会一个接一个地回到母体。当这些灾难出现时，太阳会用新的能源发光。说不定某个里圈的行星已经遭遇这样的命运。不管原因是什么，反正太阳比我们了解到的要热。

"嗯，在一个烈日当头的早上，应该是我到达的第四天，我正在一大片废墟里寻找避暑的地方，那一片废墟就在我吃饭睡觉的大厅旁边。一件怪事发生了：我在砌石堆里爬来爬去时，发现了一个很狭窄的画廊，里面两头和旁边的窗户被落下来的石头堵住了。与外面的明亮相比，这里最开始给我的感觉是黝黑无比。我摸索着进到里面，从明亮到黑暗的转变让我的眼前出现了光点。我突然停下脚步：发现有两只眼睛受到日光的反射，在黑暗中看着我。

---

① 格兰特·艾伦：加拿大科学作家和小说家。

"以往对野兽的本能恐惧再次涌上心头。我握紧拳头，紧紧盯着那发光的眼球。我害怕转身。这时，我想到这个时代的人好像完全生活在安全之中，然后我又想起他们对黑暗的恐惧。稍微克服了一点儿恐惧，我向前迈了一步并开口说话。我得承认，我的声音很尖锐，并且还有点失控。我伸出我的手，摸到了一些柔软的东西。那双眼睛立刻闪到一边，有个白色的东西从我身边跑过去。我转过身，心脏都快到了嗓子眼儿。我看见一个像猿一样奇怪的身影。它快速穿过我身后的阳光地带，脑袋奇怪地耷拉着。匆忙中还撞上一块儿花岗岩，跌跌撞撞地歪到一边。一会儿又躲到另外一堆荒废石堆下的黑影中。

"当然，我对它的印象并不完整。但我知道它全身是白色的，还有暗红色的奇怪大眼睛，它的头上和后背上长着淡黄色的毛发。不过，就如我刚才所说，它跑得太快以至于我都看不清楚。我甚至没看清它是四肢着地，还是仅仅依靠前肢。稍微停顿片刻，我就跟着它进入另外一堆废墟。刚开始，我没找到它，可没一会儿，我就在昏暗中到了一个我跟你们说过的圆井。井口被一根倾倒的柱子挡住了一半。我灵机一动，这个东西不会是跑进井里了吧？我点着一根火柴，借着光亮向井下看。我看见一个白色的东西在移动。它一边后退，一边用亮闪闪的大眼睛盯着我，让我害怕。它就像是一个蜘蛛人，正沿着井壁在向下爬。我第一次见到这些金属的脚手架，它们类似于下井的梯子。这时，火苗烧到了我的手，并从我的手里掉下去。掉落的过程，火苗熄灭了。当我点着另一根火柴时，小怪物已经不见踪影。

"我不知道那口井我看了多久。好长一段时间我都没法说服自己说看到的是人。但是，慢慢地，我了解到这其中的真相：人类并不是只延续了一个物种，而是分裂成两种完全不同的生物。地面上优雅的孩童并不是我们的唯一子孙，而从我眼前闪过的这个白色可憎的夜间活动生物，也是我们世世代代传下来的后裔。

"我想起那些闪光的柱子，还有自己关于地下通风的理论。我开始怀疑它们真正的输入来自哪里，而这种狐猴似的东西在这个完全平衡的组织中是做什么的？它与美丽的地表居住者的懒惰和宁静又有什么关系？井底的脚手架下到底有什么？我坐在井沿告诉自己，不管怎样，井底没什么可怕的，我得到井下面才能找到所有难题的解决办法。可我太害怕下井了！正在我犹豫不定时，两个美丽的地上居住者穿过阳光跑到阴影里。男人正在追赶女人，他一边跑一边将鲜花扔向她。

"我的胳膊撑在推翻的柱子上，他们看见我向井下张望时表现得非常痛苦。很明显，谈论这些井是不适宜的举动，因为当我指着这口井，试图用他们的语言组织出一个问题时，他们表现得更加痛苦，还转过身去。不过他们对火柴的兴趣很高，所以我点亮几根火柴逗他们开心，然后我又问起井口的事，可他们还是不肯说。所以我赶紧离开他们，想回去找维娜，看看她那里有什么消息。不过，我的思维已经发生了转变，我的猜测和想法也开始重新调整。现在，我对这些井的进口，通风的高塔和神秘的鬼怪都有了线索，我还得到了铜门的含义和时间机器遗失的启示！甚至曾经困惑过我的经济问题也有了暗示。

"下面是我新的看法。很明显，人类的第二个物种是在地下生活的人。三种特殊的情况让我认为，他们很少出现在地面上是因为他们已经习惯了长期的地下生活。第一，大部分生活在地下的人的脸都很白，就像是肯塔基州①山洞中的白鱼一样。第二，那些可以反光的大眼睛是夜行动物的共性——猫头鹰和猫就是如此。第三，他们在阳光底下明显慌乱，笨拙尴尬地逃向黑暗，还有阳光下耷拉着的脑袋——所有这些都证明了他们视网膜的敏感性。

"在我的脚下，这个世界肯定是纵横交错的。所有的隧道就是这个新种族的聚居地。除了河谷，山坡上的通风竖塔和井口到处都是，分支极广。如果是这样的话，我们很自然就会这样想：这个人工的地下世界就是要让阳光下的种族生活得更舒适。这个想法貌似合理，我也很快接受了，还进一步思考了一下人类种族是怎么分化的。我敢说你们能想象到这个理论的大概范围，但我很快就发现它与事实差得很远。

"就从我们这个时代里的问题先说吧。毋庸置疑的是，资本家和工人之间临时的社会差别在不断加大，这是整件事情的关键点。没错，即使现在有种情况来证明这一点，你们仍然会觉得这样很可笑——当然也让人难以相信！现在确实有一种趋势，那就是利用地下的空间，来开展文明生活中不太美观的事物。比如说伦敦就有大都会铁路，有新的电气化铁路，有地铁，还有地下的作业室和餐厅。这些事物的数量还在大量增加。我觉得，这个趋势已经很明显地发展到工业在地面上没有立足之地的程度了。我的意思是说，人类已经越挖越深地进入到越来越大的地下工厂里，也在那里度过越来越长的时间，直到最后——即使是现在，东部的工人不就是在这样远离地球自然表面的人造环境中生活的吗？

---

① 肯塔基州：美国中东部的一个州，是美国的第十五个州，以纯种马和威士忌闻名于世。

"毫无疑问,因为富人越来越细化的教育,还有他们与粗鲁的穷人之间日益增大的差距,他们开始不断占据地球上的大部分地区。就拿伦敦来说吧,差不多一半以上比较漂亮的城市已经不准穷人进入。因为高等教育的时间长度和花费,以及富人不断追求精致生活习惯的原因,现在阻止我们这个种族分裂的阶级间通婚已经越来越少。所以,到最后,地上的人会拥有一切,他们追求各种愉悦、舒适和美好;而地下那些一无所有的人,那些劳动者,他们会不断适应其劳动的环境。一旦生活到地下,他们就必须为洞穴的通风系统付费,还不止付一点点。如果不付钱,他们就会挨饿或者被憋死,这里面痛苦叛逆的人会死去。最终,人们得到了永恒的平衡。幸存者会高兴地适应地底下的生活环境,就像地面上的人一样开心。在我看来,精致的美丽和缺乏活力的惨白就是这么来的。

"我曾梦想的人类伟大的胜利在我脑海中是另外的情景。我根本没想到德育教育通力合作的胜利会是这样。相反,我看到的是真正的上层社会,他们用完善的科学武装自己,致力于将现在的工业系统推向一个符合逻辑的结局。人类不仅战胜了大自然,还战胜了人类自己。我必须告诉你们,这个是我当时推出的理论。我在乌托邦之类的书中没有发现现有的指南。也许我的解释全是错误的,不过我还是觉得它有一定的合理性。可即使建立在此解释基础之上的最终获得平衡的文明,也早就过了其鼎盛时期,现在也要开始衰败了。地上居住者过分完美的安全环境,让他们动作迟缓退化,身高缩小,力量和智力都衰退了。我对这一点看得很清楚。地下生活的人怎么样我还不清楚。但从我所见到的摩洛克人来说——顺便提一句,在地下生活的生物是被这样称呼的——我能想象出来,这类人的改变,比我了解的埃洛伊这个漂亮的种族改变的要多。

"可我还是不明白,为什么摩洛克人要拿走时间机器?我敢肯定就是他们拿的。如果埃洛伊族是主人的话,为什么他们不把时间机器还给我?为什么他们那么害怕黑暗?就像我说的,我不断询问维娜地下世界的事情,可是在这一点上我又失望了。刚开始她不明白我问的是什么,听懂了之后又拒绝回答这些问题。她浑身发抖,好像无法忍受这个问题。当我逼迫她的时候,可能厉害了点,她竟然哭了。除了我自己,在黄金时代我只看到过她哭泣。一看到眼泪,我立马就不问了,只想从维娜的眼中抹掉眼泪这一人类的遗产。当我严肃地点燃一根火柴时,她又笑了,并拍起手来。"

第6章

"可能你们会觉得奇怪,但确实是在两天之后,我才用很明显是正确的方式继续追踪这条新的线索。我对那些苍白的身体总有一种莫名的畏惧感。他们跟大家在动物学展览馆里看见的保存在酒精中的虫子或者其他东西一样,呈现出一种类似漂白的颜色,而且摸着还是冷冰得让人恶心的感觉。或许我的畏惧感主要是受到埃洛伊的交感影响。现在,我开始明白他们对摩洛克人的厌恶了。

"第二天晚上我睡得不好。或许我的头脑有点错乱,我心里满是困惑和怀疑。有一两次,我还感受到莫名而强烈的恐惧。我记得在月光下,我悄悄地溜进那些小人儿睡觉的大厅——维娜跟他们睡在一起——看到他们都在我就放心了。即使在这样的时刻,我还是觉得月亮在接下来几天会变成下弦月,而夜晚会变得更黑;这些来自地下的讨厌的东西,这些变白的狐猴,这些寄生虫会代替老的寄生虫,变得更加猖狂。

这几天，我像个逃避不可避免的义务的人一样坐立不安。我可以肯定，只有勇敢地探索地下的秘密，时间机器才能被找回来。可是我又没办法面对这个秘密。如果我有个伴儿的话，事情就会变得不一样了。可我现在孤身一人，连爬下黑黢黢的井都让我害怕不已。不知道你们能不能理解我的感受，但我从未感觉身后真正安全过。

"或许，正是这种焦躁和不安，驱使我到越来越远的地方去探索。朝着西南方向一个现在叫作科姆·伍德的朝气蓬勃的乡村走去，我看见19世纪班斯台城的方向，有一座巨大的绿色建筑。它的特点跟我迄今为止看见过的所有建筑都不一样。它比我所知道的最宏伟的宫殿或废墟还要大。它的前方极具东方色彩：表面有光，呈现浅绿色，也可以说是蓝绿色，就像是中国瓷器上的光泽一样。这奇特的样子说明它的用途也不同。我下定决心要继续探索，可是天色越来越晚。兜了一个麻烦的大圈子我才看到这个地方，于是决定第二天继续探索工作。我返回到欢迎我、抚慰我的小维娜身边。可是第二天早上，我发现，我对绿色瓷器宫殿表现出来的好奇其实是在自欺欺人。我延迟一天进行探索，其实就是找了个借口延迟一天去做我害怕的事情。我决定不能再浪费时间，我要立刻下井。所以我大清早就朝着花岗岩和铝制品废墟附近的那一口井出发了。

"小维娜跟我一起去的。一路上，她在我身边蹦蹦跳跳地来到井旁。可是看见我低头看向井下时，她还是显得很担心。'再见，小维娜。'我吻了吻她说道。然后我就放下了她，穿过栏杆去摸能够下井的脚手架。不得不承认，我下井的速度很快，因为我害怕自己的勇气会悄悄溜掉！刚开始时，她吃惊地看着我，然后又发出可怜的叫声，还用她的小手来拉我。

我觉得是她的反对增加了我继续前进的勇气。我挣开她,可能动作有点粗鲁。很快我就下到了井口。我能看见她痛苦的脸庞悬在栏杆顶上。我对她笑了笑,让她安心。然后我就得低头看着我手里要抓的那些不牢固的钩子。

"我大概朝井下爬了两三百码。其实下井并不是很顺利,因为下降的途中井壁上突出来很多金属杆,这些金属杆是给那些比我小比我轻的人用的。所以很快我就在下降的途中被挤得疲惫不堪。其实何止是疲惫不堪啊!因为一根金属杆支撑不住我的重量突然变弯,我差点被摔下黑黢黢的井底。我一下子就单手悬挂在那儿,然后我就再也不敢停下来了。尽管我的胳膊和后背都很酸疼,但我仍然手脚不停地向井下爬去。我抬起头看了看,只看见井口像一个蓝色的盘子,星星还是可以看到的。小维娜的头在井壁投射出圆圆的黑色影子。井底下,一台机器砰砰的声音越来越大,越来越让人压抑。头顶上,除了小盘子一样大小的井口,周围的一切都非常黑。这时,我又抬头看了看,已经看不见维娜了。

"这种不舒服让我非常难过,我还想重新爬回到井上,不再管地底下的世界。不过即使脑海中存有这样的想法,但我还是在继续向下爬。终于,我隐隐看到在右边一英尺的井壁上,有一个细长的孔洞,这让我松了口气。我很轻松地荡了进去,发现这里是一个有着狭窄水平隧道的小洞。在这里,我可以躺下来休息。很快,我的胳膊就疼起来,后背也抽筋了。因为害怕掉下去,我的身体也在发抖。而且,无尽的黑暗让我的眼睛很疼。空气中到处都是机器将空气排出竖井的声音。

"我不知道自己躺了多久。一只柔软的手轻抚我的脸庞,将我惊醒。我猛然从黑暗中跳起来,赶紧拿起火柴,点亮了一根。借着火光,我看见三个弯着腰的白色生物,他们就跟我在地面废墟旁看见的东西一样。见到光后,他们落荒而逃。对我来说,他们生活在黑暗中,所以眼睛很大,而且异常敏感,就好像是深水里的鱼的瞳孔一样,而且还能反光。我敢肯定,他们可以在没有光线的昏暗中看到我。除了光,他们好像并不害怕我。不过,只要我擦亮火柴想要看清他们,他们就会惊慌地跑到黑暗的隧道里。在那里,他们以最奇怪的方式注视着我。

"我想要叫住他们,可是他们的语言与地上人的语言完全不同。所以,我孤身一人,只能依靠自己。在下井进行探索前试图逃跑的念头仍然出现在我脑海中。我对自己说:'反正你现在已经进来了。'我摸索着在隧道中前进,发现机器的声音越来越大。很快井壁就不见了,我来到一片巨大的空旷场地。我又擦亮一根火柴,看到我已经进入到一个巨大的拱形洞穴中,我视线所及的范围内一片黑暗,我所能看见的情景就只有火柴照亮的地方。

"毫无疑问,我的记忆一片模糊不清。像巨型机器一样的庞然大物出现在昏暗中,产生了巨大的怪异黑影。幽灵似的摩洛克人就在这里躲避光亮。顺便提一下,这个地方很闷,让人呼吸困难,空气中还隐隐弥漫着一股血腥味。在空地的中间,有一张小桌子,是用白色金属制成的,上面似乎摆放着一些吃的东西。不管怎么说,摩洛克人都是肉食动物!即使在那个时候,我还在想,是什么样的庞然大物能够存活下来,并提供我所见到的那种红色的大肉块。周围的一切都模糊不清:浓重的味道,毫无表情的庞然大物,黑暗中潜伏的模糊身影。他们都在等着黑暗再次将我包围!这时,火柴熄灭了,还烫到我的手指。掉落的火柴根部在黑暗中划出一道扭动的红线。

"我一直觉得进行此次探险所带装备太少。当我启动时间机器时,我就荒唐地认为,未来的人在设备方面肯定要比我们超前。所以,我去的时候根本没带武器或药品,也没带可以抽烟的东西——有时候真的很想抽烟——我甚至连火柴都没带够。如果当时想到带着架柯达相机那该多好啊!那样的话,我就能够瞬间拍下地下世界的景象,然后以后有时间再慢慢研究了。但是,我现在站在那儿,手头上只有大自然已经赐予我的武器和力量——我的双手、双脚和牙齿,还有四根仅存的用于保命的火柴了。

"在黑暗中,我不敢沿着这台大型机器继续前行。借着最后的火光,我看到自己的火柴也寥寥无几了。直到那个时候,我才想到要节省着使用。而且,地上的人觉得火柴是新鲜玩意儿,为了吓唬他们,我几乎浪费掉半盒火柴。现在,就如我所说那样,我只剩下四根火柴了。黑暗中,一只手碰到了我,细长的手指还在我的脸上来回摩挲。我闻到一种奇怪的味道。我听到周围有一群可怕的小人儿的呼吸声。我觉得手中的火柴盒被人轻轻拿走,其他在我身后的手还在拽我的衣服。我感到周围有一些我看不到的生物正在审视我,这让我不舒服。黑暗中,我突然清楚地意识到,我对他们思考和行事的方式全然不知。我拼命朝他们喊叫,试图吓跑他们。但很快我感到他们又靠近了。这一次,他们的胆子更大了,还紧紧抓住了我,彼此还嘀咕着什么。我浑身打战,又大喊了起来,声音还很刺耳。他们这次没有被惊到,向我凑过来时还在怪笑。不得不说,他们吓得我魂飞魄散,所以我决定再点亮一根火柴,以便于在火光的掩护下逃离。所以我就点亮了一根火柴,还点着了口袋里的一张纸,这样火光可以更大一点。接着，我就赶紧撤退到狭窄的隧道里，但刚进隧道，火柴就熄灭了。我听到摩洛克人在黑暗中紧紧跟来，就像风吹树叶簌簌、雨落地面啪啪作响的声音。

"很快，我被几只手同时拽住，毫无疑问，他们想将我拉回去。我又擦亮一根火柴，并在他们面前晃动，这样就会将他们照得晕头转向。你们很难想象，他们非人类的面孔看起来让人多么恶心，那些没有下巴的苍白面孔，还有那些没有眼睑的灰红的大眼睛。他们茫然地盯着我，我向你们保证，我没有停下来观察，我继续向后退。当第二根火柴熄灭后，我点亮了第三根。当这根火柴熄灭时，我看到了竖井的入口处。我躺在那儿，井底下大机器的轰轰声让我头昏。然后，我在井壁上摸索，找到了凸出来的脚手架。正在摸着时，我的双脚被人抓住了。我拼命向后蹬，并擦亮了最后一根火柴……可它很快熄灭了。但此时我已经抓住了脚手架。我拼命踢脚，终于从摩洛克人的手中逃脱，并迅速爬上井。他们只能眼巴巴地看着我逃走。只有一个小东西还跟着我爬了一段距离，差点把我的靴子抓下来当战利品。

"对我来说，爬上井口的距离好像没有尽头。到最后二十还是三十英尺时，我感觉到致命的恶心，我都快抓不住脚手架了。还剩最后几码时，我可谓是在跟晕厥进行较量。有好几次，我的头在左摇右摆，我觉得自己要跌下去了。不过，我最终还是爬到了井口，跟跟跄跄地走出废墟，来到耀眼的阳光下。我一头栽倒在地上，仿佛连泥土都很清新芬芳。我记得维娜亲吻我的双手和耳朵，仿佛还听到其他埃洛伊人的声音。然后，我就失去了知觉。"

第 7 章

"现在,我的处境确实是更加糟糕了。之前,我只在时间机器遗失的那天晚上悲痛欲绝。之后,我就一直抱着最终能逃离这个地方的希望,可是,这些新发现又让我的希望动摇了。我一直都以为,我仅仅是被那些小人儿孩童般的简单和某种神秘的力量所阻碍,而只要我知道这种力量是什么,我就能克服它。可是,摩洛克人令人恶心的性格里有一种完全陌生的元素——那是一种非人类的邪恶的东西,我本能地厌恶他们。以前的时候,我觉得自己就像一个跌进坑里的人,只需要关心坑以及怎样爬出这个坑。现在,我觉得自己像只陷入困境的野兽,即将面临敌人的攻击。

"我畏惧的敌人可能会让你们吃惊,因为它是新月降临时的黑暗。最开始的时候,维娜就让我对'黑夜'有了害怕的感觉。现在来看,要猜出即将到来的'黑夜'到底是什么意思并不是一件难事。月亮光亮越来越弱,黑夜越来越长。最起码，我现在多少知道那些地面上的小人儿为什么这样害怕黑暗了。以前，我总是不太明白，摩洛克人在新月的黑暗下能干什么邪恶的事。我现在可以肯定的是，我的第二个假设是完全错误的。也许，地面上的人曾经是可以享受特权的贵族，而摩洛克人只不过是他们的奴仆，不过这种格局早就是过去式了。人类进化得来的两个物种正在转向或者说已经确定了某种全新的关系。埃洛伊人如同加洛林王朝①的国王，它们已经退化成了空有外表的废人。他们勉强被允许可以待在地面上，因为摩洛克人世世代代生活在地下，他们最终发现，自己已经无法忍受阳光照耀的地面了。我推测，可能是出于为他人服务的陈旧习惯，摩洛克人还在为埃洛伊人提供衣服，并满足他们出于这个习惯的需求。他们这样做事，就如同站着的马要用脚刨地，或者人类喜欢将狩猎作为一种运动一样自然。以往的古老需求已经在他们的生命有机体上刻下了烙印。不过很明显，这个旧的秩序已经有所颠覆。复仇女神涅墨西斯（Nemesis）②正在对娇生惯养的人进行报复。很久很久以前，几千代以前，人类将他的兄弟姐妹从舒适和阳光中赶走，现在，这些兄弟姐妹又回来了，而且他们已经变了！埃洛伊人已经开始重新接受旧教训了，他们再次品尝到恐惧的滋味。突然，我想起在地下的世界看见的肉。我突然想起这件事来也挺奇怪的，因为我并没有刻意去思考，这个问题就突然从外部世界进入我的脑海中。我努力回忆那块肉的形状，可以模糊地感觉到它是我熟悉的东西，但又无法

---

① 加洛林王朝：公元751年到公元10世纪统治着法兰克王国的封建王朝。

② 涅墨西斯：希腊神话中的复仇女神，代表无情的正义。她认为人们不应占有过多的好运，所以经常诅咒有福气的人。

说出那究竟是什么。

"不过，无论那些小人儿在他们恐惧的黑夜面前多么无助，我可是与他们的构造完全不同的。我来自我们这个时代，这个时代是人类发展的鼎盛时期。在这个时代，恐惧并不可怕，神秘也失去了让人畏惧的魔力。至少我会进行防卫。所以，我立即就决定要武装自己，并建造一处可以睡觉的稳固堡垒。一想到我每夜都暴露在那些丑陋的生物面前，我就失去了信心。而将这里作为大本营，我就有信心面对这个奇怪的世界。我觉得如果不把床铺到完全远离他们的地方，我简直就无法入睡。只要一想到他们肯定已经观察过我，我就浑身打战，心惊肉跳。

"下午，我沿着泰晤士河谷闲逛，但没有找到一处我认为可以躲避摩洛克人的地方。从摩洛克人住的井来看，他们可以灵巧地攀爬所有的建筑物和树林。这时，我又想到青瓷宫殿上高高尖顶和闪光的墙壁。晚上，我将维娜像个小孩儿一样扛上肩膀，我们爬过小山，向西南方向走去。我估计走了七到八英里，可实际却走了将近十八英里。因为我第一次看见那个地方，是在一个阴雨绵绵的下午，在那种情况下目测的距离通常要小于实际距离。而且，我的一只鞋跟松了，鞋钉戳破了鞋底——他们是我在室内穿的那种舒适的旧鞋——所以我只能一瘸一拐地走路。当我看到宫殿的时候，太阳早就已经下山了，在浅黄色的天空下映衬出宫殿黑黢黢的轮廓。

"我刚扛着维娜的时候，她很开心。可没过一会儿，她就让我放下她。她跟在我身边跑，时不时冲到路两边去摘鲜花插在我的口袋里。维娜对我的口袋总是很困惑，但最终她得出了结论：它们就是一种用于做花饰的古怪花瓶，至少她是这么用的。哦，对了，我想起来了！我在换外套的时候发现……"

时间旅行者停了下来，一只手伸进口袋里，沉默着将两朵像是白色锦葵的已经凋谢的大花放到小桌子上。然后又继续讲道。

"夜晚的寂静悄悄降临到这个世界上。我们翻过小山继续朝着温布尔顿①走去。维娜觉着累了，想要返回灰色石屋去。但是我指着远处的青瓷宫殿尖顶给她看，想让她明白在那里可以寻找到躲避黑暗的地方。你们知道黄昏前那种万籁俱寂的景色吗？连微风都停止了吹动，树木静止在那里。对我来说，这寂静的傍晚总让人有一种期许。天空晴朗无云，遥远又空寂，夕阳下的天边只有几道平行线。嗯，那天晚上的期许更加凸显了我的恐惧。在神秘的寂静中，我的感官好像也变得更加敏锐。我觉得我甚至可以感觉到脚底下的地是中空的：确实，我几乎可以透过小洞看到摩洛克人在他们的蚁山上走来走去，等待夜晚的来临。我焦躁不安，觉得他们可能会将我进入他们的地道当成一种宣战。不过他们为什么要带走我的时间机器呢？

"我们悄悄地继续往前行进。夜色渐深，远处的蓝色退去，星星不断地冒出来。大地越来越暗，树林中也漆黑一片。恐惧和劳累不断侵袭着维娜。我将她抱起来，跟她讲话，安慰她。这个时候，夜色更黑了。她的手搂着我的脖子，闭着眼睛，脸颊紧紧地贴在我的肩膀上。然后，我们走下一条大长坡，进入到河谷地带。由于天色很暗，我差点走进一条小河的深处。我蹚过小河，爬上另一面的河谷，沿途经过许多沉睡的房屋和一尊塑像，这尊雕塑就像是没有头的农牧神弗

---

① 温布尔顿：位于伦敦附近，著名的国际网球比赛地点。

恩（Faun）①。这里还有很多刺槐。到目前为止，我连摩洛克人的影子都没有看见。不过，现在夜晚才刚降临，月亮升起时更加阴暗的时刻还未到来。

"眺望我即将要去翻越的下一座山脊，我看到面前展现出一大片黑黢黢的广袤的树林。对此我有点犹豫，因为不论树林的哪一边都看不到尽头。我感到累了，尤其是我的双脚，酸痛无比。所以我停下来将维娜从我肩膀上小心地放下，并坐在草坪上。我看不到青瓷宫殿，怀疑自己是不是走错了方向。我朝着茂密的树林中看了看，想着里面能藏什么东西。在那样交错的树枝中，人们甚至连星星都看不到。即使没有其他潜在的危险——这种危险我不敢想象——仍然还有绊倒人的树根和可能会撞上的树干。

"这一天的激动心情也让我疲惫不堪。所以我决定不再前进，就在这空旷的山上过夜了。

"我很高兴地发现维娜已经熟睡。我轻轻地用外套将她包裹起来，然后坐在她旁边，等着月亮的升起。山腰处寂静荒凉，但是在树林中的暗处，时不时地传来声响。那天晚上天空晴朗，我的头顶上星光璀璨。我在璀璨的星光中感受到友好和舒适。不过，以往的星座已经从天空中消失了：经过数百年难以察觉的缓慢运动，星星早就重新分布，形成了我们不熟悉的群体。不过依我看，银河仍然跟从前一样，是由星群分散组成的光带。南方（据我判断的方向）有一颗明亮的红星，我并不知道它是什么，但它甚至比我们这个时代的天狼星还璀璨明亮。在这些璀璨的光点中，有一个明亮的行星永恒坚定地闪烁着，就像老朋友的脸一样慈祥。

---

① 弗恩：古罗马传说中半人半羊的农牧神。

"仰望星空,我突然觉得,自己的困难和尘世生活的所有危险都是那么微不足道。我想象着星星遥不可及的距离,它们不可避免地缓慢运动,慢慢地从未知的过去去往未知的未来。我想象着地球两极所形成的岁差周期①。我穿越了那么多年来到这里,这种寂静的运转也只不过发生了四十次。这几次运转中,人类所有的活动,所有的传统,复杂的组织,所有的国家、语言、文学、渴望,甚至于我所熟知的人类独有的记忆都已不复存在。存活下来的就是这些忘记高级祖先的脆弱小人儿,以及那些让我害怕的白色生物。然后我就想起这两种物种之间的'巨大恐惧',第一次清楚地明白我见过的肉到底是什么。我顿时不寒而栗。这真是太可怕了!我看着睡在我旁边的小维娜。星光下,她白净的脸庞泛着星光。我立即打消了这个念头。

"漫漫长夜中,我尽可能不去想摩洛克人。我试着从这新的混乱星座中发现古老星座的迹象,并借此打发时间。夜空依然晴朗,只零散地飘着一两朵薄云。想必我偶尔还打了个小盹儿。就在我的守夜活动慢慢过去时,东方的天空露出淡淡的色彩,就像是反射了无色火焰的光。下弦月缓缓升起,又细又尖又白。黎明接踵而至,晨曦掩盖了月亮的颜色。最开始是白色,接着变成了暖粉红色。没有一个摩洛克人接近我们。确实,那天晚上,我没有看到一个摩洛克人上山。新的一天,我满怀信心,似乎觉得我的恐惧也毫无道理可言。我站起来,发现穿着松掉的鞋跟的那只脚,踝关节都肿起来

---

① 岁差周期:天文学专有名词。岁差发现于公元前2世纪。古希腊天文学家希帕恰斯发现在150年间,所有恒星的黄经都有所增加,他认为,这是春分点沿黄道后退所造成的。

了,脚后跟也很疼。所以我又坐下来,脱掉鞋子,把它们扔到一边。

"我叫醒维娜,走下树林。现在的树林已经不再黑黢黢的让人害怕,而是一片翠绿,让人赏心悦目。我们的早饭是在树林中找到的一些水果。一会儿我们又遇见一些漂亮的小人儿。阳光下,他们又笑又跳,好像大自然中的黑夜根本不存在。然后我又一次想到了见过的肉。我现在很肯定那是什么了。我打心眼里同情他们,同情人类浪潮中最后一支细流。很明显,在人类衰退的过程中,摩洛克人的食物就已经匮乏。也许,他们是靠着吃老鼠这一类动物活下来的。即使现在,人类在吃食方面也远远没有以前那么严格——还不如猴子挑食。人类对人肉的偏见也并非根深蒂固,并非本能。他们这些没有人性的子孙就是如此!我试图从科学的角度来对待这件事。毕竟,他们比我们三四千年前的先人也只是缺少了一点儿人性,更疏远一点儿罢了。以前吃人这件事会让人遭受良心的折磨,可现在反倒成了寻常事。我为什么要自寻烦恼呢?这些埃洛伊人只不过是肥羊,他们由像蚂蚁一样的摩洛克人饲养并食用——或许还要确保他们进行繁殖。可维娜现在还在我身旁载歌载舞!

"此刻,我试图将吃人这件事看作对人类自私行为的惩罚,这样我就不会感到太恐惧。人类依靠同类的劳动舒适安逸地活着,将'需要'作为标语和借口,到了一定的时刻,他们就会明白'需要'的真正意义。我甚至想要像卡莱尔(Carlyle)①一样,对这些衰败的、可怜的贵族表示嘲讽。但

---

① 托马斯·卡莱尔:苏格兰的评论家,讽刺作家和历史学家,他的作品在维多利亚时期非常有影响力。

我不可能这样做。不管他们的智力退化得多么厉害,埃洛伊人始终保留了人类的许多特征,这让我禁不住同情他们,我能感受到他们的衰退和恐惧。

"那时候,我对要走哪条路已有了模糊地看法。首先,我要找到一个安全的避难所,并尽力给自己打造一些金属或石头的武器,这是重中之重。其次,我还想找到可以生火的工具,这样就可以将火作为武器,因为我知道用这个方法能最有效地对付摩洛克人。最后,我想进行一些发明,可以打开白色斯芬克斯石像下面的底座铜门。我脑海中想到的是攻城锤①。我相信,只要我进了那些门,并且手握火把,我就一定能够找回时间机器,然后逃得无影无踪。我觉得摩洛克人没有那么大的力气可以把时间机器搬去很远的地方。就维娜来说,我打算将她带回我们的时代。我脑子中盘算着这些计划,然后继续朝我想象出来的住所走去。"

---

① 攻城锤:指古代或中世纪的攻城槌,或者消防队员等用以撞破大门火墙壁的大槌。

第 8 章

"中午时分到达青瓷宫殿时,我发现那里一片荒芜,破败不堪。只有破碎的玻璃还留在窗框上。大块的绿色墙面,从锈迹斑斑的金属结构上脱落。宫殿坐落在一块被草皮覆盖着的高地上。进入宫殿之前,我向东北方向看了一下。我惊奇地发现,那里有一个大河口,或者说是三角洲。我推断旺兹沃思①和巴特尔西②曾经就在这里。于是,我就想到——尽管我再没有仔细考究这个想法——海里的生物经历过什么,或者说正在经历什么。

"据我检测,宫殿的材质确实是陶瓷的。宫殿的前脸儿上刻着一组陌生的字符。我真是笨,还想让维娜帮我翻译一下。可我发现,她根本不知道书写是怎么回事。对我来说,她似

---

① 旺兹沃思:英国伦敦市区,位于泰晤士河南岸。
② 巴特尔西:英国大伦敦的一个地区,位于伦敦西北区。

乎总是比真正的她具有人性，或许是因为她的感情是属于人类的吧。

"进入门口的巨大活动门——门是敞开的，并且已经坏掉了——我们发现一条两侧有许多窗户的长廊，而不是通常情况的大厅。看的第一眼，我以为这里是一个博物馆。瓷砖地面上落满灰尘，许多乱七八糟的东西上也都覆盖着灰蒙蒙的尘土。这个时候，我看到长廊中央竖着一个枯瘦的奇怪东西，那很明显是一副巨大骨架的下半部分。从它斜着的双脚我看出，这是从大地懒①之后就已经灭绝的一种动物。它的头骨和上半身的骨头被旁边厚厚的尘土覆盖住了。屋顶某一处漏雨，所以骨头已经被侵蚀。长廊的深处是一头雷龙的巨大骨架。我认为这里是博物馆的假设被证实了。往边上走去，有一些倾斜的架子。将上面的浮灰抹去，我看到我们这个时代令人熟悉的古老玻璃柜。从柜子中某些保存完好的藏品可以判断出，这些柜子是密封的。

"显然，我们是站在近代的南肯辛顿②的废墟上！这里很明显是古生物区。这里肯定陈列过异常精彩的化石。虽然腐蚀过程受到一定程度的抑制，而细菌和真菌的腐蚀力也丧失了大部分的威力，但这个过程还是在缓慢地侵蚀着这些宝藏。根据四处破碎的或者串在芦苇上的稀有化石，我发现了一些小人儿留下的迹象。一些玻璃柜被整体移动过——我推测是摩洛克人干的。这个地方很安静。厚厚的积灰掩盖住我们的脚步声。维娜一直在一个柜子的斜坡玻璃上玩海胆。见我望

---

① 大地懒：又名大懒兽，是最大的地懒，存在于更新世的中美洲和南美洲。在更新世中，它和其他哺乳动物受到影响，造成绝种的危机。
② 南肯辛顿：英国伦敦市中心偏西部的一个地区，主要是由伦敦地铁南肯辛顿站周边的商业区、文化教育区及居民区组成。

着她,她就立刻走过来,静静地抓着我的手,站在我旁边。

"刚开始,我对人类智慧时代的古纪念馆觉得吃惊不已,也就没思考它所代表的可能性。甚至于我一直挂念着的时间机器,也被我抛却脑后。

"从大小来看,青瓷宫殿绝不仅仅只有一个古生物馆那么大,或许其中还有历史画廊,甚至是个图书馆!对我来说,至少从我目前的情况来看,这些东西远比正在被侵蚀的古代地质展览更有吸引力。我继续探寻,发现了一条和第一条长廊交叉的短走廊。这个看起来像是展览矿物的。一块儿硫黄让我联想到了火药,但我找不到硝石。确实,也没有硝酸盐这一类的东西。毫无疑问,它们早就潮解了。不过我记住了那块硫黄,然后大脑开始快速运转起来。从整体上来说,虽然这条长廊里的其他东西是我见到的所有东西中保存最完整的,但我却不感兴趣。我可不是矿物学家。接着,我又沿着一条非常破旧的通道继续向前走去,这条通道与我进来时的第一个大厅平行。很明显,这部分是自然历史区,不过里面的东西早就面目全非了。以前的动物标本,泡在酒精里的干尸,还有植物枯萎后留下的褐色残渣,现在都变成了黑乎乎的一片。这就是一切!我深感遗憾,因为我本来可以追溯人类的适应能力,而人类正是通过这种适应能力才征服大自然的。接着,我们来到一个巨大的走廊,里面光线昏暗,从我进来的这边开始地板就缓缓地倾斜着。天花板上间或挂着一些白球,许多已经碎了。由此可见,这里最开始是人工照明的。我对这方面比较熟悉,因为我的两边耸立着巨大的机器,所有的机器都腐蚀严重,许多已经坏了,不过有些还是相当完整的。你们知道的,我很喜欢机械。我真想好好再观察一下这些机器,主要是因为它们像谜题一样吸引人,而且我对这些机器的用途只能进行模糊的猜测。我觉得，如果能解开这些机器的谜题，我就可以发现对付摩洛克人的力量。

"突然，维娜紧紧靠在我的身边，吓了我一跳。如果不是因为她，我肯定无法注意到这个长廊的地板是斜着的（当然了，也有可能不是地板倾斜，而是因为博物馆被建立在山坡上），进门的这边比地面高。光线从狭缝般的窗户照进来。沿着长廊向前走，就会发现窗外面的地面逐渐抬高，直到每一扇窗户前面都会出现一块儿洼地，就像伦敦每所房子前的'空地'一样，只有顶部会照进来一束光。我一边走，一边心里想着这些机器。我太入神，以至于都没有发现室内的光线越来越暗。直到维娜露出焦灼的神态我才反应过来，原来长廊通向黑不见底的地方。我犹豫着朝四周看了看，发现这里的尘土不再厚实，表面也不平整。在更靠近黑暗的地方，尘土的平整被一些窄小的脚印打破了。我立即明白，摩洛克人随时都会出现，研究这些机器纯属浪费时间。而且现在都快到黄昏了，我还没有武器，没有藏身之地，没有生火的工具。这个时候，漆黑的长廊深处传来奇怪的啪啪声，跟我曾在井底下听到过的那种奇怪的声音一样。

"我握住维娜的手，突然想到一个主意。我将维娜留在那儿，转身走向其中一台机器。这台机器伸出一根杆，很像信号塔里的那些操纵杆。我爬上平台，双手抓住这根杆，使尽全身力气将它往旁边掰。我将维娜留在一条中心的过道上，她突然哽咽起来。我正确地判断出杆的强度，所以没用一分钟，那根杆就断了。我拿着这根"狼牙棒"回到维娜身边。依我看，无论遇上多少摩洛克人，这根"狼牙棒"都能让他们的脑袋开花。我真的很想杀掉一两个摩洛克人。你们可能觉得我很残忍，竟然想杀掉自己的子孙后代！你们要知道，根本没有必要对摩洛克人仁慈。要不是因为我不愿意离开维娜,而且我觉得如果我大开杀戒的话,会连累时间机器,那我肯定会杀光走廊上的那些畜生。

"于是,我一手拿着'狼牙棒',一手抱着维娜,离开了这条长廊,走到另一个更大的长廊里。我对这个长廊的第一印象是挂着破旗的军事教堂。被烧焦的褐色破布悬挂在两边,我立即就认出来,那是书籍被侵蚀后留下的残片。它们早就支离破碎了,一点儿印刷符号都没有。不过,这里到处是变形的板子和开裂的金属夹。这已足够说明问题了。如果我是个文学家,我可能会说教一番,告诫大家所有的野心都是徒劳。可眼前的景象,让我最受触动的,是满地的废纸所证明的人类劳动力的巨大的浪费。不得不承认,那个时候,我想的主要是《哲学汇刊》,还有我自己关于物理光学的十七篇论文。

"随后,我们爬上宽敞的楼梯,来到曾经可能是技术化学馆的长廊。我极希望可以在这里找到有用的发现。这个长廊整体保存完好,只不过一边的屋顶塌陷了。我急切地搜寻着每一个完整的箱子。最终在一个密封完好的箱子里发现了一盒火柴。我迫不及待地试了一下,都能用,一点儿也没受潮。我转向维娜,用她的语言冲她喊道:'跳舞吧!'因为我发现了对付我们所畏惧的可怕生物的真正武器。所以,在这个荒废的博物馆,在尘土铺成的柔软地毯上,伴随着维娜的笑声,我严肃地表演了一支混合舞,还兴奋地口中吹着《天国颂》的曲子。我跳了一段康康舞①,一段踢踏舞,一段长裙舞(我的燕尾服发挥了作用),还有一段是我自己原创的。你们

---

① 康康舞:一种高踢大腿的法国式舞蹈。

都知道的，我天生赋有创造力。

"我到现在还认为，这盒火柴可以逃过这么多年岁月的侵蚀真的是一件怪事，但对我来说却是最幸运的事。更奇怪的是，我发现了一件最令人意想不到的东西——樟脑。我是偶然间在一个密封的罐子里发现的。刚开始，我认为那是固体石蜡，所以就打碎了玻璃罐子，可樟脑的味道确实是不会搞错的。经过数千年的侵蚀，这种极具挥发性的东西却幸存下来。这让我想起一副曾经见过的乌贼绘画，画作是用箭石①制成的石墨画成的，而乌贼这种动物肯定早在几百万年前就灭亡变成化石了。我本来想将樟脑扔了，却猛然想起它可是易燃物。它燃烧的时候会产生明亮的火焰，是很理想的蜡烛，所以我就将它装进了口袋里。但是，我没有发现炸药，也没有找到其他可以打开铜门的方法。不过，那根铁棍是我偶然间发现的最有用处的东西。所以我就兴高采烈地离开了长廊。

"我没法讲述整个漫长下午的完整故事。要准确地回忆起我的探险需要很强的记忆力。我记得有一个长长的走廊，里面摆满了锈迹斑斑的架子，上面都是武器。我犹豫了一下，不知道该拿铁锹，还是短柄斧，还是剑，因为我不能将它们都带走，况且我的铁棒是最有可能攻破铜门的工具。长廊里还有数不清的枪支、手枪和步枪。其中大部分已经成了废铜烂铁，不过有一些是用新型金属做的，还可以使用。可那里面的子弹和火药都已经化成尘土了。我看到的长廊一角已经被烧得坍塌了。我觉得可能是由样品爆炸产生的。在另一个地方，有一大列雕像——波利尼亚人、墨西哥人、希腊人、腓尼基人。我觉得地球上每一个国家的人都在这里。我抑制

---

① 箭石：指乌贼的化石。

不住冲动，将自己的名字写在一个滑石石像的鼻子上，这个来自南美的小怪兽非常讨人喜欢。

"夜晚降临，我的兴趣也减退了。我穿过一个又一个长廊，里面都铺满灰尘，一片死寂，破败不堪。里面的展览品有时候只不过是一堆铁锈和煤渣，有的能稍微好一点。突然，我发现自己来到一个锡矿模型旁，偶然间还在一个密闭的柜子里找到两个炸药盒！我大喊道：'找到啦！'，并兴奋地将柜子打碎。然后，我又有点儿迟疑，就挑了旁边的一间小长廊进行试验。五分钟，十分钟，十五分钟过去了，始终没有爆炸，我从没有感觉这么失望过。毫无疑问，这个东西就是摆设，从它们的外表我就应该猜出来的。如果它们是真的，我肯定会立即冲出去，炸飞斯芬克斯，还有它的铜门，连同我找到时间机器的希望都一起炸飞（事实证明，确实如此）。

"随后，我们来到宫殿内的一处露天庭院。里面有草坪，还有三棵水果树。于是我们休息了一会儿，整顿了一下。太阳西沉，我开始考虑我们的处境。夜晚悄悄来临，我还没有找到安全的藏身之所，不过我已经不再惴惴不安，因为我有了对付摩洛克人的最有力武器——火柴！我口袋中还有樟脑，这样可以点着比较大的火。我觉得我们最好是在露天过夜，篝火可以保护我们。天亮以后，我们就可以去找时间机器了。以前，我手里只有铁棒。但现在，我的知识增加了，对于铁门我也有了不同的看法。以前，我不能强行打开它们，主要是因为我不知道门后有什么。现在，我不再觉得它们固若金汤，我希望我的铁棒足够应付它。"

第 9 章

"当我们离开青瓷宫殿时,太阳还没完全下山。我决定黄昏前穿过上次那片阻碍我的树林,这样第二天清晨就能赶到斯芬克斯白色石像了。我计划那天晚上尽量走远一些距离,然后再生一堆火,以便在光照的保护下过夜。所以,赶路过程中,只要看到柴火和枯草,我就收集起来。没过一会儿,我就抱了满满一堆柴火。由于手里拿的东西太多,我们前进的速度就比我预期的慢了。而且,维娜已经累了,我也昏昏欲睡,困得直想睡觉。所以,在我们到达树林前,天就已经完全黑了。到达树林边灌木丛生的小山坡时,维娜本来想停下来不走了,因为她害怕我们面前的黑暗。但是,当时我只有一种灾难即将降临的不祥预感,但这预感却没有起到警示作用,我们继续向前行进。我已经连续两天一夜没合眼了,只感觉焦躁不安,心烦意乱。我睡意渐浓,仿佛摩洛克人紧随而来。

"就在我们犹豫不决时,在我们身后的黑色灌木丛中,我看见了三个蹲伏着的黑影。我们周围全是矮树和高高的野草,他们随时可以扑上来,这让我没有安全感。我计算过,树林不到一英里长。如果我们可以穿过树林,到达对面空荡荡的山坡,就可以在那里找到休息的安全之所。我有火柴和樟脑球,穿过树林时我可以用它们照明。可是有一点很明显,如果我要双手挥舞火柴,那就必须丢掉怀抱的柴火,我只能心不甘情不愿地丢掉柴火。我突然又想到,点燃这些柴火或许可以吓跑我们背后的那些家伙。本来我以为这是掩护我们撤退的妙招,但后来才发现这方法愚蠢至极!

"我不知道你们是否想象过,在没有人类且气候温和的地方,火是一种多么少见的东西!太阳的热度不足以让东西燃烧,即使有露珠聚焦也不行。在热带的话,这种情况倒时有发生。闪电可能会产生爆炸,将东西烧焦却不容易引起大火。腐烂的植被偶尔会因为发酵产生的热量而焖燃起来,却也很少能迸发火焰。在这个衰退的时代,地球上生火的技术已经被遗忘。对维娜来说,那正在吞噬着柴火的红色火舌,完全是个新奇玩意儿。

"维娜想跑去玩火。如果不是我阻止的话,我相信她已经扑到火堆里了。我一把抓住她,不顾她怎么挣扎,都毅然决然地走向树林深处。火堆照亮了一段路。没过多久,我回头看了看:透过密实的树枝,我看到柴堆的火焰已经烧着了周围的灌木丛。一条弯弯曲曲的火龙正向山坡的野草蔓延。我看着火龙哈哈大笑,接着又转向身前黑黢黢的树林。周围一片黑暗,维娜哆嗦着抓紧我。我的眼睛逐渐适应了黑暗,所以我仍然能借助微光躲避开树干。我们头顶上一片漆黑,只不过遥远的夜空偶尔能透过树枝的间隙照到我们。我没擦亮一根火柴，因为两只手都没闲着：我左手抱着小维娜，右手攥着铁棒。

"一路走来，我一点儿动静也没听见，除了双脚踩在树枝上发出的噼啪声，头顶沙沙的风声，还有我自己呼吸的声音和脉搏跳动的声音。这时，我好像听到四周有啪啪的响声。我继续坚定地往前走，啪啪声越来越清晰。然后我听到我在地下世界曾经听到过的奇怪声音。很显然，周围有几个摩洛克人，而且他们还在不断接近我。果然，不一会儿，我的外套就被什么东西拽住了，然后又有东西碰了碰我的胳膊。维娜浑身发抖，吓得一动不动。

"是时候要点火柴了。但是要拿到火柴就必须放下维娜。所以我放下她，把手伸进口袋里找火柴。这时候，一场争斗在我膝盖旁的黑暗中开始了。维娜一点声音也没有，而摩洛克人仍然发出那种奇怪的咕咕声。柔软的小手也爬向我的外套和后背，甚至还碰到了我的脖子。这时候，火柴嘶啦一声亮了。我擎着点着的火柴，看见摩洛克人白色的身影在树林中到处乱窜。我赶紧又从口袋里拿出一块樟脑球，打算火柴一灭就点燃它。然后我看了看维娜，她抱着我的脚躺在那儿，一动不动。我吓了一跳，赶紧弯下腰查看。她好像都没有呼吸。我点着手里的樟脑，将它扔在地上。樟脑球摔碎了，越烧越旺，也驱退了摩洛克人和黑影。我跪下来抱起维娜。身后的树林里仿佛有一大群人在骚动和低语！

"维娜似乎是晕过去了。我小心地将她放在我的肩膀上，然后站起来继续向前走。这个时候，我突然意识到一件可怕的事：在掏火柴和抱维娜的时候，我已经转了几圈，现在我完全不知道走的是哪个方向。我甚至都有可能又转向青瓷宫殿了。我吓出了一身冷汗，必须尽快想出解决办法，所以我决定生堆火,原地安营扎寨。我把维娜放在一块草地上,她仍然一动不动。第一块樟脑球快烧完了,我赶紧收集树枝落叶。周围的黑暗中,时不时地闪现着摩洛克人的眼睛,像红宝石一样闪闪发光。

"樟脑的光亮闪了闪终于熄灭了。我又擦亮了一根火柴。这时候,正向维娜靠近的两个白色身影迅速逃跑了。其中一个被亮光晃晕了眼,竟然冲着我来了。我朝他挥出一拳,感觉他的骨头在咯吱作响。他发出痛苦的叫声,踉跄了几步,倒下了。我又点着一块樟脑球,然后继续收集柴火。我很快注意到,我头顶上的一些树叶很干燥。因为,自从我乘坐时间机器到这儿来,得有一个星期了吧,这里一直没下过雨。所以,我不再去树林中寻找掉下来的树枝,而是跳起来折断我头顶的那些。不一会儿,我就用湿树枝和干树枝点起一堆浓烟滚滚的篝火,这样就能节省我的樟脑了。然后,我转向躺在铁棒旁的维娜,竭尽全力想要把她唤醒,但她像个死人似的躺在那儿。我甚至不知道她是否还有呼吸。

"这时,火堆上的烟被吹往我这边,将我熏得昏昏沉沉,而且空气中还有一股樟脑的味道。我估计火堆还能烧一个小时。这一天周途劳顿,让我困顿不堪。于是我坐了下来。树林里充满了让人费解的低语声,让人昏昏欲睡。我好像只不过刚打了个盹儿就睁开了眼睛,可是周围已经漆黑一片。摩洛克人的手在我身上。甩开他们攥紧的手指,我急忙摸进口袋里找火柴盒。糟糕啊,火柴盒没了!这个时候,摩洛克人抓住了我,将我围在中间。我立即就明白刚才发生了什么。我睡过头了,火熄灭了,然后一种死亡的苦楚涌上心头。树林里好像充满了树木燃烧的味道。我的脖子、头发和胳膊都被抓紧,然后我被按在地上。黑暗中,我觉得这些小东西都压在我身上,我很害怕,好像掉进了一个蜘蛛网里。我坚持不住,彻底崩溃了。我感觉一些小牙齿在啃咬我的脖子。我打了个滚儿,手正好碰到了铁棒,这让我有了勇气。我努力站起来,抖掉身上像老鼠一样的摩洛克人,然后举起铁棒,朝着他们脸的方向捅过去。我可以感觉到,在铁棒的挥打下,他们血肉横飞。就这样,我暂时获得了自由。

"激战时莫名的狂喜涌上我的心头。我知道,我和维娜都是迷途羔羊,但我仍决定要让摩洛克人付出代价,因为他们吃的是同伴的肉。我靠着一棵树站好,不断挥舞手中的铁棒。整个树林里都是他们的骚动声和呐喊声。时间过去了一分钟,他们的声音因为激动而更加高昂,动作也更快了。不过他们谁也不敢进入我的铁棒挥舞范围内,我也只能站在那儿看着面前的黑暗。突然间,我感觉到一丝希望。难道摩洛克人害怕了?然后,又发生了一件奇怪的事情。远处的黑暗中好像有了亮光。我隐约看到了周围的摩洛克人,有三个瘫软在我脚边,他们被打烂了。然后我惊奇地发现,其他摩洛克人都在逃命。他们'川流不息'地从我身后跑向前面的树林。他们的后背看起来也不是白色,而是红色的。当我站在那儿目瞪口呆时,一颗火星穿过树枝的间隙飘起来,又消失不见了。这时候,我才明白,那是木头烧着的味道。我也才明白,为什么催人入睡的低语声变为了阵阵吼叫。我也明白了火星从何而来,摩洛克人为什么逃走。

"我从躲藏的树后面跑出来,向后看了看。从近处树木的漆黑树干可以看出,整片树林都火光冲天。原本我点着的那堆火已经烧过来了。借着火光,我开始寻找维娜,可是她不见了。我的身后不断传来嘶嘶声和断裂声,还有每棵树烧着时的爆裂声。我没有过多的时间进行思考,只能手拿铁棒,朝着摩洛克人追去。这是一场势均力敌的比赛。火焰一旦快速爬到我的右边,我只能赶紧逃到左边。不过我最终跑到了一块小空地上。这时,一个摩洛克人跌跌撞撞地跑向我,从我身边经过,一头扎进了火里!

"这时,我看到了在未来时代里,我所见过的最奇怪最可怕的事情。火光映得整片空地如同白昼。空地中间是一座小丘,或者说是一座旧坟,顶上的山楂树已经被烧焦了。从这里向远处看,是另一片烧着的树林,黄色的火舌正在吞噬它。这片空地就像有了一个火篱笆。大约有三四十个摩洛克人在山坡上,他们被烈焰和热浪折磨得晕头转向,互相乱撞。刚开始,我不知道他们看不见东西,所以只要他们靠近我,我就惊恐万分,挥舞铁棒狠狠地打他们。其中一个被我打死了,还有几个被我打伤了。可是,当我看到他们在火红的天空下四处摸索,还发出呻吟声时,我才确定,他们在火光面前完全无能为力。所以我就停止了击打。

"时不时还有一两个摩洛克人冲向我。看到他们让我害怕,我只得赶紧躲开。有那么一会儿,火焰不知道为什么变小了。我担心这些污秽的生物会立即发现我,我还想着先下手为强,干掉他们几个人。可是火光又亮了起来,所以我就住手了。我避开他们,在山中寻找维娜的印记。可是维娜消失了。

"最后,我坐在山顶上,看着这群奇怪的、令人难以置信的瞎子四处摸索,彼此用奇怪的声音嘀咕着。烟雾缭绕,冲上天空。穿过红色天幕上的缝隙,一些星星在闪耀,它们遥远得好像不属于这个宇宙。两三个摩洛克人撞到了我,我用拳头将他们赶走。挥拳的时候我都在发抖。

"那天晚上的大部分时间,我都觉得好像做了一场噩梦。

我撕咬自己，还疯狂地大喊，希望能从梦中醒来。我双手捶地，一会儿坐着一会儿站着，到处闲逛，然后又坐下来。我不断揉眼睛，恳求上帝让我醒来。有几次，我看见摩洛克人痛苦地低着头，冲进火焰里。但是，在渐渐熄灭的红色火光下，在滚滚浓烟和黑白相间的树桩上，这些暗淡的生物越来越少。黎明的曙光终于到来。

"我再次找寻维娜的踪迹，却什么都没发现。显然，他们已经把她可怜的小尸体落在了树林中。维娜似乎逃脱了命定的厄运，想到这一点我就稍微有点释怀。不过我也恨不得将身边的这些无助的东西杀光，可我还是控制住了。我说过，这座小山丘就像树林中的小岛。在这个制高点上，透过烟雾，我可以辨认出青瓷宫殿的方向，然后我就能找到斯芬克斯白色石像的方向。所以，天色渐亮时，我就丢下那几个苟延残喘的家伙，他们还在四处乱窜，痛苦呻吟。我绑了些草在脚上，然后一瘸一拐地穿过烟雾缭绕的灰烬和黢黑的树干，树干中还间或跳动着火苗。我向着时间机器的方向走去。我走得速度很慢，因为我快虚脱了，还一瘸一拐的。小维娜的惨死让我悲痛万分，这是一场浩劫。现在，在这所熟悉的老房子里，这感觉更像是一场悲伤的梦，而不是真正失去了一个亲人。可是，我在那天早上感到非常孤独，孤独得可怕。我开始想起我的这间房子，这个壁炉，你们几个人。思念过后就是痛苦的渴望。

"可是，当我在清晨晴朗的天空下走过烟雾缭绕的灰烬时，我有了一个新的发现，我发现在我的裤子口袋里，还有几根火柴。火柴盒在丢之前肯定就已经散了。"

第 10 章

"早上八九点的时候,我来到那把黄色金属做成的椅子旁。我刚到这儿的那天晚上,就曾坐在那张椅子上眺望过这个世界。我想起那时候得出的草率结论,禁不住觉得自己的自信很可笑。这里一切如旧,风景如画,绿意盎然,宫殿依旧辉煌,废墟依旧广阔,银色的河流两岸土地依旧肥沃。那些漂亮小人儿的艳丽长袍在树林间闪现。有的人正在我救维娜的地方洗澡,我突然感到一阵心痛。通向地下世界的井口处有许多圆顶,就好像风景画上的污点一样。我现在明白,地上人的美丽所掩盖的是什么。白天,他们非常快乐,就像田野里的牛一样,没有敌人,也不需要有预防措施。他们生命的结束也是如此。

"一想到人类短暂的智慧梦想,我就非常难过。这个梦想是自杀的,它不断追求舒适和安逸的生活,追求以安全和永恒为目标的平衡社会。它如愿以偿,实现了最终的梦想。他们的生命和财富曾经是绝对安全的。富人的财富和安逸有了保障，劳动者的生活和工作也有了保障。很明显，在这个完美的世界，失业问题和未解决的社会问题都迎刃而解。世界一片宁静安详。

"不过，我们忽略了自然法则：才智的变化是对改变、危险和困难的补充。一只与其周围环境协调一致的动物其实就是一台完美的机器。当习惯和本能没有用的时候，自然才会求助于智慧。没有变化或不需要变化的地方，也就没有智慧。只有满足各种需求，历经千难万险的动物才能拥有智慧。

"因此，依我所见，地面上的人慢慢变得柔弱美丽，而地下的世界变成了单纯的机械工业社会。可是，这种所谓完美的状态缺少了一样东西，即使对机械主义的完美来说也是如此——它缺少了绝对永恒。很明显，时间流逝，地面下的人吃饭出现了问题，暂且不说是怎么出现的。被拒之门外几千年的'需要母亲'又回来了。它先来到了地下。地下的人每天都和机器交往。不论这些机器有多完美，除了习惯性操作，地下的人仍然需要有所思考。因此，他们就保留了较多的主动性，但他们却没有地上的人有人性。当他们找不到肉吃时，就转向古老风俗习惯所禁止的事物。所以，我在802701年的世界里最终发现了这一点。也许凡人无法理解，但我就是这样理解的，我也如实地告诉了你们。

"过去几天，我一直处于劳累、激动和惊恐之中。尽管我很难过，这把椅子，这片宁静的景色，还有温暖的阳光都让人愉悦。我感到又累又困，想着想着就睡了过去。我越来越困，索性就随意自然地伸开四肢在草地上美美地睡了一大觉。

"太阳都快要下山了我才醒过来。现在，我觉得即使摩洛克人在我睡觉时突袭也不必担心了。我伸了伸懒腰，朝着斯芬克斯白色石像的方向走下山去。我一只手拿着铁棍，另一只手放在裤子口袋里把玩着火柴。

"这时候，发生了一件让人意想不到的事情。当我靠近斯芬克斯石像的底座时，发现它的铜门都是打开的，门都已经滑进了门槽里。

"看到这样的情景，我又突然在门前停住了脚步，犹豫着到底要不要走进去。

"里面有个小房间，房间的一角隆起了，时间机器就在上面。那些小操纵杆就在我的口袋里。在我做好围攻斯芬克斯白色石像的精心准备之后，它却温顺地投降了。我把手中的铁棒扔到一边，甚至因为没用上它而感到有点遗憾。

"当我准备弯腰进门的时候，一个想法突然在我脑海中闪现。至少有一次，我掌握了摩洛克人的心理活动。抑制住大笑的冲动，我穿过铜门，走向时间机器。我很惊奇地发现，时间机器已经被仔细地上过油，还清理得很干净。所以，我一直怀疑摩洛克人为了想要了解时间机器的用途，将它拆了一部分。

"当我站在那儿检查时间机器时，连用手摸一下都让我心里乐开了花。就在这时候，我预料到的事情发生了。铜门突然滑进来，'砰'的一声合上了。我被困在黑暗中，落入了他们的圈套，摩洛克人肯定是这样认为的。想到这一点，我就暗自发笑。

"当他们靠近我时，我都能听见他们轻轻的笑声。我镇定地打算划亮火柴。我只要能装上那些操纵杆，就可以像鬼魂一样离开了。但是我忽略了一件事：火柴只有在火柴盒上才能擦亮，真可恶！

"你们可以想象我当时是多么的惊慌失措。那些小畜生正在靠近我。有一个还碰到了我。我在黑暗中用操纵杆打他们，同时赶快爬上时间机器的座位。这时候，一只手伸过来，接着是另一只手。所以，我现在既要对抗那些想要我的操纵杆的手指，同时还要摸索着安装那些螺栓。果然，他们差点抢走我的一根操纵杆。当操纵杆马上要从我手里滑落时，我只能在黑暗中用头来还击，以保住操纵杆。我都能听见摩洛克人头骨被撞的咔嚓响声。我觉得，这最后一次的争夺比树林中的那场战斗更激烈。

"操纵杆终于装好了，机器启动了。那些抓住我的手纷纷脱开。黑暗立刻从我眼前消失了。我发现自己又处于那种灰光和骚乱中，我以前给你们描述过的。"

第 11 章

"我跟你们说过,时间旅行途中会产生呕吐和混乱的感觉。这次,我在座位上坐得不合适,歪着身子,非常不稳。有一阵儿,时间机器不断颠簸摇晃,我不得不抓紧它,所以根本没留意它是怎么飞的。当我再次仔细盯着刻度盘看时,才惊奇地发现我到了哪里。一个刻度盘记录日子,一个记录数以千记的日子,一个记录数以百万计的日子,另外一个记录数以十亿记的日子。这次我没有挂倒挡,而是继续让它向前进。当我再次查看那些指示器时,我发现记录千日的指针转动得像手表上的秒针一样快,我在极速飞向未来。

"我继续前进,事物的外表发生了奇怪的变化。跳动的灰颜色变得更暗了。虽然我仍在高速前进,但昼夜交替如眨眼般出现。这通常表示飞行速度很慢,而且越来越显著。刚开始,我糊涂了。夜晚和白天的交替越来越慢,太阳划过天空的路程也是如此,最后,它们好像需要几个世纪才能完成这段行程。终于，暮色降临在地球上，只有时而划过的流星才能划破这天幕。代表太阳的光带已经消失，太阳已经不再落到地平线下，只是在西边跳动，变得更亮更红。月亮已经无影踪了。星星的转动也日趋缓慢，最终变成了慢慢爬动的光点。在我停下机器前不久，火红的太阳一动不动地停在地平线上，像发散闷热的巨大穹丘，时不时地还会消失一会儿。过一会儿，它又会再次亮起来，但很快又回到阴沉的红热状态。通过太阳起落的周期减慢，我发现潮汐的引力作用也没有了。地球停止了转动，只有一半朝向太阳，即使在我们的时代，月亮也有一半面向地球的时候。我开始小心地调整方向，因为我还记得上次头朝下栽倒的事情。旋转的刻度盘指针走得越来越慢，最后，千日针好像不动了，日针也不再像是薄雾一片模糊。机器越来越慢，直到我能看到一片荒凉沙滩的模糊轮廓。

"我缓缓地停下来，坐在时间机器上环顾四周。天空不再蔚蓝。东北方向漆黑一片。黑暗中，白色的星星闪耀着明亮而恒定的光芒。我的头顶上，是深印度红①的颜色，没有星星。东南方越来越亮，最终变成一片明亮的猩红色，太阳被地平线分开，红红的，一动不动。我周边的岩石是刺目的红色。我最初所能够见到的生命迹象都是碧绿的植被，它们盖满了东南边每一块凸起。与人们在森林中的苔藓和山洞中的地衣上所看见的浓绿一样，这些植物长期生长在阴暗的环境中。

"机器停在一个斜着的沙滩上。大海朝着西南方向延伸，与暗淡天空下的明亮地平线融为一体。没有碎浪，没有波涛。

---

① 印度红：一种颜料，主要成分是氧化铁。

因为没有一丝风来搅起波澜，只有细浪微微起伏，像是大海呼吸，显示出永恒的大海依然在运动，有生机。在海水偶尔冲刷的海岸地带，是一片厚厚的盐碱地，在血红的天穹下呈现出粉红色。我的脑袋感到一阵压抑，我注意到我的呼吸也很急促。这种感觉让我想起自己唯一一次的登山经历。由此我断定，那时候的空气要比我们现在稀薄。

"我听到远处荒芜的斜坡上有一声尖叫，然后看到一只像是白色大蝴蝶的东西，倾斜着飞入天空，盘旋着在远处的山丘上不见了。我被它凄惨的叫声吓得直哆嗦，更是在机器上坐稳了身体。再一次抬头眺望，我看见不远的地方，就在我曾以为是红岩石的东西，现在正在慢慢向我靠过来。这时候，我才知道它是一只像螃蟹的怪兽。你们能想象得出跟这个桌子同样大的螃蟹吗？它的多条腿缓慢而又不稳定地爬着，两只蟹螯像触角一样晃动着，像是马夫的鞭子上下挥舞。它凸出的眼睛在其金属似的前脸两侧看着你。它的背部凹凸不平，长着很多丑陋的节疤和硬壳。当它爬动的时候，我能看到它复杂的口腔里有很多触须，伸在外面舞动着，像是在探路。

"我正看着朝我爬过来的这个凶恶的怪物，突然感觉脸颊上好像有只苍蝇落在那儿。我用手赶了赶，但它一会儿又回来了。几乎同时，我耳朵上也感觉到一个东西。我一巴掌打去，抓住了一些类似线的东西，它迅速从我的手里溜走了。我感到恐怖恶心。转过身时才发现，我抓住的是另一只巨蟹怪兽的触须，它正站在我后面。邪恶的眼睛滴溜溜地转，嘴巴里口水直流，它丑陋的蟹钳上满是黏乎乎的海藻，快要滴到我身上了。我赶紧抓住操纵杆，飞到一个与这些怪物相隔一个月的地方。不过我还是在同一处海滩上。只要我一停下来，就可以清楚地看见它们。在昏暗的光照下几十只巨蟹怪兽在浓绿的叶片中爬行。

"我无法描述地球被笼罩在怎样可恶的凄凉中。东方的天空一片红色，北方的天空漆黑一片，海水也死气沉沉的，石滩上趴着这些令人作呕的缓慢怪兽，地衣植被的绿色也让人不舒服，所有这些都产生了让人毛骨悚然的效果。我又驱动操纵杆开了一百年，还是跟现在一样的红太阳，只不过更大更暗了；还是那片死气沉沉的大海，以及阴冷的空气；还是那群在绿草和红石之间穿梭的陆地甲壳类动物。而西边的天空中，我看见一条白色的弧线，像巨大的新月。

"我就是这样旅行的。以一千年为跨度，时不时地停下来。地球命运的神秘让我着迷，我怀着奇怪的迷恋之情看着西边的太阳越来越大，越来越暗，看着古老地球上的生命渐渐消亡。最终，在三千万年以后，太阳这个巨大的红热的穹窿几乎挡住了近十分之一的昏暗的天空。然后，我又一次停下时间机器。因为成群结队爬行的螃蟹不见了。除了灰绿色的苔藓和地衣，这片红色的沙滩好像没有了生命的迹象。现在的海滩上有一些斑驳的白色。一阵寒气袭来，罕见的白色雪片翩然而至。东北方向，雪花在昏暗的天空下闪着光。我能看到连绵起伏的山丘百里透着红。海边结了冰，海面上还漂浮着冰块，但盐海的主要海域范围内还没有结冰，在永恒的夕阳下映衬得如血般红艳。

"我四处看了看，想要寻找动物留下的生命迹象，但是有一股莫名的恐惧阻止我离开机器。不论在陆地、天空、还是海洋，我都没有看见活物。只有岩石上面的绿色黏液，表明还有生命体。海中出现了一个浅滩，并且海水已经从沙滩上退去了。我觉得我好像看到某个黑色的物体在浅滩上跳动。可当我仔细观察时，它又不动了。我推断是我看花眼了，并且坚信那个黑东西只是一块儿岩石而已。天空中的星星闪耀夺目,可我却感觉不到它们在闪烁。

"突然,我发现,西面的圆弧轮廓变化了,弧线上有了一个缺口,像是一个小湾。缺口越来越大,我看着越来越暗淡的白天目瞪口呆,随后意识到这是日食开始了。月亮或者水星中的一个穿过地球和太阳中间。自然而然地,我就先想起了月亮。可是,更多迹象让我相信,那其实是一颗围绕地球转动的内圈行星。

"黑暗加快了脚步。冷风从东面吹过来,带来阵阵凉意。空中的雪花也越飘越多,海边还传来了海花的喃喃低语。整个世界一片寂静,这些没有生命迹象的声音除外。一片寂静?是的,我很难描述这种寂静。所有的人类的声音、羊叫声、鸟叫声、昆虫嗡鸣声,所有构成人类生活背景的骚动声全都没了。天色越变越暗,漫天飞舞的雪花更密了,在我眼前飘动,空气越发的寒冷。最后,远处的白色山峰,一个接一个地消失于黑暗之中。微风也变成了呼啸的寒风。我看见,日食中心有一个黑影,它朝我袭来。马上,我就只能看见苍白的星星在发光了,其他的一切还都处于黑暗中,天空一片漆黑。

"我在茫茫的黑色中感到一阵恐惧。刺骨的寒冷,还有呼吸时的疼痛都让人难以忍受。我浑身打战,感到强烈的恶心。这个时候,又有一个红热的圆弧出现在太阳边缘。我离开机器想要休整一下。我感到天旋地转,不知道自己的归途在哪里。站在那儿,我心里既恶心又烦恼。这个时候,我看到浅滩上的那个东西又在动。这下我可以肯定,它是可以动的东西。它的后面是一片殷红的海水。那是个圆乎乎的东西,大概跟足球一样大,或许还会大一点儿,触须也拖了下来。在汩汩红色海水的映衬下，那个东西看上去好像是黑的，并且还不时地到处乱跑。然后，我就感觉到自己快要晕过去了。但是，我很害怕晕过去，害怕一个人孤零零地躺在这遥远而恐怖的黄昏中。我咬紧牙关重新爬上了座位。"

第12章

"所以,我回来了。我在时间机器上有很长时间都没有知觉,这是可以肯定的。白天和黑夜如眨眼般的更迭又开始了,太阳又变成金黄色了,天空又变成蓝色了。我的呼吸也自由多了。连绵起伏的大陆轮廓如潮涨潮落,指针在刻度盘上快速回转。我终于又看见了房屋的模糊影子,这说明我已经飞到了人类的衰退时期。这些房屋一闪而过,新的景色迎面扑来。没过一会儿,百万日的指针显示到零,我放慢了速度,认出了自己了解熟悉的小建筑。千日的指针也返回了起点,昼夜交替越来越慢。然后,实验室老旧的墙体出现在我周围。这一次,我非常缓慢地将时间机器停了下来。

"我发现了一件让我奇怪的小事儿。我记得跟你们讲过,当我出发的时候,在我提速前,沃切特夫人正好穿过房间。对我来说,她就像火箭的速度那么快。当我返回的时候,我又回到了她穿过实验室的那一刻。但是这一次,她的每一个动作都跟上次的动作完全相反。通向花园的门打开了,她静静地退回实验室,背面朝前,在她上次进来时的门后面不见了。在那之前,我好像还看到了希利尔(Hillyer),但他一闪而过。

"然后我停下机器,又看到了身边熟悉的实验室,我的工具和各种设备,还跟我离开的时候一样。我摇晃着爬下时间机器,坐到板凳上。有那么几分钟,我浑身抖得厉害,然后慢慢平静了下来。我周围又是原先那个工作室,它丝毫没有改变。我好像就在那里睡了一觉,整件事情不过就是一场梦。

"不,也不完全是这样!时间机器是从实验室的东南角开出去的,但现在却停在西北角,就靠墙停在你们最初看见它的那个西北角。这两个位置的间距,恰好是我着陆的草坪到斯芬克斯白色石像座基之间的距离,摩洛克人曾把机器搬进石像的底座里面。

"有那么一阵儿,我的头脑一片空白。我立刻站起来,穿过走廊来到这儿,我是跛着脚走过来的,因为我的脚跟还很疼,而且浑身都很脏。我看到门边桌子上放的那份《蓓尔美街报》,上面的日期确实是今天。我又看了一下钟,时间快到八点了。我听见你们说话的声音,还有盘子的碰撞声。我有片刻的犹豫,因为我非常恶心,还很虚弱。这时,我闻见了美味的肉香,所以就开门来见你们了。以后的事情,你们都晓得了。我洗漱,吃饭。现在,我正在给你们讲我所经历的故事。

"'我知道,'他停顿了一会儿说,'我所讲述的这一切,你们可能很难相信。不过对于我来说,唯一难以相信的,是今晚我能在这所熟悉的老房子里,看着你们友好的脸庞,跟你们讲述这段离奇的探险。'"

他扭头看着医生，说道："不，我没指望你们会相信它，就把它当成谎话，或者说是一个预言吧。就认为这是我在工作室里做的一个梦吧！就当我一直在探索我们这个种族的命运，最终编造了这个故事吧。将里面的一些真实情况当作是使它吸引人的一种艺术手法吧！你们觉得把它当成一个故事怎么样？"

他拿起自己烟斗，以他熟悉的方式，紧张地在炉门栅栏的杆上敲打着。屋子里有片刻的宁静。然后椅子开始吱嘎作响，鞋子也开始在地板上摩擦。我将视线从时间旅行者的脸上移开，看了看他的听众。他们都坐在黑暗中，每个人面前都有小光点在动。医生好像陷入对我们主人的琢磨中。编辑目不转睛地盯着他的烟屁股，这已经是第六根了。记者摸着他的手表。其他人我记得都一动不动地坐在那里。

编辑叹了口气站起来："真可惜你不是编写故事的写手！"他说着，将手搭到时间旅行者的肩膀上。

"你不相信这件事？"

"嗯……"

"我也没觉得你会相信。"

时间旅行者转向我们，"火柴呢？"他问道。

他点了根火柴，边抽着烟斗边说："说实话……我自己都不相信……不过……"

他的目光落在桌面上枯萎的百色花朵上，好像是在默默地询问这是怎么回事。然后，他将拿烟斗的手翻过来，我发现他在看着指关节上那些还没有痊愈的疤痕。

医生站起来，来到灯前，细细检查着那些花。"奇怪的雌蕊群。"他说道。心理学家也俯身看了看，还伸出手想要拿一朵。

"已经十二点四十五分了。"记者说。

"我们怎么回去啊?"

"车站有很多出租马车。"心理学家说道。

"真是稀奇,"医生说,"但我真的不知道这些花的自然属性。能把这些花给我吗?"

时间旅行者犹豫了一下,然后突然开口说道:"当然不行。"

"你到底从哪儿弄来的这些花?"医生问。

时间旅行者将手放在头上。他说话时,就像是要抓住那些远离他的思维一样。"当我在时间中旅行时,是维娜把它们放在我口袋里的。"他向房间内环顾了一下,"我什么都记不清了,真该死。这所房间,你们,还有每天的氛围,这些对我的记忆来说太多了。我真的制造过时间机器,或者时间机器的模型吗?还是说这一切只不过是一场梦?人们都说人生如梦,有时候真的是很珍贵的梦。不过我再也无法忍受这样一场不适宜的梦了。这太疯狂了。这个梦来自哪里?……我必须去看一看那台机器,如果真的有一台的话!"

他迅速抓起灯,提着它穿过门进入走廊。我们紧跟着他。灯光摇曳,时间机器就在那儿,矮胖矮胖的,很难看,还斜在那里。它是由黄铜、黑檀、象牙和透明闪亮的石英制成的。摸上去是真的,因为我伸出手摸了一下它的栏杆,象牙上有褐色的斑点和污渍,它的下半部分还有草和青苔,一根杆儿也弯了。

时间旅行者将灯放到长凳上,伸手摸了摸坏掉的杆。

"现在好了,"他说,"我给你们讲的事情是真的,真不好意思把你们带过来挨冻。"他拿着灯,我们全都一声不吭地回到了吸烟室。

他跟我们一起走到大厅,帮编辑穿上外套。医生看着他的脸,支吾了一会儿,告诉他不要太劳累了,时间旅行者听见后大笑起来。我记得他是在敞开的门口跟我们说晚安的。

我跟编辑坐同一辆车回去。他觉得这个故事是"华丽的谎言",可我自己却没有得出任何结论。这个故事如此奇妙,令人难以信服,而时间旅行者的描述又那么可信和严肃。那天晚上大部分时间我都没睡着,一直在想这件事。我决定了,第二天再去看看时间旅行者。仆人说他在实验室,而且我对这所房子已经很熟悉了,所以我就自己去找他了。可是,实验室里一个人也没有。我看了一会儿时间机器,伸出手摸了摸操纵杆。这个矮胖的、看上去很结实的机器,马上就晃动起来,好像风中的树枝一样。它摇晃的样子让我很吃惊。真奇怪,我想起了童年,那时候我被禁止乱碰东西。我穿过走廊走回去,和时间旅行者在吸烟室碰见,他正准备出门,一只手里夹着一个小型照相机,另一只手里夹着一个背包。他看见我后大笑起来,只伸出一个胳臂肘,可以和我握手。

"我真的很忙,"他说,"忙于处理那边的东西。"

"但这不是把戏吧?"我说,"你真的穿过时间了吗?"

"我真的做到了。"他真诚地看着我的双眼,随后犹豫了一下,目光在屋子里转了一圈。"我只需要半小时,"他说,"我知道你来的原因,你人真好。这里有一些杂志,如果你想留下来吃午饭,这次我会给你证明时间旅行这件事,不仅仅是标本,还有其他的东西。不过我真的要先离开一下,可以吗?"

我同意了,不过没明白他话里的所有含义。他点点头,沿着走廊走了。我听到实验室的门"砰"的一声关上了。于是,我坐在椅子上,拿起了一份日报。午饭前他要干什么?

突然，报纸上的一则广告让我想起，我曾经答应和出版商理查逊（Richardson）在两点钟见面。我看了下手表，发现快到时间了。我急忙起身，穿过走廊，准备跟时间旅行者说一声。

抓住门把手的时候，我听见一声惊叫，突然又戛然而止，然后就是咔哒声和巨响。当我打开实验室的门时，一阵风从我身边刮起来，里面传来玻璃摔碎落地的声音，而时间旅行者却不在里面。有那么一刻，我好像看到了一个鬼魂般的模糊身影，它就坐在黑黄相间的旋转物体上，消失不见了。可那个身影是透明的，因为我连它后面的工作台都看得很清楚，上面还有图纸。当我仔细再看时，幻影却消失了。时间机器不见了。除了被刮起的灰尘，实验室的另一头什么也没有。很明显，一块天窗刚刚被吹了下来。

我感到莫名的困惑。我知道发生了一些奇怪的事情，可一时半会儿又弄不清楚哪里奇怪。我站在那儿看着，通向花园的门开着，男仆出现在我眼前。

我们彼此看了看。我的心里有了主意，连忙问道："先生已经从那边出去了吗？"

"没有，先生。我没看见有人出来。我原以为能在这儿找到他。"

这下我就明白了。冒着得罪理查逊的风险，我决定留下来等时间旅行者归来：等待也许是更稀奇古怪的第二个故事，等待着他即将带回来的标本和照片。可我又有点担心，是不是要等上一辈子。时间旅行者已经失踪了三年，每个人都知道，他还没有回来。

后　记

我们除了表示惊奇外别无选择。他还会回来吗？或许他已经飞到了过去，回到了旧石器时代，掉进了茹毛饮血、浑身是毛的野蛮人中；又或者掉进了白垩纪①深海的无底洞里；又或者掉到了侏罗纪②时代那些奇怪的蜥蜴等大型爬行动物中。如果我可以这样描述的话，他现在可能还徘徊在鲕状③珊瑚礁上，蛇颈龙④常在那里出没，或者孤独地出现在三叠纪⑤的盐水湖边。又或者他飞向了未来？飞到比较近的年代。在那个年代里，人类还是人类。不过我们这个时代的谜题都有了答案，令人讨厌的难题也都有了解决方法。又或者他飞到了人类的成熟期。因为就我的观点来说，在比较近的年代里，实验能力不行，理论也不系统不完整。人类之间彼此不相容也确实不属于人类顶峰的时代！这只是我个人的看法。

---

① 白垩纪：中生代最后一个纪，始于距今1.37亿年，结束于距今6500万年。
② 侏罗纪：一个地质年代，是中生代的第二个纪，介于三叠纪和白垩纪之间，距今约1亿9960万年。
③ 鲕状：由球形或椭圆形颗粒组成，颗粒的外形和大小有点像鱼卵。
④ 蛇颈龙：一种海中的爬行类动物，是由陆上生物演化而来，再回到海洋中生活。它们活在三叠纪到白垩纪晚期，尾部较短，颈部很长，可以弯曲，像一条蛇。
⑤ 三叠纪：2.5亿至2亿年前的一个地质时代，是中生代的第一个纪。

我知道他对人类进步的观点，因为早在他制造时间机器以前，我们之间就讨论过这个问题。他认为，人类的文明会越积越高，最终坍塌下来，毁灭其创造者。如果真是这样的话，我们还必须若无其事地活着。不过对我来说，未来仍是漆黑迷茫的一片，是一个巨大的未知数，他的故事点亮了我的几处记忆。我可以安慰自己的是，我有两朵怪异的白花，它们现在已经枯萎，变成了褐色，干瘪易碎。即使在脑力和体力都消失时，它们也可以证明，相互感激和彼此的温暖仍然留存在人的心中。

The Invisible Man

隐身人

第 1 章　陌生人的到来

今年最后一场降雪,在二月初的某一天来临,风雪让这片高地变得异常寒冷。一个陌生人,穿过凛冽的寒风和漫天飘飞的大雪,从布兰伯赫斯特火车站步行而来。他手上戴着厚厚的手套,手中拎着一只黑色的小皮箱子,从头到脚都裹着暖和的衣服。除了闪亮的鼻子尖,他的整张脸几乎都被软毡帽的帽檐遮住了。他的肩膀和胸前都落满了雪花,手中的小皮箱也落了雪白的一层。他筋疲力尽,跌跌撞撞地走进"车马旅馆",随即把手提箱扔到一旁。

"快点生个火。"他喊道,"发发慈悲吧!给我开个房间,再生点火!"

他在酒吧内跺了跺脚,将身上的雪抖落,然后跟着豪尔太太(Mrs. Hall)走进客厅去谈价钱。他先做了简单的介绍,又往桌子上扔了两个金镑[①],然后就决定在旅馆住下

[①] 金镑:面值一英镑的英国金币,1914 年后停止使用。

来了。

豪尔太太点着火,把陌生人留在那儿,然后就亲自下厨做饭去了。大冬天的竟然有人到伊滨来投宿,这绝对是前所未有的幸运事儿,更何况这个客人还是个不还价的主儿。所以,她决定要好好表现,以便对得起这份收入。

熏猪肉已经准备好,豪尔太太又数落了反应有点迟钝的女仆梅莉(Millie)几句以便让她活络起来,就将桌布、盘子和杯子拿到了客厅,并将它们摆好。尽管这时候的炉火烧得很旺,可奇怪的是,她的客人还穿戴着衣帽,背对着她,望着窗外院子里飘落的大雪。他戴着手套的双手,交叉在一起,背在身后,看起来像是陷入了沉思。她发现,他肩上的雪融化了,雪水滴落在她的地毯上。

"先生,需要我将您的帽子和外套拿走,带到厨房好好地烘一下吗?"

"不。"他回答道,并没有转身。

她不确定自己有没有听到他的答复,打算再复述一遍自己的问题。

他转过头,视线越过肩膀看着她。

"我就想这样穿着。"他强调道。这时候她才发现,他戴着一副巨大的蓝色眼镜。高高竖着的衣领,再加上浓密的胡须,差不多将他的脸颊和面部都遮住了。

"好的,先生。"她说,"您随意,反正很快房间就会暖和起来了。"

他没有回答,再一次将脸转开。豪尔太太感到自己谈话的时机不对,就匆忙地将剩下的东西摆放好,快速走开了。当她再次回来的时候,他还是像座石像似的站在那儿,弯着腰,衣领竖起,向下滴水的帽檐翻了过来,将他的脸和耳朵全部挡住了。她把鸡蛋和熏肉重重地放在桌子上，然后冲他大声喊道："您的午饭已经好了，先生。"

"谢谢您。"他立即说道。不过直到豪尔太太关门离开他都没有动。豪尔太太离开后，他才急切地走向桌子。

豪尔太太走向酒吧后面的厨房，她听到一阵有规律的声音不停地重复，那是勺子在菜盘子中搅动的吱吱声。"那姑娘！"她说道，"哎呀，我差点儿就忘干净了，就是她在磨磨蹭蹭的！"当她亲自拌好芥末后，又对梅莉的磨蹭狠狠抱怨了几句。豪尔太太已经准备好了火腿和鸡蛋，还摆好了桌子，她把所有的事都做完了，而梅莉连芥末还没拌好，真是会帮忙啊！今天偏偏还来了位新客人，而且新客人还要住店！所以她赶紧将芥末瓶装满，并将它放在一个金色和黑色相间的茶盘上，然后端着它走进客厅。

她敲了下门就进去了。当她推门进去的时候，看到她的客人快速地动了一下，所以她只瞥见一个白色的物体消失在桌子后面，看起来好像是他正从地板上捡起什么东西。她将芥末瓶儿放在桌子上，然后看到客人的外套和帽子已经脱下来，放在火炉前的椅子上。湿答答的靴子放在炉子的铁质围栏上，这可是会让围栏生锈的，所以她立即走到这堆东西前。"我觉得现在可以把它们拿去烘干了！"她以不容置疑的口吻说道。

"别动我的帽子。"她的客人以低沉的嗓音说道。豪尔太太转过身，看到他抬起头，正坐在那儿看着她。

有那么一刻，她站在那儿，看着他，震惊得说不出一句话来。

他拿着一块白布——那是他自己带来的一块儿餐巾——捂住了自己脸的下半部分，所以他说话才有点含糊不清。不过，豪尔太太并非因此而吃惊。让她吃惊的是，他蓝色眼镜上面的前额都被白色绷带缠满了，他的两只耳朵也被另外一条绷带缠住了。除了尖尖的粉红鼻子外，他的整个脸就没有暴露在外面的地方了。而且那鼻子还是亮亮的粉红色，就跟第一眼看见他时一样闪着光。他身穿一件暗褐色的丝绒马褂，黑色的亚麻排领翻起来，挡住了他的脖子。厚厚的黑发从绷带之间逃出来，活像怪异的辫子和角，让他有了一副最怪异的模样。这个被绷带蒙住的脑袋完全超出豪尔太太的预想，所以她不由得愣住了。

他没有移开餐巾，用一只戴着褐色手套的手握着它，还透过高深莫测的蓝眼镜看着她。

"把帽子留在那儿。"透过白布，他又清晰地说了一遍。

豪尔太太开始从最初的震惊中缓过神儿来。她又把帽子放到火炉旁的椅子上。"先生，我不知道，"她说道，"嗯……"她窘迫地停了下来。

"谢谢。"他冷冰冰地说道，视线从她身上移向门口，又转回来看着她。

"我立刻去把它们弄干，先生。"她说，然后拿着他的衣服出了门。在即将出门的时候，她又看了一眼那个缠满白色绷带的脑袋和蓝眼镜，那条餐巾仍然放在他的脸前。关上身后的门，她不由自主地哆嗦了一下，脸上还满是惊恐和困惑的表情。

"我从没见过这样的人！"她悄悄说道，"天呐！"她蹑手蹑脚地回到厨房，心里想的都是刚才的事儿，以至于都忘了询问梅莉这个时候又在捣鼓什么。

客人坐在那儿，听着她渐渐远去的脚步声。他向窗外探寻了一番，才移开餐巾，接着吃饭。才刚吃了一口，他又疑虑重重地瞥向窗户,然后又吃了第二口。紧接着他站起来,穿过房间将窗帘放下来,这期间他的手中一直拿着餐巾。窗帘被一直放到白棉帘遮挡的下半部分窗格的顶部,房间一下子就变暗了,这时他才放心地走到桌子旁去吃饭。

"那个可怜的人肯定是遭遇了意外,或者是做过手术之类的。"豪尔太太心里想,"那些绷带真是吓坏我了。"

她又添加了些煤,打开晾衣架,将客人的外衣晾上去。"还有那副眼镜!为什么他的脑袋看着更像是潜水用的头盔,而不像人类的脑袋呢?"她将客人的围巾晾在晾衣架的角落里。"他还总拿着手帕捂住自己的嘴,连说话的时候也是这样!或许他的嘴也受伤了。准是这样的!"

她好像突然想起什么似的转过身:"我的天哪!梅莉,你把马铃薯做好了吗?"

豪尔太太觉得,客人的嘴一定是在某次意外中被割伤或者毁容了。当她进去收餐具时,这一猜测得到了证实。他当时正在抽烟,而只要她在房间里,他就没松开过那块挡住他下半部分脸的纱布,就直接这样将烟斗放进嘴里。这并不是因为他忘记了还有块纱布,因为她明明看到,当烟丝快烧光的时候,他还瞥了纱布一眼。他坐在角落里,背靠着窗帘。酒足饭饱,身体暖和过来后,他现在说话也不像刚才那样粗暴无礼了。火光映照在他的眼镜上,增添了一丝红色的生气。

他说:"我还有一些行李在布兰伯赫斯特火车站。"他还询问了一下如何能将它们寄送过来。等到她的解释后,他礼貌地低下缠满绷带的头,鞠了个躬。

"还得明天!"他说道,"就不能更快点儿吗?"

"不能。"她回答道。听到她的回答,他有点儿失望,心想:她肯定嘛?就没有从那儿经过的人吗?

豪尔太太非常乐意回答他的那些问题,这样就可以跟他交流了。

"先生,那可是一段很陡的坡地。"于是她就马车问题开始滔滔不绝地讲起来,"大约一年多以前,一辆马车翻车了。除了马车的车夫,还有一位先生也被摔死了。天有不测风云,是不是啊先生?"

不过,这位客人可不是那么容易被诱骗的。"确实如此。"他透过纱布说道,一双眼睛高深莫测地冷冷盯着她。

"不过先生,意外发生后可是需要很长时间才能恢复啊!对吧?……就说我姐姐家的儿子汤姆(Tom)吧,他手臂被大镰刀割伤了。他在草地里摔了一跤,正好撞在镰刀上。天哪!有三个月的时间,他的胳膊都被束紧了。说来您都不信,我现在一看见镰刀就觉着害怕。"

"这个我可以理解。"客人说。

"他一度以为自己不得不做手术了。他伤得就是那么严重啊,先生。"

客人突然笑起来,不过他的笑声干涩,就好像噎在嘴里一样。"是吗?"他说。

"对啊,先生。发生在他身上的事对他们来说可不是开玩笑的。我姐姐当时还要照顾其他几个小一点儿的孩子,所以只能由我去照顾汤姆。要知道,得一直缠绷带,还得解绷带!所以,我能冒昧地问一句吗,先生……"

"您能给我拿点儿火柴吗?"客人突然说道,"我的烟灭了。"

豪尔太太突然站起来。在告诉他她所做的一切后,他的这种表现绝对是没有礼貌的。她盯着他看了一会儿,想起他付的两个金镑,就去拿火柴了。

"谢谢。"当她将火柴放下时,他简洁地说了声,然后又转过身，背对着她，眼睛看着窗外。这挺让人沮丧的。很显然，他对手术和绷带的话题很敏感。最终，她也没有再冒昧地问下去。不过他的冷落让她生气，所以那天下午梅莉又要倒霉了。

客人一直安静地待在客厅里，直到下午四点多钟，期间没有受到任何打扰。想来他一直坐在炉火前，在越来越暗的房间里抽着烟，或许正在打盹儿也说不定。

如果留神听，那你肯定知道他在这期间填了一两次煤，并在房间内踱步了五分钟左右。听起来他是在自言自语，然后吱嘎一响，他又在扶手椅上坐了下来。

第 2 章　泰迪·亨弗里的最初印象

四点钟的时候,天色已经很黑了。豪尔太太鼓起勇气,准备到客厅去问问客人需不需要下午茶。这时,钟表批发商泰迪·亨弗里(Teddy Henfrey)来到了酒吧。"我的天呐,豪尔太太,"他说道,"这样的天真是不能穿薄底靴子啊!"屋外的雪越来越大了。

豪尔太太同意他的说法。她注意到他还拿着工具包。"泰迪先生,既然你已经来了,"她说道,"能否帮我检查一下客厅里面的钟,那样我会很感谢的。那个钟倒是能走,声音也很响亮,不过就是时针总是指在六点的位置。"

她在前面领路,来到客厅门前,敲了敲门就进去了。

当她开门的时候,发现客人坐在炉火前的扶手椅上,缠满绷带的脑袋倾斜向一边,看起来是在打瞌睡。屋子里头的唯一光线是炉火散发出来的红光。这光亮像铁路信号不好的红灯一样,照射在他的眼镜上,而他脸的下半部分都在黑暗中。白天唯一的痕迹透过开着的门照进来。屋里的一切都是红色模糊的，对她来说都难以清楚辨认。豪尔太太点着了吧台灯，这反倒让她一片眼花缭乱。不过，没过几秒钟，她就看到她正盯着的那个人有一张血盆大口。那是一张巨大的令人难以置信的大嘴，仿佛将他脸的整个下半部分都吞下去了。那一瞬间真令人毛骨悚然：裹着白色绷带的脑袋，还未睁开的巨大眼睛，还有下面的裂口。这时，客人动了，突然从椅子上站起来，还抬起了手。豪尔太太将门打开得更大一点儿，这样房间就能亮堂一些，她也能看得更加清楚。这时，他还像以前一样拿着餐巾，将脸都挡住了。豪尔太太心里想，刚才也许看到的是黑影吧。

"先生，这人是来检查钟的，您不介意吧？"豪尔太太从短暂的震惊中回过神来，问道。

"修钟？"他用手捂着嘴说道，同时睡眼蒙眬地向四周扫视了一圈，又立马变得清醒了，"当然可以了。"

豪尔太太去拿了盏灯。他站起来，伸了个懒腰。这时，豪尔太太带着灯进来了，泰迪·亨弗里先生进来的时候就正好撞见了这个缠着绷带的人。他说，自己"惊得目瞪口呆"。

"下午好。"这个陌生人说道。亨弗里先生对那副深色的眼镜印象深刻。他后来是这么形容那个陌生人的，"像是一只大龙虾。"

"我希望，"亨弗里先生说道，"这没有打扰到您。"

"一点也不。"陌生人说道，"不过我知道，"他转向豪尔太太说，"这个房间是归我个人使用的。"

"我也是这么认为的，先生。"霍尔太太说道，"你也想这个钟——"

"当然了，"陌生人说，"当然了，不过，一般来说我喜欢独自一个人不被打扰。"

"不过，我也很高兴钟表能修好。"陌生人看到亨弗里先生有点犹豫，便又接着说。"我很乐意。"亨弗里先生本来想要道歉后离开的，不过陌生人这么说，他也就放心了。陌生人转过身，背朝着壁炉，把两只手放在背后。他说："钟修好后，我想马上来点儿茶，不过要等到钟修好以后。"

当客人询问豪尔太太是否安排将他的箱子从布兰伯赫斯特车站拿回来时，豪尔太太正准备离开房间。这次她没有表现出交谈的想法，因为她可不想在亨弗里先生面前被冷落。她告诉客人，她已经告诉邮递员这件事情了，行李明天就会被带过来。"你确定这是最早到达的方法吗？"客人说。

她一副冷冰冰的口吻，语气很肯定。

"我得解释一下，"他补充道，"刚才我太冷太累，所以没来得及说，其实我是个实验研究人员。"

"确实，先生。"豪尔太太可是印象深刻。

"我的行李里装的都是些设备和仪器。"

"它们肯定是些有用的东西。"豪尔太太说道。

"我很急切地想要继续我的研究。"

"当然了，先生。"

"我来伊滨的原因，"他深思熟虑后，继续说道，"是……因为我渴望独处。工作的时候，我不希望有人打扰。除了我的工作，一次意外……"

"我也这么觉得。"豪尔太太心里想。

"……必须让我过上退隐的生活。我的眼睛，有时候特别脆弱，又有刺痛感。所以，我不得不将自己连续几个小时关在黑暗中，将自己锁起来。我当然不是说现在啊，只是有时候会这样。在那种时候，即使是最轻微的打扰，比如说有陌生人进入房间，对我来说也是一种折磨人的烦恼……如果您能理解这些情况那就最好了。"

"那当然了，先生，"豪尔太太说道，"我能冒昧地问一句……"

"我觉得，我该说的都说清楚了。"陌生人以不容分说的架势说道。豪尔太太没有再问，而是将问题和同情留待更好的时机。

据亨弗里先生叙述，豪尔太太离开房间后，他还站在炉火前盯着亨弗里先生修钟。亨弗里先生不仅将钟的指针和表盘拆下来了，还取出了它的内部零件。他尽可能缓慢、安静、谦逊地去做这些活儿。他工作的时候紧靠着灯，他的手上，钟表的支架和齿轮上，都映照着透过绿色灯罩射出来的光线，房间里其他的地方漆黑一片。他抬起头，觉得一阵眼花缭乱。他天生好奇心重，特别想晚点走，以便跟陌生人搭上话。可是，陌生人一动不动地站在那儿，一点儿声响也没有。所以，这又让亨弗里紧张起来。他感觉房间里只有他自己，可是抬起头，他在隐约中看到了缠着绷带的脑袋和盯着他的深色眼镜，镜片上还反射着绿光。对亨弗里来说，这种情况太诡异了，以至于他们茫然地盯着彼此有一分多钟。然后亨弗里又低下了头。这种处境真是令人难受。在这种时候，人们会想要说点什么来打破尴尬。亨弗里在想，他是否应该评论一下今年这个时候反常的天气呢？

亨弗里抬起头，想要进行交谈。"天气……"他开口道。

"为什么你不赶紧干完活儿然后离开呢？"陌生人冷冷地说道，明显是在压抑着怒火。"你所要做的就是将时针固定在它的轴上。你这纯粹是在骗人……"

"当然了，先生。再给我一分钟。我检查一下……"然后亨弗里先生就结束工作离开了。

可是，他离开的时候感到非常气愤。"该死的！"亨弗里先生心里想。他正穿过融化的积雪走过村庄："每个人总有用到时钟的时候，这是肯定的啊。"

然后又说："别人就不能瞧你一眼吗？丑八怪！"

然后又接着说："也许真不行。如果警察想要逮捕你，你也不可能用绷带缠得这么严实啊！"

在葛理森路的拐角处，他遇见了豪尔，就是最近娶了"车马旅馆"女主人的那个人。最近，当偶尔有人要去西德桥的时候，他就从伊滨赶马车过去。现在他正从那里回来，正好跟他碰上了。从他赶马车的样子判断，豪尔很显然在西德桥"停留了一会儿"。

"怎么样啊，泰迪？"豪尔经过的时候说道。

"你家来了个稀奇古怪的家伙！"泰迪说。

豪尔礼貌性地停下车。"什么？"他问道。

"一个长得很奇怪的家伙现在正住在车马旅馆，"泰迪说，"我的天呐！"

于是，他生动形象地将那位奇怪的客人描述给豪尔听。"看起来就像是伪装，对吧？如果他住在我家的话，我肯定得看看他的脸长什么样儿。"亨弗里说道，"可是女人却很容易相信陌生人。他现在占了你家的几间屋子，可连名字都不肯说，豪尔。"

"不见得吧。"豪尔说。豪尔理解事情比较慢。

"肯定啊，"泰迪说，"他还是按周付的钱。不论他是什么样的人，你这个周都摆脱不了他了。他说明天还有更多他的行李要送到。但愿那些箱子里面不是石头，豪尔。"

他告诉豪尔，他在黑斯廷斯①的姨妈就被拿着空旅行箱的陌生人欺骗过。总之，他的话使豪尔心神不安起来。"驾，老姑娘。"豪尔吆喝着他的马，"看样子我得去看看。"

泰迪继续艰难地往前走，可他心里却轻松了不少。

可是豪尔先生回家后，并没有"查清楚"，反倒因为在西德桥逗留时间太久，而被老婆骂得狗血淋头。他温和的问题换来的是她急躁的回答，而且牛头不对马嘴。尽管有诸多不愉快，泰迪先生的话所播下的疑惑的种子，已经在豪尔先生头脑中生根发芽了。"你们女人懂个屁！"豪尔先生说道。他决定，一旦有机会，就要把这个客人的身份查个清清楚楚，水落石出。陌生人在九点半左右睡觉以后，豪尔先生气势汹汹地冲进客厅，去检查他老婆的家具。其实他这么做，不过是想表示他才是这儿的主人。他还不屑一顾地看了下陌生人落下的数字演算纸。临睡觉的时候，他还特别提醒豪尔太太：等明天陌生人的行李到了后，要好好地检查一下。

"你少管闲事，豪尔，"豪尔太太说道，"我自己的事情自己负责。"

她特别想痛骂豪尔一顿，因为毫无疑问，这个陌生人非常古怪。可她心里却对这个人捉摸不透。半夜，她被噩梦惊醒，梦中有无数白萝卜似的大脑袋，长着长长的脖子，还有大大的黑眼睛。这些脑袋对她紧追不舍。不过作为一个理智的女人，她压制住内心的恐惧，翻了个身，又睡着了。

---

① 黑斯廷斯：一座著名的旅游城市，濒临多佛尔海峡。

第3章 一千零一个瓶子

在二月的第二十九天,这个奇怪的人在积雪初融时,从无限大的外部世界来到伊滨村,事情就是这样。第二天,他的行李穿过泥泞的道路运到了伊滨村。他的行李真的很显眼,有两个普通人确实会用到的大皮箱子,另外还有一箱子书——非常大非常厚的书,其中还有几本书上的字迹让人看不懂。另外还有十几个板条箱、盒子和箱子,里面装的东西用稻草包装起来了。豪尔觉得那些像是玻璃瓶子,就好奇地扯了一把那些稻草。陌生人裹紧了帽子、外套、手套和围巾,不耐烦地出来接费伦赛德(Fearenside)的车,而豪尔正在闲聊,打算帮忙将行李箱搬进去。陌生人出来的时候没有注意到费伦赛德的狗,它正围着豪尔的腿嗅来嗅去,不知道那到底是什么东西。"搬着那些箱子跟过来,"陌生人说道,"我都等了够长时间了!"

然后,他走下台阶,朝着车子后面走去,想要去拿一个小点儿的箱子。

不过,费伦赛德的狗一见到他,就毛发倒竖,狂吠起来。当他急匆匆地走下台阶时,那条狗突然跳起来,直直地朝着他的手扑过去。"啊!"豪尔叫道,同时向后跳去,他也怕狗。费伦赛德一边大叫"趴下",一边抓起鞭子。

陌生人反应迅速,狗的牙齿刚从他的手套上滑开,他就踢了狗一脚。而狗跳到一侧,正好咬到陌生人的腿,大家都听到他裤子撕碎的声音。这时费伦赛德的鞭子正好抽到了他的狗身上。狗惊慌地叫着,躲到货车轮子底下。这一切发生在不到半分钟的时间内,大家都大叫起来。

陌生人迅速看了看撕开的手套和裤子,好像想弯腰检查一下腿,但最后却是快速转身奔上台阶,跑进旅馆去了。大家听到他急匆匆地穿过走廊,走上没有铺地毯的楼梯,最后进了他的卧室。

"你这个畜生,你!"费伦赛德一边叫嚷着,一边爬下货车,手里还拿着鞭子。那条狗透过车轮看着他。"你最好给我过来!"费伦赛德喊道。

豪尔目瞪口呆地站在那儿。"他被咬了,"豪尔说,"我还是去看看他吧。"然后他就跟着陌生人跑上楼了。

他在走廊碰见了豪尔太太。他告诉她:"送货人的狗把那人咬了。"

他直接奔上楼。陌生人的房间门半掩着。出于天生的同情心,他顾不上敲门就直接冲进去了。

窗帘放下来了,房间里一片昏暗。豪尔第一眼就看见一个非常奇怪的东西,就像是一只没有手的胳膊在朝他招手;一张白脸上有三个模糊不清的巨大圆圈,就像是一朵浅色的三色堇。接着,他的胸口就被狠狠地打了一下。他猛然倒退了几步，门在他面前"砰"地关上，并锁上了。一切发生得如此迅速，他还什么都没看清，只觉得是某种难以辨别的东西在动，然后自己就被揍了一拳。他站在昏暗的楼梯口，不知道自己刚才看到的是什么。

几分钟后，他回到聚集在车马旅馆外面的人群中。费伦赛德正在讲述事情的经过，这已经是第二遍了；豪尔太太抱怨说他的狗没有理由咬她的客人；马路对面的日用品杂货商哈克斯特（Huxter）过来问东问西；铁匠铺的桑迪·韦杰斯（Sandy Wadgers）也过来说东道西；此外，还有一些妇女和小孩儿也都七嘴八舌的："我肯定不会让它咬我""就不该养这样的狗""狗为什么要咬那个人啊？"等等。

豪尔先生站在台阶上，打量着那些人，听着他们的议论，觉得他在楼上发生的事情真是匪夷所思，而且他的言语根本无法描述出他的见闻。

"他说，他现在不需要帮忙，"豪尔回答了他老婆的问题，"我们最好把他的行李搬进去。"

"他最好烤一下那个伤口，"哈克斯特先生说，"要是有炎症的话更应该这么解决。"

"我要是碰见这样的事，就一枪毙了它。"人群中一个女人说道。

突然，那条狗又开始狂吠起来。

"都过来！"门口一个怒气冲冲的声音喊道。浑身裹得严严实实的陌生人就站在那儿，衣领竖着，而帽檐弯下去了，"你们越快将这些东西搬进来，我就越高兴。"一位匿名的旁观者后来描述道，他的裤子和手套已经换过了。

"你受伤了吗，先生？"费伦赛德询问道，"真是抱歉，这狗……"

"一点儿没伤着,"陌生人说,"它没碰到我的皮肉。快点把那些东西搬进来吧。"

他随后骂了一句。豪尔先生坚持这么认为。

根据陌生人的指示,第一个板条箱被直接搬进客厅。陌生人急不可耐地跑过去,把它解开,将里面的稻草撒的到处都是,根本不顾及豪尔太太的地毯。他从这个箱子里拿出许多瓶子——那些圆圆的小瓶子装着粉末;细长的小瓶子里装着有色或者无色的液体;有凹槽的蓝色瓶子上贴着"有毒"的标签;圆肚长颈的瓶子、大个儿的绿色玻璃瓶、大个儿的白色玻璃瓶、有玻璃塞和磨砂标签的瓶子、有精致软木塞的瓶子、有盖子的瓶子、有木头盖的瓶子、酒瓶子、色拉油瓶子。它们都被成排地摆放在西洋梳镜柜上、壁炉架上、窗子下的桌子上、地板上、书架上——到处都是。布兰伯赫斯特药店的药瓶也没有这些的一半多,让人应接不暇。他从一个个板条箱里取出好多瓶子,直到六个箱子都空了,而桌子上堆满了稻草。除了瓶子外,箱子里就剩下一些试管,还有一个仔细包装的天平。

箱子打开后,陌生人就走到窗户前开始工作了。他一点儿也不关心地板上成为垃圾的稻草、已经熄灭的炉火、外面的那箱书,也不关心已经扛上楼的大箱子和其他行李。

当豪尔太太将晚饭端进去时,陌生人正全神贯注地将瓶子里面的液体滴到试管里。直到她将地上的稻草扫走,然后因为地板上乱糟糟的样子而有意将托盘重重地放到桌子上时,他才知道她进来了。他稍稍转过头,又马上转了回去。她注意到,陌生人将眼镜摘下来了,就在他旁边的桌子上。在她看来,他的眼窝凹陷得厉害。他赶紧带上眼镜,然后才转过身看着豪尔太太。她正要抱怨地板上的稻草,不过陌生人已经抢先说道:"我希望你敲了门再进来。"他用一贯愤怒的语气跟她说。

"我敲门了,不过好像……"

"可能你敲了。可是,我正在进行研究,这些是非常急切、非常重要的研究,即使是最轻微的干扰,比如说开门的声音,我必须要求你……"

"当然了,先生。要知道,只要你愿意,你可以把门锁上,任何时候都可以。"

"好主意。"陌生人说。

"这些乱草,先生,我冒昧地说一句……"

"别说了!如果这些草有什么问题的话,就记在账单上!"他嘟哝着跟她说,听起来像是在骂人。

这个人太古怪了,他站在那儿,一只手拿着瓶子,一只手拿着试管,咄咄逼人又暴躁。豪尔太太突然感到一阵害怕,不过她是一个有主见的人。"先生,我想知道,您觉得在什么情况下……"

"一先令①,在账上记一先令。一先令足够了!"

"就这样吧!"豪尔太太拿起桌布,将它铺在桌子上。"当然,如果您满意的话……"

他转身坐下来,背对着她。

整整一下午,他都锁着门在工作,豪尔太太后来作证,大部分时间里面都没有动静,偶尔有瓶子碰撞的声音,好像是他因为捶了桌子一下,瓶子猛地摔了一地。然后,房间里就响起急切的来回踱步的声音。她担心会"出什么事情",就

---

① 先令:英国的旧辅币单位,1英镑=20先令,在人民币里相当于"角"。

趴在门口偷听，不过没打算要敲门。

"我没办法继续了！"豪尔太太听到他在房间里怒吼。"三十万！四十万！这些数字太巨大了，骗人！这得花费我一辈子的时间！耐心！我要有耐心！……笨蛋！笨蛋！"

因为听到酒吧砖地上有鞋钉的声音，所以豪尔太太不情愿地让陌生人自己自言自语去了。等她回来的时候，除了椅子模糊的吱嘎声和瓶子偶尔的碰撞声，屋子里又没有动静了。一切都结束了，陌生人已经重新开始工作了。

当她把他的茶端到房间里的时候，她看见房间角落的凹镜下面有破碎的玻璃瓶，还有一块儿马马虎虎擦拭过的黄色的污点。她让客人注意这种情况。

"把它记在账单上！"她的客人厉声说道，"看在上帝的份儿上，别来烦我。要是有什么东西坏了，记在账上就行了。"接着，他又开始在自己面前的本子上勾勾画画了。

傍晚的时候，大家又聚集在伊滨村的啤酒小店里。"我来告诉你们吧！"费伦赛德故弄玄虚地说。

"什么？"泰迪·亨弗里问。

"就是你们大家伙儿在讨论的那个被我的狗咬到的家伙。其实，他是个黑人，最起码他的腿是黑色的。我是从他被扯裂的手套和裤子里发现的。你们肯定都期望那里露出来的是粉红色，对吧？哦，其实根本不是，只有黑色。我告诉你们，他就像我的帽子一样黑。"

"我的天呐！"亨弗里说道，"这种情况就危险了。可为什么他的鼻子就像擦了脂粉一样粉红呢？"

"这倒是真的，"费伦赛德说，"我知道这个情况。告诉你我是怎么想的。泰迪，那个人就是个花斑马。这儿是黑的，那儿是白的，一块儿一块儿的。他很嫌弃自己这一点。他就像是混血儿，只不过皮肤的颜色不是混合在一起，而是这儿一块儿，那儿一块儿。我以前听说过这种事儿。马就是这样的，你们大家都知道。"

第4章　康斯先生拜访陌生人

我已经将陌生人到达伊滨村的情况仔细地描述过了,这样读者就可以了解他的古怪形象。除了两件奇怪的事情,直到俱乐部纪念活动以前的日子,他还都马马虎虎应付过去了。他和豪尔太太之间也因为一些鸡毛蒜皮的小事发生过几次冲突,可在四月底他第一次出现经济拮据的情况以前,每次都能以额外的小费将她轻易打发。豪尔先生不喜欢陌生人,每逢他壮起胆子,就会鼓动豪尔太太将他赶出去。不过,他表示不满的方式不是直接将它表现出来,而是尽可能地避开他的客人。

"等到夏天的时候吧,"豪尔太太常以明智的口吻回答,"等艺术家们都来伊滨的时候再说吧。他是有些傲慢,可不管怎么说,他的账单都是按时付的。"

陌生人从来不去教堂,所以对他来说,星期天和其他日子也没什么区别,甚至在服装上也是如此。豪尔太太觉得,他工作起来没有规律。有时候,他下楼很早,而且一直很忙;有时候,他起床很晚,一连几个小时都在房间里踱步、抽烟或者在炉火旁的扶手椅上睡觉,听起来明显焦躁不安。他与村子以外的世界毫无交流。他喜怒无常,大部分时候,他的行为,就像是一个遭受了令人难以忍受的挑战而痛苦不堪的人的行为。曾经有几次,在间歇性的狂怒之后,他将所有的东西折断、撕破、砸碎和打烂。他似乎长期精神紧张、脾气暴躁,自言自语的习惯越来越严重。虽然豪尔太太仔细偷听过几次,可她总听不出个所以然来。

白天的时候他很少外出,可到了傍晚时分,不管外面冷不冷,他都要包裹得严严实实的出去。而且,他总是挑那些渺无人烟、树影重重的小路走。他的大眼镜和缠满绷带的惨白的脸隐藏在帽檐下面,经常会在黑暗中将几个回家的工人吓得不轻。有一天晚上九点半,泰迪·亨弗里从"红衣酒馆"跌跌撞撞地出来。酒馆门打开时,突然的光线照在陌生人好似骷髅一样的头上(他散步的时候帽子拿在手里),亨弗里先生被吓得魂不附体。孩子们晚上见到陌生人都会做噩梦。谁也搞不懂,是他更不喜欢孩子们呢,还是孩子们更讨厌他。不过可以肯定的是,他们彼此都不喜欢对方。

在伊滨这样的小村子里,像陌生人这样奇特的外貌和举止,难免成为村里人经常讨论的话题。关于他的职业,大家更是各持己见。在这一点上,豪尔太太非常敏感。每次有人问她这个问题,她总是小心仔细地介绍说,他是个"实验研究人员",而且在说这几个音节的时候非常谨慎,好像怕犯错误似得。当有人问她"实验研究人员"是什么东西时,她就会摆出一副高傲的姿态说,只有受过教育的人才会知道,接着还要再加上一句:他是"发明东西"的。她说,她的客人曾经发生了一次意外,这让他的双手和脸暂时变了颜色,而且他天生敏感,所以很反对公开提起这件事。

大家在背后更倾向于他是一个罪犯。他把自己包裹起来,就是为了逃过警察的追捕,逃出法律的制裁。这个观点是泰迪·亨弗里最先提出的。可是从二月份的中下旬以来,大家并没有听说发生过什么案子。于是,国立学校的库尔德(Gould)实习助理又费尽心思地想出了另一种可能性。他认为,陌生人是伪装起来的无政府主义者,他正在制造炸药。所以,只要时间允许,库尔德就会亲自进行侦查。他们两人一旦相遇,库尔德就会警惕地看着陌生人,还会向那些从未见过陌生人的人打探他的情况。不过,他总是一无所获。

另外一派人支持费伦赛德的观点。他们要么接受陌生人是混血儿的观点,要么在此基础上添油加醋,充分发挥。比如说,有人就听赛拉斯·德根(Silas Durgan)说过:"如果那个人愿意在市场上把自己展示一下,他准能发大财。"因为他也算是位神学家,所以他就把陌生人比作《圣经》里那个把一千两银子埋在地底下的人①。另外一种观点,是将陌生人完全当作一个没有害处的疯子。这种观点有一个好处,那就是所有的问题都有了合理的解释。

在持有这几种观点的人中,还有一些是摇摆不定和容易妥协的。萨塞克斯郡②的人很少迷信。直到发生了四月初的事情以后,村子里的人才开始小心地议论超自然的生物。即使如此,这些话也只有妇女才相信。

---

① 据《圣经》第25章记载,有人得到了一千个银币,却不用来经商,而是埋在地下。文中的意思是指,陌生人没有好好利用自己的长处。

② 萨塞克斯郡:位于英国英格兰东南部的一个郡。

不管伊滨人怎么猜测他，大家的一致态度是不喜欢他。尽管城市的脑力劳动者可能会理解，但他脾气暴躁，对生活平静的萨塞克斯郡来说，这一点让人觉得不可思议。时常让他们担惊受怕的疯狂举动；夜晚在幽暗的角落里从人们身旁掠过的匆忙脚步；对所有好奇的试探者都进行无情的打击；因为喜欢黑暗，他总是闭门关窗，蜡烛和台灯尽熄，谁愿意这样的事情继续发生呢？当他在村庄里走过时，人们都会自觉地躲到一边。等他走过去了，爱开玩笑的年轻人还会竖起衣领，拉下帽檐，紧张地跟在他后面，模仿他神秘的举动。那个时候，还有一首叫"怪人"的流行歌曲。斯达契尔小姐（Miss Statchell）为了给教堂的油灯筹款，曾在学校的一次音乐会上唱过。从那以后，只要见到陌生人，聚集在一起的几个人就会哼几句，尽管可能五音不全。随后而来的小孩儿也会在他身后大叫着"怪人"，然后高兴地跑开。

康斯是伊滨村的普通医生。他非常好奇，可能是绷带激起了他的职业兴趣。关于陌生人拥有一千零一个瓶子的说法，也让他非常嫉妒。在过去的四月和五月，他一直渴望能跟陌生人聊几句。最终，在"圣灵降临节①"即将来临的时候，他等不了了。他以聘请乡村护士为借口找陌生人去了。让他吃惊的是，豪尔先生竟然不知道房客的名字。

"他说了个名字，"豪尔太太说——这显然是胡说，"不过我没有听见。"她觉得，不知道自家房客的名字看起来很愚蠢。

---

① 圣灵降临节：又被称为五旬节，是基督教的一个节日，是为了纪念耶稣复活后派遣圣灵降临而举行的节日。据《圣经》记载，"耶稣在复活后第50天差遣圣灵降临；门徒领受圣灵，开始布道。"所以，教会规定每年复活节后第50天为"圣灵降临节"。

康斯敲了敲客厅的门就进去了。里面清楚地传来一句咒骂。

"不好意思，打扰了。"康斯说着关上门。这样，豪尔太太就听不到接下去的对话了。

接下来的十分钟，她听到低语声，然后是惊叫声，慌乱的脚步声，椅子倒向一边的声音，突然的笑声，然后就是急匆匆走向门口的脚步声。接着，康斯就出现了。他的脸色惨白，眼睛盯着身后。他没有关上身后的门，也没看豪尔太太一眼，就大步流星地穿过大厅，走下台阶。她听到他的脚步声沿着马路匆匆而去，手中还拿着帽子。豪尔太太站在门后，看着客厅里那扇打开的门。然后她听到陌生人轻微的笑声，还有他穿过房间的脚步声。她站的地方看不到他的脸，客厅门"砰"的关上了。整个地方又平静了。

康斯先生直接到了村里的牧师邦汀（Bunting）家里。

"我疯了吗？"他一走进牧师简陋的书房，就开始急切地问道，"我看起来像个疯子吗？"

"发生什么事了？"牧师问，同时将菊石①放在即将用来布道的松散的讲稿上。

"旅馆里的那个家伙……"

"怎么啦？"

"给我点儿喝的。"康斯说着坐了下来。

好心的牧师将唯一可以提供的廉价的雪利酒②给了他。喝完之后，康斯的情绪才稍微稳定了些。他这才把刚才拜访

---

① 菊石：软体动物门头足纲的一个亚纲，它不是现代生物，而是已经灭绝的海洋生无脊椎动物。
② 雪利酒：产自西班牙的一种烈性白葡萄酒。

陌生人的经过告诉了牧师。

"我进去后,"他气喘吁吁地说,"就开始为护士基金募捐。刚进去的时候,他的双手一直插在口袋里,然后他重重地坐到椅子上,还吸了下鼻涕。我告诉他,我听说他对科学的事情很感兴趣。他回答说是的。又吸了下鼻涕。他一直在吸鼻涕,很明显他这两天感冒得厉害。怪不得把自己包成那样!我一边跟他讲护士基金的事,一边瞪大了眼查看周围。瓶子啊,化学品啊,到处都是。架子上有一个天平和一排排的试管,还能闻到月见草①的香味。我问他能不能捐钱,他说会考虑一下。我又直截了当地问他,是不是在进行研究,他说是的。我又问他是不是一项长期研究,他突然开始发火,说:'这就是一项该死的长期研究!'他越说越生气,好像是把怨气都发出来了。'噢?'我说。然后他就开始发牢骚。他本来就在气头上,我的问题成了导火索。有人曾给过他一张处方,非常有价值的处方。不过他没说那方子的用途。'是药方吗?'我问他。'混蛋,你到底想问什么?'我赶紧道歉。他煞有介事地吸了下鼻子,咳嗽了两声,然后接着往下说。他看了看方子,里面有五种成分。可他把处方放下,刚一转头,处方就被窗户外吹来的一阵风'哗啦'一下刮起来了。他工作的地方有一个开放的壁炉。只看到火光一闪,处方纸就着起来,还朝着烟囱升上去了。他马上冲了过去。就在这时,为了说明当时的情景,他伸出了一只胳膊。"

"然后呢?"

"那只胳膊没有手!只有空空的袖管。天哪!我以为他是

---

① 月见草:柳叶菜科月见草属下的一种,又称为晚樱草。它的花在傍晚才慢慢盛开,到天亮即凋谢,花只开一个晚上。

个残疾人,原本安了个假肢,现在拿下来了。然后我又想,这还是有点奇怪。如果里面什么也没有,那到底是什么支撑起袖子并把它撑开的呢?我告诉你,里面什么也没有,从胳膊肘到袖口,都是空的。我能从袖口一直看到胳膊肘,还有一束光从衣袖撕破的地方透进来。'天哪!'我叫起来。于是他停下来,透过那副黑色的大眼镜看着我,然后又看了看他的袖子。"

"然后呢?"

"就这样啊,他一句话也没说,就那么看着,然后快速把衣袖放回了口袋里。'刚才我说到处方烧起来了对吧?'他貌似在询问我,还咳嗽了几声。'你到底是怎么移动那只空袖管的?'我问道。'空袖管?''对啊'我回答道,'一只空袖管'。"

"'这是一只空袖管对吧?你看到的就是空袖管?'他立马站起来问道。我也站了起来。他慢慢地朝我走近三步,在离我很近的地方停住,恶狠狠地吸了吸鼻涕。可我没有退缩,尽管那个包裹着绷带的脑袋和大眼镜能把人活活吓死!"

"'你说这是一只空袖管?'他问道。'当然了。'我回答道。一言不发地盯着一个人看,即使厚颜无耻的人也会开始不自在。可是他非常平静地把袖子从口袋里再次拿了出来,并将胳膊举向我,好像是想向我再展示一遍似的。他的动作非常缓慢,我看着他的胳膊,感觉过了一个世纪。'嗯?'我清了清嗓子说,'里面什么都没有。'"

"我得说点什么。我开始感到害怕。我能一眼看到底。他直接将袖管伸向我,慢慢地,慢慢地,直到袖口离我的脸只有六英寸左右。这样看着一只空袖管真的很奇怪!然后——"

"怎么了?"

"有个东西——感觉起来就像是食指和拇指——捏住了我的鼻子。"

邦汀开始笑起来。

"里面什么都没有!"康斯说道。在提到"里边"这两个字时,他的声音变成了尖叫。"你就尽情笑吧,但是我告诉你,当时真的很吓人。我狠狠推了一下那个袖口,转过身冲出了房间。我得离他远点。"

康斯不说话了,他的恐惧是真的。他无助地转过身,又喝了一杯牧师的廉价雪利酒。"当我碰到他袖口的时候,"康斯说道,"碰到的明明是一条手臂,可里面没有胳膊。连个胳膊的鬼影都没有!"

邦汀先生思考了一会儿,然后满腹狐疑地看着康斯先生。"真是件怪事!"他说,看起来既明智又勇敢。"确实是太奇怪了!"邦汀先生用审判的口吻说道。

第5章　牧师家失窃

我们主要是通过牧师和他的妻子知道他们家中被盗这件事的。事情发生在圣灵降临节当天的半夜时分。这一天正是伊滨人举行各种俱乐部活动的日子。邦汀夫人说，天亮之前她突然从沉睡中惊醒，觉得他们卧室的门被人打开，又关上了，而且这种感觉很强烈。邦汀夫人刚开始没有叫醒丈夫，只是坐在床上留神听着。然后她清楚地听到光着脚走路的细小声音从隔壁更衣室传来，而且声音沿着走廊到了楼梯。邦汀夫人一旦确定了这一点，就尽量小声地叫醒了丈夫。邦汀先生没有点灯，而是戴上眼镜，穿上他妻子的睡袍，穿上拖鞋，然后到了楼梯口那里，他要去听一听动静。他清楚地听到，有人在他楼下书房的桌子上摸索，然后还打了个响亮的喷嚏。

于是邦汀先生回到卧室，找了个比较显眼的拨火棍作为武器，然后蹑手蹑脚地走下楼。邦汀夫人从卧室出来，等在楼梯口那里。

这时候,已经大概有四点钟了,夜晚最黑暗的时刻已经过去。客厅里照进一丝微弱的亮光,可是半开着的书房里还是漆黑一片。除了邦汀先生踩在楼梯上的脚步声,以及书房里的轻微声响,周围一片寂静。突然"啪"的一声,抽屉被打开了,还有纸张翻动的声响。接着是一阵咒骂声。有人擦亮了一根火柴,书房里顿时陷入一片黄光之中。这时,邦汀先生来到了客厅,他透过门缝,看见了桌子和敞开的抽屉,还有桌子上燃烧着的蜡烛,但是他没有看见盗贼。他站在客厅里,不知道下一步该怎么办。邦汀夫人脸色发白,不过也坚定地紧随其后爬下了楼梯。邦汀先生之所以有勇气,是因为他觉得盗贼肯定是村子里的居民。

他们听到钱币碰撞的"叮当"声,意识到小偷已经发现家里储存的积蓄——两英镑十先令,都是半个英镑的硬币。听到钱币声,邦汀先生就激动地采取了行动。他双手握紧拨火棍,冲进了房间,邦汀夫人紧随其后。

"举起手来!"邦汀先生喊道,但他马上呆立在那儿。很明显,书房里面空无一人。

可牧师夫妇非常肯定,就在那一刻,房间里有人走动。有半分钟的时间,他们就站在那儿大口喘气。然后邦汀夫人穿过房间,去检查屏风后面,而邦汀先生则查看了一下桌子底下。邦汀夫人又翻了翻窗帘,邦汀先生则抬头查看烟囱,还用拨火棍捅了一捅。接着邦汀夫人又仔细检查了一下垃圾筐,而邦汀先生则掀开了煤桶的盖子。然后他们停下来,面面相觑。

"我可以发誓——"邦汀太太说。

"蜡烛!是谁点的蜡烛?"邦汀先生问。

"抽屉！钱都没了！"邦汀太太问。

她急忙跑向门口。

"真是太奇怪了……"

走廊里突然传来喷嚏声，他们冲出书房。这时，厨房门"砰"的一声关上了。

"把蜡烛拿过来。"邦汀先生一边说，一边往厨房跑。他们都听到了插销被匆忙拉开的声响。

邦汀先生打开厨房门，透过洗碗槽，看到后门刚刚被打开。门外微光掩映的花园漆黑一片。他肯定，没人从后门出去，可是门却被打开了，还停顿了一会儿，然后又"砰"的一声关上了。门的一开一关，把邦汀夫人从书房拿来的蜡烛吹得摇摆不定，这就是在他们进入厨房前一两分钟内发生的事。

厨房里空空如也。他们将后门栓紧，又彻底检查了一遍厨房、储藏室和洗碗槽，最后还去地窖检查了一遍。可不论他们怎么检查，房间里连个鬼影子都没有。

阳光照在牧师和他的妻子身上。这对穿着奇怪的夫妻，仍然拿着火光摇曳的蜡烛，惊愕地站在楼下的地板上。

第6章 发疯的家具

圣灵降临节当天的凌晨,在梅莉被赶出门干活之前,豪尔夫妇已经起床了,而且悄无声息地去了地窖。他们在地窖里做的事情非常隐秘,与他们啤酒的比重有关。刚进入地窖,豪尔太太就想起来,自己忘记把套房里的一瓶菝葜①拿下来了。因为在制作啤酒这件事上,她是专家和主要的操作者,所以就得由豪尔先生上楼去取。

在楼梯平台那儿,豪尔先生惊讶地发现,陌生人的房间门是虚掩的。然后他回到自己房间,按照先前的指示找到了那个瓶子。

可当他拿着瓶子返回时才发现,前门的插销被打开了。实际上,门只是关着,但没有上锁。他灵光一闪,将它与楼

---

① 菝葜:也称金刚藤,是一种植物,根部富含淀粉,可以作为酿造啤酒的添加剂。

上陌生人的房间，和泰迪·亨弗里的说法联系在一起。他清楚地记得，昨天晚上，是他拿着蜡烛，豪尔太太插上插销的。看到这样的情况，豪尔先生站在那儿发了一会儿呆，然后又拿着瓶子跑回了楼上。他敲了敲陌生人的门，没人回应。他又敲了几下，就推门走了进去。

正如他所预料的那样，床上和房间里都是空的。更奇怪的是，陌生人的衣服和绷带散落在卧室椅子和床栏杆上，据他所知，这是陌生人仅有的衣服了。客人的那顶宽边大毡帽，也随便斜戴在床柱子上。

豪尔先生站在那儿发呆时，听见他老婆的声音从地窖深处传出来，那声音短促连音，问句的句末声音上扬且尖锐，就西萨塞克斯郡居民的习惯来说，她已经非常不耐烦了。"乔治（George）！找到了没有？"

听到喊话，他赶紧转身跑下了楼。"珍妮（Janny），"他趴在地窖台阶的栏杆扶手上喊道，"亨弗里说的没错。他不在房间里，不在那儿。前门的插销也被打开了。"

刚开始，豪尔太太还不清楚发生了什么事。可一反应过来，她就决定亲自去看一下空房间。豪尔先生赶紧领路，手中还拿着瓶子。

"他不在房间里"，豪尔先生说，"可是，他的衣服都在屋里。他不穿衣服跑出去干啥？真是奇怪。"

当他们两个往地窖台阶上跑时，都感觉听到前门开关的声音，不过这一点是后来证实的。可是，他们望向前门的时候，它还是关着的，而且也没有什么东西在那儿。所以那个时候，他们两人也没有跟彼此说这件事。豪尔太太在走廊里赶上了她丈夫，第一个跑上了楼梯。有人在楼梯上打了个喷嚏。豪尔先生在他妻子后面六步远左右，他以为是他太太打的喷嚏；而她走在前面，以为是豪尔先生打的喷嚏。她猛地撞开门，站在那儿审视着房间。"这就怪了！"她说。

她听到吸鼻涕的声音，就紧挨着她的后脑勺。可她转身一看，豪尔才刚爬完楼梯，在离她有十几英尺的地方，真是奇怪。不过他很快就跑到了她身边。她弯下腰，将手放在枕头上，然后又放到衣服下面摸了摸。

"凉的，"她说，"他已经起床一个多小时了。"

就在这时，发生了一件最不可思议的事情。被褥突然自动聚集起来，鼓成了好似小山峰的一堆，然后从床尾的护栏上飞过去了，就像是有一只手抓住了被子的中间，用力将它甩到一边似的。陌生人的那顶帽子也紧接着从床柱上飞起来，在空中划了个大圈，然后直直地朝着豪尔太太的脸冲过去。然后，从脸盆架那儿快速飞过来一块海绵。椅子也动起来了，它把陌生人的衣服胡乱扔到一边，干笑着，那声音就跟陌生人的一样。然后它自己转过来，四条椅子腿对着豪尔太太，看起来是瞄准了一会儿，就朝她冲过去了。豪尔太太尖叫着转过身。然后那四条腿缓慢且坚定地顶着她的后背，将她和豪尔先生赶出了房间。房门"砰"的一声关上，并上了锁。屋内的椅子和床一阵忙乱，像是为庆祝胜利手舞足蹈一样。突然，一切又恢复了平静。

楼梯口，豪尔太太靠着豪尔先生，几乎是要晕倒的状态。豪尔先生和被她的尖叫声吵醒的梅莉艰难地把她弄下楼，给她服用了点镇静剂。

"妖怪，"豪尔太太说，"肯定是妖精，我在书上看到过，桌子和椅子跳起来……"

"再来一口，珍妮，"豪尔先生说，"它会让你冷静点儿。"

"把他赶出去，"豪尔太太说，"不要再让他进来了。我猜的差不多……我本来应该知道的。他戴着大眼镜的眼睛,还有缠着绷带的脑袋,而且他礼拜天从来不去教堂。还有那些瓶子——没有哪个人会有那么多瓶子。他让家具都着了魔。我那些考究的老家具啊!我还是个小孩儿时,我那可怜的妈妈就经常坐在那椅子上。现在它竟然开始对付我了!"

"再喝点儿,珍妮。"豪尔先生说,"你现在可受了不少刺激啊!"

他们派梅莉到街对面,把铁匠桑迪·韦杰斯叫来,这时已经是早上五点钟,太阳照射出金色的光芒。梅莉告诉铁匠,楼上的家具行为古怪,他能否过来一趟。韦杰斯先生是位博学多才且足智多谋的人。他认为现在这种情况非常严重。他的观点是:"这肯定是妖术。对付他那号人,一定得用马蹄铁①。"

随后,他满心忧虑地来了。他们要带他到楼上房间去看看,可他好像并不着急,反倒更愿意在走廊里交谈。哈克斯特的学徒从马路对面出来了,并开始把烟草店窗户上的板子拿下来。他被叫过来一起商量。当然,哈克斯特先生在几分钟后也跟了过来。盎格鲁-撒克逊②人管理议会政府的才能就是这样:只会纸上谈兵,却从不采取行动。"我们先了解一下情况。"桑迪·韦杰斯先生坚持这么认为。"我们必须肯定,

---

① 爱尔兰人认为,耶稣出生在马槽时,马圈里有马,所以马蹄铁就有了神力;还有人认为马蹄铁是铁打的,而铁本身就有驱邪的功能。至今仍有人深信废旧的马蹄铁会带来好运。如果把马蹄铁挂在门上,女巫会望而却步。

② 盎格鲁-撒克逊:指盎格鲁和撒克逊两个民族结合的民族,是一个集合词,通常用来形容5世纪到1066年之间,生活在大不列颠东部和南部地区的民族。

在破门而入这件事上做得完全正确。我们随时可以撞开门。可问题是，门一旦被撞破后，就不能关上了。"

突然，楼上的房间门神奇地自动打开了。他们惊讶地抬头，发现陌生人包裹得严严实实，从楼上走下来。他还戴着那副硕大的眼镜，眼光比平时更暗淡，更茫然。他僵硬缓慢地走下楼，一直盯着所有人。他穿过走廊，然后停了下来。

"看这儿！"他说。大家的眼睛随着他戴手套的手指所指的方向望去：地窖的门口放着一瓶拨葜。然后他走进客厅，当着他们的面儿，狠狠地将门关上。

直到关门的最后余音都消失了，也没有人说话。"果然闻所未闻！"韦杰斯先生说，并将后半句咽进肚子里。

"我要进去问清楚，"韦杰斯对豪尔先生说，"我需要一个解释。"

要让房东太太的丈夫也同意这件事还花费了不少时间。豪尔先生最终去敲了一下门，不过只说出一句："不好意思……"

"去死吧，"陌生人大吼道，"出去，给我把门关上！"这次简短的访问就这样结束了。

第 7 章　陌生人的真面目

　　陌生人大约在早上五点半走进"车马旅馆"的客厅,他在那儿待到将近中午。在这期间,客厅的窗帘放了下来,门也一直关着。在豪尔先生被呵退以后,再也没人敢靠近他。

　　在这段时间内,他什么也没吃。他按了三次铃,第三次还疯狂地按个不停,可没人回应他。"让他见鬼去吧!"豪尔太太说。没过多久,牧师家被盗的消息就传来了,大家把这两件事联系在一起。韦杰斯陪着豪尔先生去找地方官夏克福思(Shuckleforth)先生寻求意见。没有人敢上楼。陌生人在干什么也无人知晓。只听到他烦躁地来回踱步,还传出两次咒骂声、撕纸的声音,还有瓶子被砸碎的声音。

　　越来越多胆小而好奇的人聚在一起。哈克斯特太太过来了;一些快乐的年轻小伙子穿着黑色夹克衫,戴着凸纹布的纸领带,因为当天是圣灵降临节,也稀里糊涂地加入了询问的队伍。年轻的阿奇·哈克(Archie Harker)跑到旅馆的院子里，试图从窗帘底下偷看到点什么。他什么也没看见，却说自己看到了。所以，伊滨村的其他青年人也都立马跑过来学他。

今年的圣灵降临节是天气最好的一次。沿街搭建有近十几个货摊，还有一个射击场。铁匠铺旁边的草地上有三辆黄色和褐色的四轮马车。一些穿着华丽的男女，正在布置投掷椰子的场地。男士穿着蓝色运动衫，女士穿着白色裙子，戴着插有沉重羽毛的时髦帽子。"紫色小鹿"店的沃杰（Wodger）和兼职卖二手自行车的补鞋匠杰格斯（Jaggers）先生，正要把一串英国的国旗和皇家的旗帜挂到马路上空，这些东西最初在纪念维多利亚女王①即位五十周年的庆典上用过。

客厅的门窗都关着，里面被挡得漆黑一片，只有一丝阳光能照进去。我们可以猜想的出来，陌生人现在肯定很饿，而且他浑身裹得严严实实的样子十分吓人。他透过深颜色的眼镜，盯着他的配方，或者将那些脏瓶子弄得叮当响，还不时凶狠地咒骂几声窗户外面的孩子们。我们虽然看不见，却能听见他的声音。壁炉旁的角落里，堆着五六个被摔破的玻璃瓶，空气中还有一股刺鼻的氯气的味道。这些就是我们从房子里听到和看到的东西了。

将近中午的时候，陌生人突然打开客厅的门，站在那儿死死盯着酒吧里面的三四个人。"豪尔太太。"他喊道。于是有人赶紧去把豪尔太太叫来。

过了一会儿，豪尔太太出现了。她有点喘不过气，因此显得更加气势汹汹了。豪尔先生还在外面没有回来。她早想

---

① 维多利亚女王（1819—1901）：英国历史上在位时间最长的女王，在位时间长达64年。

好如何应对这种场景。她出来的时候托着个托盘,上面是一张没付的账单。

"您是想要账单吗?先生。"她说。

"为什么我的早饭还没有上?为什么你还不给我准备饭?铃声也没听见吗?你觉得我不吃东西也能活吗?"

"为什么账单还没有付?"豪尔太太问道,"这才是我想知道的。"

"三天前不是告诉过你嘛,我正在等一笔汇款……"

"两天前我就告诉过你,我可不会等汇款。你才等了一会儿的早饭,而我的账单却等了五天,你有什么好抱怨的啊?!"

陌生人简短地骂了一句,却很清晰。

"嘿,嘿!"酒吧里的人嚷了起来。

"骂人的话你还是留给自己吧,我谢谢您咧!"

陌生人站在那儿,看上去愈发像一个正在发怒的潜水用头盔。酒吧里的人都觉得,豪尔太太占了上风。他下面说出来的话也证明了这一点。

"听着,我的好太太……"他开口说道。

"不要叫我'好太太'。"豪尔太太打断了他的话。

"我已经告诉过你,我的汇款还没有到。"

"还真是汇款啊!"豪尔太太说。

"不过我敢说,在我口袋里……"

"三天前你告诉我,你只剩下一个银币。"

"嗯,我又找到了些……"

"哦!"酒吧里的人开始起哄。

"真不知道您是从哪儿找到的?"豪尔太太说。

这句话显然激怒了陌生人。他跺了跺脚问:"你什么意思?"

"我确实不知道您的钱是哪儿来的？"豪尔太太说，"在我结账、上早饭，或者做任何事情以前，你必须要告诉我一两个我一直不懂的问题。这些问题没有一个人能理解，可同时每一个人也都急切地想要知道。我想知道你对我楼上的椅子做了什么？为什么你的房间是空的？你又是怎么进去的？到这里来的人都是从门进来的，这是这所房子的规矩，但你却不是这么做的。我想知道，你到底是怎么进来的？而且，我还想知道……"

突然，陌生人举起他紧握的戴手套的拳头，跺着脚喊道："住嘴！"他穷凶极恶的样子立马让她噤若寒蝉。

"你不知道我是谁，"他说，"你也不知道我是干什么的。那我让你看看。"说着他把张开的手掌放到脸上，然后又快速缩回去。他脸的中央变成了一个大黑洞。"拿着！"他说道，走上前递给豪尔太太一样东西。豪尔太太正在盯着那张变形的脸，所以就不自觉地接下了那个东西。等她低头一看，不禁吓得尖声叫起来，赶紧把那东西扔到地上，还向后跟跄了几步。鼻子！那个东西是陌生人的鼻子。它滚到地板上，红红的闪着光。

然后陌生人摘下眼镜，酒吧里所有人都倒吸了一口凉气。他摘掉帽子，疯狂地扯掉自己的胡子和绷带，不过他一时半会儿也没扯下来。有几分钟酒吧里的每一个人都预感有可怕的事情要发生。"哦，天哪！"有人叫起来，因为陌生人的胡子和绷带被扯下来了。

没有什么比这更可怕了。豪尔太太站在那儿，吓得瞠目结舌，然后尖叫着夺门而出。所有人都开始到处逃窜。他们本以为会看到伤疤或者脸部缺陷之类能看得到的恐怖。可是什么也没有！绷带和假发穿过走廊，飞进酒吧。为了避开它们，大家挤作一团，推搡着爬下楼梯。刚才还站在那儿说着胡话的怪人，突然之间衣领以上的部分都没有了，什么也没有了！

村里的人听到一阵阵的叫喊声。他们抬头一看，只见"车马旅馆"里的人正疯狂地往外跑。他们看到豪尔太太摔倒在地，而泰迪·亨弗里为了不踩到她，从她身上纵身跳过，然后他们听到梅莉吓人的尖叫声。她听到外面的骚乱和叫声，所以从厨房出来看一看，没想到正好撞到无头陌生人的后背，叫喊声徒然增加。

听到声音所有人都跑到了街上：糖果铺的店员、椰子游戏的老板和他的助手、荡秋千的人、男孩们和女孩们、花花公子、聪明的少妇、穿着罩衣的老人，还有穿着围裙的吉普赛人。大家都朝着酒馆跑去，一眨眼的工夫，豪尔太太家的门前就神奇般地聚集起四十多号人，而且人数还在不断增加。他们推搡着，问东问西。每个人都急切地想要说话，所以现场一片嘈杂混乱。几个人扶着豪尔太太，她已经陷入瘫软的状态。大家就像在参加会议，一位目击者还在描述那些匪夷所思的事情。

"啊，那是个妖怪！"

"那他想干什么？"

"他没伤害那姑娘吧？"

"我觉得他肯定是拿着刀去追她了。"

"才不是呢，我告诉你。我不是说没有头脑的那个没脑袋，我说的没脑袋就是没有头！"

"胡说！只不过是变戏法罢了。"

"他一下扯开绷带，他……"

为了能从开着的门中看到里面的情况，大家自发形成了楔子的形状，轮流去看陌生人的房间。

"他站了一会儿。我听见有女孩的尖叫声，然后他就转过身去了。我看见她裙子的一角，他跟过去了。没用十秒钟，他的手里就拿着一把刀和一块面包回来了。他站在那儿好像是在看什么。没过一会儿，他就进了那个门。我告诉你们，他根本就没有头。你刚刚没看见……"

后面的人群一阵骚乱，说话的人停下来，让到一边。整个小队伍都在坚定地朝着房子走。第一个是豪尔先生，他满脸通红，一脸坚毅。接着就是博比·杰弗斯（Bobby Jaffers），他是村子里的治安官。再后面是谨慎的韦杰斯先生。他们这次是带着拘捕令来的。

人们对最近矛盾的情况议论纷纷。杰弗斯说："不管有没有头，我都得逮捕他，我肯定会逮捕他的。"

豪尔先生跨到台阶上，直接走向客厅的门，一把将它打开。"警官，"他说，"尽您的本分吧！"

杰弗斯走了进去，然后是豪尔先生，韦杰斯走在最后。通过微弱的光，他们看到一个没有头的人形正对着他们。一只戴着手套的手拿着一块被咬过的面包皮，另一只手拿着一块奶酪。

"就是他。"豪尔先生说。

"你们他妈的这是什么情况？"人形衣领上面传来愤怒的呵斥声。

"先生，您是一位古怪的客人。"杰弗斯先生说道，"不管有没有头，拘捕令说的是要抓一个人。公事公办……"

"退后！"那个人形一边说着，一边向后退。

陌生人突然把面包和奶酪扔到地上，然后转身就跑。豪尔先生及时抓住桌上的刀子，这才让它幸免于难。陌生人一把将左手的手套拽下来，扔到了杰弗斯的脸上。杰弗斯立即停止宣读拘捕令的内容，一把抓住陌生人没有手的手腕以及他那看不见的喉咙。杰弗斯的胫骨被结结实实地踢了一脚，他疼得大叫一声，但没有松手。豪尔先生将刀子贴着桌面滑给韦杰斯先生，他在这次攻势中担任类似于守门员的角色。当杰弗斯和陌生人扭打到他面前时，豪尔先生一个箭步走上前，也加入了战斗。一把椅子正好挡在那儿，把他们一起绊倒了，而那把椅子也被撞到一边，摔得粉碎。

"抓着他的脚。"杰弗斯从牙缝里挤出一句话。

豪尔先生正试图按照指挥行动时，肋骨上被狠狠地踢了一脚，一时间无法动弹。韦杰斯先生看到没有脑袋的陌生人已经压到杰弗斯身上占了上风，就拿着刀子向门口撤退，正好碰到进来维护治安的哈克斯特先生和西德桥的车夫。这个时候，有三四个瓶子从西洋橱柜上掉下来，一股刺鼻的味道弥漫在屋子里。

"我投降！"陌生人喊道。尽管他已经把杰弗斯压在身子底下了，但下一刻他就喘着粗气站起来。这样看来，他就是一个奇怪的人形，没有头没有手，因为他现在把两只手的手套都摘下来了。"这样做没什么好处！"陌生人说道。他大口喘着气，说话都带着哭音。

听到声音从头颅所在的空空的地方传出来，真的是这个世界上最奇怪的事情。可萨塞克斯郡的农民，大概是天底下最实事求是的人了，所以杰弗斯爬起来，掏出一副手铐，然后就这样盯着陌生人。

"我说！"杰弗斯刚要开口，就打住了。他本来是要给陌生人戴手铐的，但他立刻就觉得事情不妙。"该死！手铐是用不上了。"

陌生人将胳膊放到马甲前面,说来让人难以相信,他的空袖管所到之处的纽扣都神奇般地解开了。然后他又嘀咕了几句,好像是关于他膝盖的事情,他好像是在摸索自己的鞋子和袜子。

"为什么?"杰弗斯突然喊道,"那根本不是人,只不过是空衣服罢了。看!你们从他的衣领可以看到衬里。我可以把我的胳膊……"

他伸出手,好像在半空中碰到了什么。他尖叫着把手缩回来。"我觉得你最好别用你的手碰我的眼睛。"空中的声音说道,这是一种野蛮的警告。"事实上,我就在这里,脑袋、双手、双脚,还有剩下的其他部分。只不过碰巧你们看不到我,这真是个麻烦事,可我确实是隐身人。但这不能成为所有伊滨村愚蠢的土包子处处跟我作对的理由吧?"

那套衣服现在全都解开了,松散地挂在看不见的支撑上。那套衣服站在那里,两只袖管叉着腰。

其他一些人现在也进来了,房间里变得有点挤。

"看不见,是吧?"哈克斯特无视陌生人的漫骂问道:"谁听说过这样的事儿?"

"这件事也许奇怪,但并不是犯罪。为什么我要被警察这样审问?"

"啊,这可不是一回事。"杰弗斯说,"毫无疑问,我们要看到你有点困难,但是我这儿有一张拘捕令,这上面说的都是对的。我要逮捕的是个窃贼,不管他会不会隐身。有一所房子被破门而入,而且里面的钱丢了。"

"那又怎样?"

"所有的证据都明确指向……"

"胡说八道!"隐身人说道。

"我也希望是胡说,先生。不过我是奉命来的。"

"好吧,"陌生人说,"我去,我去,但我不戴手铐。"

"这是例行公事。"杰弗斯说。

"不戴手铐。"陌生人非常坚定。

"请原谅。"杰弗斯说。

那个人形突然坐起来。在大家反应过来以前,拖鞋、袜子和裤子都已经被踢到桌子下面去了。然后他又跳起来,甩掉衣服。

"住手!"杰弗斯突然明白正在发生的事情。他赶紧抓住隐身人的马甲。陌生人挣扎了一下,不一会儿,衬衫就滑了下来。杰弗斯的手中只剩下一件软绵绵的空马甲。"抓住他!"杰弗斯大声喊道,"他一脱下衣服……"

"抓住他!"大家都喊起来,冲向那件白衬衫。它可是隐身人身上唯一能看见的东西了。

豪尔先生张开双臂冲过去。那衬衫的袖子精准地打在豪尔的脸上,打得他倒退连连,栽到老教堂司事土司森(Toothsome)的怀里。衣服又被立即举起来,它震动了两下,空荡荡的袖管舞动着,好像要从头上把衣服脱下来一样。杰弗斯抓住衣服,不料反倒将它扯了下来。接着他的嘴巴就被揍了一拳。于是,他立刻拿出警棍,没想到却打在泰迪·亨弗里的脑袋上。

"当心!"大家喊道,胡乱地防御着,却什么都没抓到。"抓住他!快关上门!不要让他跑了!我抓到了!就在这儿!"大家的声音嘈杂一片,像是大合唱,好像每个人都被揍了。桑迪·韦杰斯的鼻子被狠狠揍了一下,立马就变聪明了。他把门打开,带头冲了出去。其他人也都跟着跑出去。不一会儿就堵在门口的拐角处。屋子里不断有人被揍。教徒菲普斯

(Phipps)的门牙破了,亨弗里的耳朵软骨受了伤。杰弗斯的下巴挨了一拳。当他转过身时,抓住了夹在他和哈克斯特之间的某种东西,这个东西让他们没法靠在一起。他感觉是一个有肌肉的胸脯。一会儿的工夫,这群激动的互相撕扯的人就冲进了拥挤的大厅。

"我抓到他了!"杰弗斯气喘吁吁,高喊着从人群里钻出来。看上去,他像是在与一个看不见的敌人搏斗,满脸涨得通红,血管凸起。

这场奇怪的争斗迅速朝门口移去,并沿着旅馆门前的五六级台阶滚下去。两旁的人也都被撞得东倒西歪。不过杰弗斯还是紧紧地抓着,并且想用膝盖压住隐身人,可他突然之间发出一声惨叫,就这样被陌生人压在了底下,头部重重地摔在沙砾地上。这个时候他才不得不松了手。

大家激动地喊着"抓住他""隐身人"这样的话。一个不晓得名字的年轻人突然冲了上去,好像抓到了什么东西,但又被溜走了,而他也摔在横卧的巡警身上。半道上,一个女人尖叫起来,好像被推了一把;一条狗明显被踢了一脚,狂吠着跑进哈克斯特家的院子里。就这样,我们才辨别出陌生人的踪迹。片刻之间,人们错愕地站在那里,打着手势。然后就变得惊慌起来。大家迅速在村子里散开,就像被狂风吹散的枯叶一样。

可是杰弗斯还一动不动地躺在旅馆的台阶下,仰面朝天,双腿蜷缩着。

第8章 在途中

这一篇的篇幅很短,要讲的是当地的业余自然主义学家吉本斯(Gibbons)。当时,他正躺在村子外面空旷的高地上,以为自己周围方圆几英里内都没有人。在他几乎要睡着的时候,听到离自己很近的地方有人咳嗽和打喷嚏,然后是恶毒的骂人的声音。他抬头看了看,可周围什么也没有,不过他听到了声音这一点是毋庸置疑的。咒骂的声音持续不停,从说话人词语之丰富、句式之多样来看,他肯定是个受过教育的人。声音越来越大,然后逐渐变小,最后在远处消失了。听起来好像是去了亚德丁的方向。忽然传来一声喷嚏声,接着一切又回归到宁静。吉本斯还没有听说当天早上发生的事情,但刚才的现象太惊人,让人无法平静,他的心境被打乱了。于是,他赶紧站起来,急匆匆地走下通往村子的陡坡,飞快地跑回村子。

第9章 托马斯·马弗尔先生

您得这样来形容托马斯·马弗尔（Thomas Marvel）。他的脸部表情丰富易变，鼻子像一个圆柱形的突起，大大的嘴巴散发着酒气，胡子竖立着偏向一边。他的身材有点壮硕，短粗的四肢让这一点更加明显。他戴着一顶丝绒的帽子，细绳和鞋带代替了他衣服上的大部分扣子，衣服上的关键地方也是如此。这一切基本上说明他是个光棍。

托马斯·马弗尔先生坐在路边，两只脚垂在沟里，这里是距离伊滨村一点五英里左右，前往亚德丁方向的高地。他的脚上除了一双到处破洞的袜子外什么也没有。他的大脚趾很宽，像看门狗的耳朵一样翘着。他正在以从容的姿态看着一双靴子——他做什么事都很从容——这是他长久以来穿过的最结实的靴子了，可是对他来说太大了。在干燥的气候下，他的旧靴子倒是很舒服，但是如果天气潮湿的话，靴子底部就显得有点薄了。托马斯·马弗尔先生不喜欢太大的鞋，不过他也讨厌潮湿的气候。他从来就不知道自己最讨厌哪一个。难得今天的天气那么好,也没什么更好的事情要做,于是他就把四只鞋整齐地摆在草地上,就那样看着它们。看着放在绿草和龙牙草①之间的鞋子,他突然觉得这两双靴子都丑得要命。身后传来的说话声一点儿也没有吓到他。

"反正都是靴子。"那个声音说。

"它们是——别人送的靴子。"托马斯·马弗尔的头歪向一边,厌恶地盯着靴子说,"我真他妈的看不出来到底哪双是天底下最丑的鞋!"

"哦。"那个声音说。

"我还穿过更烂的鞋。事实上,有时候我什么也不穿。但是我不得不说,怎么会有这么丑的靴子啊!这几天,我一直在跟别人乞讨东西,尤其是鞋子,因为它们让我恶心。当然,它们还是很结实的。想不到流浪汉在靴子上竟然会这么命苦。你信不信,我费尽心思,可在这个村子里就只讨到这两双靴子。看看它们!一般情况下,好的村子也会施舍鞋子。但我偏偏走霉运,十多年前他们还施舍几双鞋,但现在竟然这么对待我。"

"这是一个野蛮的村子,"那个声音又说,"所有人都像猪一样!"

"就是啊!"托马斯·马弗尔先生附和道,"天啊,看看这些靴子!这是什么东西啊!"

他扭过头向右后方看去,想看看和他说话的人的靴子,这样可以做个对比。但是,瞧!和他说话的那个人应该在的

---

① 龙牙草:蔷薇科,又称为仙鹤草、山昆菜等。它的茎高30~120厘米,叶子是不规整的羽毛状复叶。

地方既没有腿也没有靴子,这让他惊讶万分。

"你在哪儿?"托马斯·马弗尔一边扭头说着,一边赶紧爬起来。他看到微风吹拂着远处的绿色荆豆①灌木丛。除此之外,就是一片旷野。

"我喝多了吗?"马弗尔先生自言自语道,"我刚才出现幻觉了吗?我是在自言自语吗?怎么——"

"别紧张。"一个声音安慰了一句。

"甭跟我耍嘴皮子,"托马斯·马弗尔先生说着一骨碌爬起来,"你在哪儿?我要被你吓死了!"

"别紧张。"那个声音又重复了一遍。

"一会儿就轮到你紧张了,你这个傻子!"托马斯·马弗尔先生喊道。"你在哪儿?让我看见你……"

"你被埋起来了吗?"过了一会儿,托马斯·马弗尔先生又问了一句。

没有回答。托马斯·马弗尔先生鞋子也没穿,就那么错愕地站在那儿。他的夹克都要掉下来了。

远处的田凫②叫着:"唧唧"。

"田凫,真是田凫在叫!"托马斯·马弗尔先生说。"这不是开玩笑的时候。"高地上渺无人烟,两旁有浅沟和白色标桩的那条南北方向的平坦大道上空空荡荡的。除了田凫以外,蓝天上也空荡荡的。"上帝保佑!"托马斯·马弗尔先生边说边把外衣又搜到肩膀上来。"准是喝醉了,我知道。"

"不是喝醉了,不是。"那个声音说道,"你要镇静些。"

---

① 荆豆:又被称为金雀花,是豆科多刺观赏型常青灌木,60~120厘米高。它的茎秆笔直,几乎没有叶子,会开艳丽的黄色花朵。

② 田凫:中型涉禽,体长29~34厘米,头顶有黑色向前弯曲的冠羽,像是犄角,非常醒目。

"哎哟!"马弗尔先生说。他的脸上除了几块斑以外,全都苍白了。"喝酒喝的——"他的嘴唇无声地重复着。他还在四处张望,并慢慢地转过身来。"我听到有人说话,我敢发誓。"他低声自语道。

"你当然听到了。"

"又来了。"马弗尔先生说着闭上眼睛,竭力驱散脑中的种种杂念。他用一种悲惨的姿势,捧住额头。突然,有人揪住他的领子,猛然地晃动起来,这让他感受到了从未有过的眩晕。

"别傻了!"那声音说道。

"我——疯——了!"马弗尔说,"天呐,准是我那些倒霉的靴子,搞乱了我的好脑袋。要不然准是我碰见鬼了。"

"都不是,"那声音说道,"听着!"

"一定是我疯了!"马弗尔先生说。

"等一等。"那个声音提高许多,听起来有些激动,似乎是在努力克制着自己,声音有些发颤。

"怎么?"托马斯·马弗尔先生说着,他突然感到好像有一只手指按在他的胸前。

"你还能是别的什么吗?"马弗尔搔搔自己的后脑勺说。

"很好,"那声音缓和下来,"那么我就用石头砸你,试试能不能改变你的看法。"

"可是你在哪儿?"

那个声音没有回答。"嗖"地飞来一块小石子,显然是从空中来的,差点打在马弗尔先生的肩上。他刚一转身,看见又一块小石子跳到空中,曲曲弯弯地绕着圈子,悬空停了片刻,突然迅速地向自己的脚上打来。他大吃一惊,躲闪不及,小石头"呼"的一声打在一只光脚趾上,然后弹跳到沟里去了。

"哎哟!"马弗尔先生跷起一只脚,哇哇大叫地跳着。然后他拔腿就跑,却被一个无形的障碍物绊倒,摔了个跟头,就势坐在地上。"现在,你还说我是你的什么幻觉吗?"第三块石子又曲曲弯弯地升在空中,悬在流浪汉的头顶。

马弗尔先生想要回答,挣扎着站起身来,可是立刻又滚倒在地,他一动不动地躺了一会儿。

"要是你再挣扎,"那个声音说,"我就用石头砸你的脑袋。"

马弗尔先生手里握着受伤的脚趾,眼睛盯着第三块飞石,讷讷地说:"我真弄不明白,石头自己会说话,算了吧,我投降。这一切究竟是怎么回事?"

第三块石头终于落了下来。

"很简单,"那个声音说,"我是个隐身人。"

"我不明白,"马弗尔先生说,痛得直喘,"请告诉我,你藏在哪儿?你怎么做到这一点的?我不明白,我都糊涂了。"

"就这样,"那个声音说,"我是隐身人。这是我要你理解的。"

"这一点无论是谁都懂,你用不着这么不耐烦,先生。那么,请你跟我讲讲,你怎么藏起来的?"

"我是隐身人,这就是关键点。我想让你明白的就是这个——"

"可你在哪儿啊?"马弗尔先生打断了他的话,问道。

"就这儿!在你面前六码①的地方。"

"啊,得了吧!我又不是瞎子。接下来你不会告诉我,你

---

① 码:英制中丈量长度的单位,1码=3英尺。

只不过是稀薄的空气吧。我可不是你以为的那种无知的流浪汉……"

"对啊，我就是——稀薄的空气。你可以看'透'我。"

"什么！你身上没有什么实际的东西吗？那你是什么？就是说话的声音吗？就这样？"

"我是个人——有实体，需要吃饭、喝水、穿衣服……只不过你们看不见我，明白了吗？隐身人。非常简单的道理。隐身人。"

"什么？你说的是真的？"

"对，就是真的。"

"让我摸一下你，"马弗尔说，"如果你是真人的话，就不会太奇形怪状，就像——我的天呐！你捏得我都要跳起来了！"

马弗尔先生感觉有只手握住了他的手腕，于是他用另一只空闲的手摸了摸握着他的手，然后心惊胆战地沿着胳膊摸上去，拍了拍结实的胸脯。他还摸到一张没有胡子的脸。马弗尔的脸上写满了震惊。

"我真是要疯了！"他说，"这真是比斗鸡还奇特！真是太奇妙了！透过你，我可以清楚地看到半英里外的兔子，但却一点也看不见你！除了……"

他又仔细观察了一下明显空无一物的空间。"你是不是吃过面包和奶酪？"他握着隐身人的手问道。

"没错。它们还没完全化掉。"

"啊！"马弗尔先生说，"有点像鬼魂。"

"当然了。这一切连你想象的一半美好都没有。"

"对于我不太过分的需求来说，这已经够奇妙的了。"托马斯·马弗尔先生说，"你竟然能做到！你是怎么变成这样的?"

"这个故事太长了,而且……"

"告诉你,整件事情绝对让我糊涂了。"马弗尔先生说。

"我现在想说的是:我需要帮助。我落到这种境地,突然间就遇见了你。我当时在裸着身子闲逛,什么也做不成,真是愤怒得想杀人。然后我就看见你了……"

"我的天啊!"马弗尔先生说。

"我来到你背后,犹豫了一会儿,就接着往前走了……"

马弗尔先生的表情真是太丰富了。

"然后我停下来。我心里想,这儿有一个跟我一样在流浪的人。这个人正是我需要的人。所以我就转过身来找你了——而你……"

"我的天啊!"马弗尔先生说道,"我一直不明白啊。我能不能问一下,这到底是怎么一回事?你需要我帮助你什么?隐身人?"

"我需要你帮我找点衣服,还有住的地方,还有其他一些东西。我已经很久没用过这些东西了。如果你不愿意的话……嗯!……但你肯定会答应的……因为你必须答应。"

"看看我,"马弗尔先生说,"我真是被惊得目瞪口呆。别再愚弄我了,让我走吧。我必须冷静一下。而且我的脚趾头还差点被你砸破了。这一切都太不可思议了。空空的高地,空空的天空。方圆数英里,除了大自然以外,我什么都看不到。然后突然就传来一个声音,真是从天堂传来的声音!还有石头!还有一只拳头!我的老天啊!"

"镇定点儿!"那个声音说道,"你现在必须做这份工作,因为我已经选定你了。"

马弗尔鼓着腮帮子,双眼瞪得溜圆。

"我就选你了,"那个声音说道,"除了那几个傻瓜外,你是这里唯一的人了。还有谁知道隐身人这样的事啊!你得帮我,做我的助手。如果你帮了我,我会为你做很多事情。隐身人就是有权力的人。"他突然停下来,打了个很响的喷嚏。

"不过,如果你敢背叛我,"他说,"如果你没有按照我的要求去做……"他停顿了一下,巧妙地拍了拍马弗尔先生的肩膀。马弗尔先生一被碰到就立刻害怕地叫出声来。

"我没想要背叛你,"马弗尔先生一边说,一边逃离了那些手指。"无论你做什么,都不要这么想。我想要做的一切就是为了帮助你——你只要告诉我去完成什么就行。(我的老天啊!)不论你要干什么,我都特别愿意帮你。"

第10章 马弗尔先生造访伊滨

最初的恐慌过去后，伊滨人开始对这件事情议论纷纷。怀疑主义突然有了抬头的趋势——更确切点说，是一种紧张的怀疑主义。持有这种观点的人完全不明白背后的隐情，但就是有所怀疑。相信有隐身人的存在可不是一件特别容易的事情。真正见到他消失在空气中，或者感受过他胳膊力量的人，用十个手指就能数得过来。而在这些屈指可数的目击者中，韦杰斯先生立马就不见了，他一直躲在自家的栏杆房门后面不出来；杰弗斯则一直惊恐不定地躺在"车马旅馆"的客厅里。微小的有形的东西往往比脱离现实经验的奇怪想法更有影响力。伊滨村到处张灯结彩，喜气洋洋。每个人都穿着喜庆的衣服。人们盼望圣灵降临节的到来已经有一个多月了。到下午的时候，即使那些相信鬼神的人，也假设隐身人已经离开，并猜测他只不过是开了个玩笑，然后开始娱乐起来。不过，不论怀疑的人还是坚信的人，所有的人在那一天都很友善。

海斯曼（Haysman）家的草地上是一片其乐融融的景象。邦汀夫人和其他主妇正在草地上的帐篷里沏茶。而帐篷外面，主日学校①的孩子们，在助理牧师、康斯小姐和萨克布特（Sackbut）小姐吵闹的指导下进行跑步比赛和做游戏。毫无疑问，空气中弥漫着一丝不自在的气氛，但大多数人都觉得应该将他们所持有的疑虑隐藏起来。村子里的绿草地上倾斜着一根绳子。绳子下面有一个滑轮的把手，用这个可以把人掷到另一边沙袋那儿。这个游戏和荡秋千以及投掷椰子一样受到少男少女们的喜爱。另外还有一场骑马比赛。这场比赛和旋转木马的蒸汽风琴，让空气里弥漫着刺鼻的油烟味，充斥着刺耳的音乐声。早上去过教堂的俱乐部成员，都戴着粉绿色的胸章，看上去很漂亮。一些爱找乐子的人也用色彩艳丽的丝带装饰了他们圆顶的礼帽。老弗莱切（Fletcher）对于节日非常严肃。透过他家窗户旁的茉莉花，或者透过敞开的门，无论从哪个角度都可以看到他灵巧地站在用两把椅子支撑着的板子上，粉刷自家客厅的天花板。

四点钟左右的时候，一个外地人从高地的方向进入了村子。他个头不高，是个胖子，头戴一顶破败不堪的帽子。他出现的时候上气不接下气，紧紧鼓着腮帮子。长满雀斑的脸上露出不安的神色。他脚步轻快，但看起来有点勉强。他在教堂那儿转了个弯，朝着"车马旅馆"的方向走去。除了其他人，老弗莱切也记得曾经见过他。老绅士的注意力被外地人异样不安的表情所吸引，以至于在盯着那个人看的时候，

---

① 主日学校：又称主日学，指教堂利用星期日正式做礼拜之前的一个多小时，开设班级，进行宗教文化学习。

刷子上大量的石灰水都流到他的衣袖里面去了，而他还不知道。

椰子投掷场的主人明显感觉这个陌生人是在自言自语。哈克斯特先生也发现了这一点。陌生人停在"车马旅馆"的台阶下，按照哈克斯特先生的说法，他在决定进入旅馆前，明显是经过了激烈的心理斗争。最后，他走上那些台阶。哈克斯特先生亲眼看到他向左转，打开了客厅的门。然后还听到房间里和酒吧里的人尖叫的声音。

"那是私人房间！"豪尔说道。于是，那个陌生人笨拙地把门关上，进了酒吧。

几分钟后，陌生人再次出现。他用手背擦了擦嘴唇，表露出一副满意的神情。不知道为什么，哈克斯特先生觉得他这都是故意装的。陌生人往四周看了一会儿，然后哈克斯特先生看到他鬼鬼祟祟地走向院子的大门，而旅馆客厅的窗户正敞开对着院子。陌生人犹豫了一下才倚到其中一个门柱子上。他拿出一根黏土做的短烟斗，准备给它装上烟。做这些事时，他的手抖得厉害。他笨拙地将烟点上，然后抱着胳膊，懒散地吸起烟来。可他偶尔会朝院子里迅速瞥上几眼，这样的神情又与他吸烟时的懒散相当不符。

哈克斯特先生从烟草贩卖窗口的小罐子上面将这一切看得清清楚楚。这个人的怪异行为促使他继续观察下去。

没过一会儿，那个陌生人突然站起来，将烟斗重新放回口袋，接着他就在院子里消失了。哈克斯特先生确信自己刚才亲眼目睹了一起盗窃案件，于是立刻跳过柜台，跑到街上想要拦住小偷。就在这时，陌生人（马弗尔先生）再次出现了。他的帽子歪向一边，一只手里拿着用蓝色桌布包裹着的一捆东西，另一只手里拿着捆在一起的三本书——后来证实，那是用牧师的裤带儿捆的。他一看到哈克斯特先生,就禁不住倒吸了一口气。然后急忙左转,撒开腿就跑。

"站住,抓小偷!"哈克斯特一边喊着,一边紧随其后追了上去。哈克斯特先生的感觉很准确,但持续时间却很当短暂。他看到那个人就在他前面,快速奔向教堂拐角处和山上的路。他看到村子里的旗帜,还有远处热闹的欢庆场面,还有一两个人转过脸看他。

他又一次大声喊道:"站住!"可他刚跑了十几步,小腿就突然被神秘地抓住了。这时,他已经不是在跑,而是感觉在空中飞驰。他突然看到地面离自己越来越近,然后整个世界瞬间幻化出一片光斑。后来,他就没了知觉。

第11章 在"车马旅馆"

现在,要清楚地明白旅馆里发生了什么,就必须回到马弗尔先生第一次出现在哈克斯特先生窗口前的那一刻。就在那一刻,康斯先生和邦汀先生正好就在客厅里。他们正在认真调查早上所发生的怪事。而且经豪尔先生许可,他们正在全面地检查隐身人的物品。杰弗斯已经从晕厥中苏醒,并由几个好心人负责送回了家。陌生人散落一地的衣物已经被豪尔太太收拾走,屋子也已经被打扫干净。康斯几乎是立刻就发现了窗户下陌生人平时工作的桌子上,有三本厚重的书,上面写着"日记"。

"是日记本!"康斯将三本书摆在桌子上,喊道,"现在,我们最起码能从这些日记中发现点什么吧。"牧师站在那儿,双手按在桌子上。

"是日记本。"康斯又重复了一遍。他用两本书支撑着第三本,然后坐下来将它打开。"嗯,扉页上没写名字。讨厌!

都是密码和数字!"

牧师走过来,从他身后看着这本书。

康斯翻着那本书,突然脸上露出失望的神情。"我的天哪!里面全是密码,邦汀。"

"没有图表吗?"邦汀问,"没有插图能启发。"

"你自己看,"康斯先生说,"一些是数字,一些是俄文或者类似的语言(从字母的形状判断的),还有些是希腊文。我觉得希腊文你……"

"当然了。"邦汀先生说着掏出眼镜擦了擦,顿时觉得不安起来,因为他的脑子里没剩多少希腊文了。"是的,当然了,希腊文可以给我们提供一点线索。"

"我给你找一段看看。"

"我还是先大致看一下这些书吧,"邦汀先生继续擦着眼镜说道,"康斯,我们得先有个大致的印象,然后再找找里面的线索。"

他咳嗽了一声,戴上眼镜,又好像不舒服似的重新整理了一下,又咳嗽了一声。他倒是希望这时候能发生点什么,这样就可以避免自己出丑了。接着他故作轻松地接过康斯递来的书。这时,果然有事情发生了。

门,突然打开了。

两个人都吓了一跳,转过头,原来是一个满脸红斑、头戴丝绒帽的人。他们这才松了一口气。

"这儿是酒吧吗?"那个人盯着他们问道。

"不是!"两个人立刻回答。

"朋友,在另一边。"邦汀先生说。康斯先生生气地说道:"麻烦把门关上。"

"好的。"闯入者回答了一句。不过他这次的嗓音低沉,跟刚才问话时候的沙哑声音大相径庭，这倒是挺奇怪。

"行啦，"闯入者又用刚才低沉的声音说，"让开!"然后他就关上门不见了。

"我觉得他是个水手，"邦汀先生说，"他们都是些有意思的家伙。'让开'！真是哈！我觉得在航海术语里就代表离开房间的意思了。"

"我觉得是，"康斯说，"我今天神经有点大条啊！门那么一开，我真是吓得都要跳起来了。"

邦汀先生笑起来，好像刚才他没有被吓到似得。"现在，"他叹了口气说，"这些书……"

"等一下，"康斯说着走过去锁上了门，"我觉得现在不会再有人打扰到我们了。"

他去锁门的时候，有人吸了一下鼻子。

"毫无疑问，"邦汀先生说着拖了一张椅子坐到康斯旁边，"过去几天，伊滨村确实发生了非常奇怪的事情，非常奇怪。当然，我不相信有隐身人这种荒谬的故事。"

"确实不可思议。"康斯说，"不可思议。可事实是我看见了——我真的看到他的袖管里……"

"真的吗？——你确定？是不是因为镜子的缘故呢……这很容易产生幻觉的。我不知道你见没见过真正的魔术师……"

"我不想再和你争论了，"康斯说，"我们已经研究过这个问题了，邦汀。现在正好有几本书，啊！我觉得其中一些是希腊文！肯定是希腊字母。"

他正指着其中一页的中间部分。邦汀先生的脸有点红。他将脸凑得更近了一些，显得眼镜不好用似的。突然之间，他觉得脖子后面有一丝异样。他试着抬起头，却发现有阻力让他动也动不了。那是一种怪异的压力——那是一只强有力的手，将他的下巴按在了桌面上。"别乱动，你们两个小子，"一个声音在他耳边说，"否则的话我就砸烂你们两个的头！"邦汀看了看旁边康斯的脸，在他的眼中看到了像自己一样的震惊之色。

"很抱歉这么粗鲁地对待你们，"那个声音说，"不过我也没办法。"

"你们什么时候学会偷看研究人员的私人备忘录了？"那个声音说道。然后两个人的下巴被同时按在桌子上，他们的牙齿被撞得咯咯响。

"你们什么时候学会闯入别人的私人房间了，而且那个人现在正在遭受着不幸？"他们的下巴又被撞了一下。

"他们把我的衣服弄哪儿去了？"

"听着，"那个声音说道，"所有的窗户都被关紧了，门上面的钥匙也被我拔下来了。我这个人相当强壮，手上还有拨火棍，当然了，我还会隐身术。如果我想的话，绝对能把你们两个弄死，然后再轻松脱身，明白吗？很好！如果我放了你们，你们要保证不干傻事，我让你们干什么就干什么。"

牧师和医生面面相觑，医生满脸愁容。"我同意。"邦汀先生说道，然后医生也重复了一遍。然后他们两个人脖子上的压制力就放松了。两个人都坐起来，满脸通红，不断扭动着自己的脖子。

"就坐在你们坐的地方别动，"隐身人说，"拨火棍在这儿，看见了吧？"

"当我进来的时候，"隐身人将拨火棍分别靠近两个人的鼻尖，接着说，"我没想到房间里已经有人了，我本来以为，除了几本备忘录，我还能找套衣服。衣服呢？不——不许动。我知道没在这儿。就现在这种天气，对一个赤身裸体到处跑的隐身人来说，白天还很暖和，可晚上还是相当冷的。我想要几件衣服，还有其他吃的东西。还有，我必须带走那三本书。"

第12章　隐身人怒气冲天

由于某种痛心的原因，对这件事的描述又要再次停下来了，而停顿的原因大家很快就会知道。当客厅里的一幕幕正在上演时，哈克斯特先生正看着马弗尔先生靠在门柱上抽烟，而距离这里不到十几码的地方，豪尔先生和泰迪·亨弗里先生正在困惑地讨论着伊滨村里唯一的话题。

突然间，客厅的门被猛地撞了一下，然后是一声尖叫，再然后——就是一片寂静。

"嗨！"泰迪·亨弗里说。

"嗨！"酒吧里的人也喊了起来。

豪尔先生对这件事情理解得很慢，却很透彻。"这种情况不对。"他一边说，一边从酒吧柜台的后面出来，走向客厅的大门。

他和泰迪一起走到门口，两人都神情紧张，从他们的眼神可以看出来，两人心里都在犯嘀咕。"有点不对劲。"豪尔说，亨弗里点了点头表示同意。这时，一股刺鼻的化学药品味道飘过来，还有模糊不清的谈话声，语速很快，但听起来像是受到了压制。

"里面什么情况？"豪尔敲了敲门问道。

模糊的说话声突然停止，一阵沉默。接着谈话声又起，但已经变成了耳语。然后他们听到"不，不，你不能这么做"的尖叫声。屋里一阵忙乱，还有椅子翻倒的声音。短暂的打斗之后，又是一片寂静。

"究竟怎么啦？"亨弗里音调甚低地喊道。

"你们没事儿吧？"豪尔先生又尖声问道。

牧师用一种极其古怪的音调回答道："没事儿。别进来。"

"奇怪！"亨弗里先生说。

"奇怪！"豪尔先生说。

"他说'别插嘴'。"亨弗里说。

"我听见了。"豪尔说。

"还有吸鼻涕的声音。"亨弗里说。

他们等在门外听着。谈话声又起，声音低沉急促。"我做不到，"邦汀先生的声音提了起来，"告诉你，先生，我做不到。"

"他说什么？"亨弗里问。

"他说他做不了，"豪尔说，"他不是跟我们说的，对吧？"

"真丢人！"邦汀先生在屋里说道。

"'真丢人'，"亨弗里先生说，"我听得一清二楚。"

"那是谁在说话？"亨弗里问道。

"我觉得是康斯先生，"豪尔说，"你能听见吗？"

两人在外面悄无声息。里面的声音很模糊，听不太清楚。

"听上去像是在扔桌布。"豪尔说。

豪尔太太从酒吧后面走出来。豪尔做出让她别出声的手势,还让她过去一起听。这反倒让豪尔太太端出妻子的架子来。

"豪尔,你们在那儿听什么?"她问道,"你就没有更好的事儿可干了吗?而且今天还那么忙。"

豪尔挤眉弄眼,拼命打手势想让她明白,可是豪尔太太无动于衷,反而将声音提高了。所以,豪尔和亨弗里只能灰溜溜地踮着脚回到了酒吧,并比画着向她解释了这一切。

起初,她根本不想去看他们所说的事情。后来她坚持让豪尔闭嘴,然后亨弗里一个人跟她把情况说了一遍。她总觉得这一切都是胡扯——或许他们就是在搬家具而已。

"我听到他说'丢人',我真的听到了。"豪尔说。

"我也听到这句了,豪尔太太。"亨弗里说。

"可能——"豪尔太太开口说。

"嘘!"泰迪·亨弗里先生说,"我好像听到窗户的声音了。"

"哪儿的窗户?"豪尔太太问。

"客厅的窗户。"亨弗里回答。

每个人都仔细在那儿听着。豪尔太太的眼睛直直地看着前面,她没看到旅馆的大门,而是看到在六月太阳的照射下,旅馆大门前明晃晃的大路,还有哈克斯特的店铺前门被晒起的漆泡。突然间,哈克斯特家的门打开了,哈克斯特激动地瞪着双眼,挥舞着手臂,出现在大家面前。

"来人呐!"哈克斯特喊着,"抓小偷!"他斜穿过马路,跑向庭院门口,然后就消失了。

与此同时,客厅里传来一阵骚动,还有窗户关上的声音。

豪尔和亨弗里,还有酒吧里的人都立即冲到了街上,一片混乱。他们看到有人飞奔过教堂的拐角，朝着马路冲去。而哈克斯特先生在空中翻滚了几下，就以脸部和肩部先着地的方式摔在那儿。街上的人，要么惊慌地站在那儿，要么奔向他们。

哈克斯特先生惊得目瞪口呆。亨弗里停下来去查看他的情况。豪尔和酒吧里的两个工人立刻冲向拐角，嘴里还胡乱地喊着。他们看到马弗尔先生在教堂的拐角处消失了。他们得出了一个不可能的结论：隐身人肯定显形了。于是他们马上沿着小巷子追了过去。可是，豪尔先生还没有跑到十二码，就震惊地大叫起来，头朝前摔在一旁。摔倒的时候，他一把抓住了身旁的一个工人，连带着让他也摔在地上。豪尔先生所受到的攻击就像有人在踢足球一样。另一个工人绕了一圈跑回来，瞪大眼睛，以为是豪尔自己摔倒的，所以他又转过身要继续追赶。结果他像哈克斯特一样，也被绊倒了。当第一个工人挣扎着要站起来时，就被人以踢倒一头牛的力气踢到了路边。

当他摔倒的时候，一群人从村里的草坪方向冲到拐角这边来。第一个出现的是投掷椰子场的老板，他是一个穿着蓝色运动衫的魁梧汉子。他很惊奇地发现，巷子中除了三个男人狼狈地趴在地上，其他什么也没有。接着他突然感觉后面一只脚被绊住了，自己正好头朝前滚到一边。而他这样的动作恰好绊倒了他哥哥和另一个同来的人，他们都摔在地上。所以，后面匆匆跑来的人就踢在或者跪倒在他们身上，现场响起一阵谩骂声。

当豪尔、亨弗里和其他工人跑出房子的时候，豪尔太太鉴于多年的经验教训，仍然紧靠在酒吧的钱箱旁。突然之间，客厅的门开了，康斯先生跑了出来。他都没看豪尔太太一眼，就立刻冲下楼梯，奔向教堂的拐角。

"抓住他！"他大声喊道，"别让他扔下那个包裹！他只要拿着包裹，我们就能看见他。"他根本不晓得马弗尔的存在，因为隐身人已经在院子里将书和包裹递给马弗尔了。康斯先生满面怒火，神情决绝，可他的衣服却不整齐，他只围着一条围裙，这种装扮大概只适合在希腊穿。

"抓住他！"他咆哮着，"他抢走了我的裤子，还扒光了牧师的衣服。"

"待会儿再照顾他。"他跑过躺在地上的哈克斯特身边时，对亨弗里喊道。他刚跑过教堂拐角加入混乱中，就马上被打倒，摔在了地上。有人跑过来重重地踩在了他的手指上。他痛苦地大喊了一声，想要重新站起来。但又被撞倒，四脚朝天摔在地上。这时他才发现，他不是加入了追捕，而是陷入了逃跑中。大家都跑向村子。康斯又爬了起来，但耳朵后面又遭受了猛烈地一击。他一瘸一拐地回到"车马旅馆"，期间还跳过被遗弃在一旁的哈克斯特，而这个时候，哈克斯特才刚刚坐起来。

当康斯走到旅馆台阶的一半时，他听到身后混乱的人群叫喊声中，突然传来一声怒吼，然后还有某人挨耳光的声音。他辨别出，那声音是隐身人的。听那声音就是有人被揍了一拳后的怒吼声。

很快，康斯先生回到了客厅。

"他回来了，邦汀！"他冲进房间喊道，"你自己小心点吧，他疯了。"

邦汀先生站在窗前，正要用壁毯和一张《西萨里公报》将自己裹住。

"谁回来了？"他问道，吓得衣服都差一点被撕碎了。

"隐身人啊！"康斯先生说着冲到窗口，"我们最好赶紧离开这儿。他打架都打疯了！疯了！"

转眼间，康斯已经到了院子里。

"我的天呐！"邦汀先生在两个可怕的选择中犹豫不定。他听到旅馆走廊里可怕的打斗声，于是下定决心，从窗户爬出去。他匆忙整理了下衣服，然后就迈开两条小胖腿，尽可能快地跑向村子。

从隐身人怒吼，邦汀先生逃向村子里开始，伊滨发生的事情就不能连贯地进行描述了。或许隐身人最开始只是想要掩护马弗尔带着衣服和书逃跑，可是他脾气向来不好，无意间挨了一拳，就让他开始发疯了。后来他对人拳打脚踢也仅仅是为了满足其想要伤害别人的欲望罢了。

你可以想象，整条街上都是奔跑的身影，到处是"砰砰"的关门声，所有人都在争抢藏身之地；你可以想象，突然之间，混乱的人群冲击着老弗莱切用两把椅子支撑着的平板，而这又会带来多么危险的后果；你可以想象，秋千上的一对情侣突遇这样的情况会是多么害怕。当骚乱的人群涌过后，彩旗飘飘的伊滨街道上，除了怒气未息的隐身人外，就是满地的椰子、翻倒的帐篷，还有撒落的糖果。除此之外，空无一人。关窗和插门闩的声音不绝于耳。唯一能看到的就是从窗缝看见匆匆闪过的惊慌失措的眼睛。

隐身人为逗一时之快，将"车马旅馆"的窗户全都砸碎了，然后又将一盏路灯扔进格里布尔太太（Mrs. Gribble）家的客厅窗户。肯定也是他切断了希金斯旁通向亚德丁的电报线。所有一切过后，他凭借自己独特的功能，淡出了人们的视野之外。从此以后，伊滨村再也没人听过、看过或者感觉到过他。他彻底消失了。

直到两个小时后，才有人壮着胆子回到冷清的伊滨街道上。

第13章　马弗尔先生提出辞职

夜色渐浓，伊滨村的人开始探出脑袋，畏首畏尾地窥视着节日过后的狼藉。这时候，在通向布兰伯赫斯特的道路上，一个戴着破旧丝绒帽子的矮胖男人，在山毛榉树林的后面，迎着暮色步履维艰。他拿着用精美松紧带捆扎在一起的三本书，还有一个用蓝色桌布包着的包袱。他脸色通红，透露出惊恐和疲劳。他的步伐时快时慢，有一个不是他本人的说话声一直跟着他。每一次当那双看不见的手碰到他时，他的身子都要畏缩一下。

"如果你再敢溜走，"那个声音说道，"如果你再想从我这儿溜走……"

"我的天呐！"马弗尔先生说，"我的那个肩膀上已经伤痕累累了。"

"我以我的名誉发誓，"那个声音说，"我会杀了你。"

"我没想逃走，"马弗尔几乎都要哭出来地说道，"我发誓我没想溜走。我根本不知道那儿有个该死的拐弯，就是这样啊！再说我已经被揍过了……"

"你要是再不注意的话，你会被揍得更狠。"那个声音说道。马弗尔先生立刻噤若寒蝉，他鼓着两个腮帮子，满眼失望。

"要不是因为你拿着我的书被他们截住了，那些乡巴佬才不会发现我的小秘密。这已经够糟了。有些人还跑掉了，算他们走运！我现在就这样了……本来没人知道我可以隐身！现在我该怎么办？"

"我该怎么办？"马弗尔低声问。

"现在这个消息到处都是，报纸上也会登！人人都想找我。每个人都提高了警惕……"那个声音很快变成清晰的咒骂声，然后又停住了。

马弗尔先生愈发失望，脚步也慢了下来。

"跟上！"那个声音说。

除了红斑外，马弗尔先生的脸上一片灰白。

"别把那些书掉了，你这个笨蛋！"那个声音超过马弗尔先生时厉声说道。

"事实是……"那个声音说，"我不得不用你……你只不过是个差劲的工具，但我不得不利用你。"

"我是个可怜的工具。"马弗尔说。

"你说得对。"那个声音说。

"我可能是你拥有过的最差劲的工具了。"马弗尔说。

"我长得不强壮。"他失望地沉默了一阵后又说道。

"不是很壮。"他又重复了一遍。

"不壮吗？"

"而且我的心脏很脆弱。那点小事，我当然可以挺过来。

可是，上天保佑啊！我本来是有可能把书掉了的。"

"那又怎样？"

"你想做的事情，都需要勇气和力气，可我没有。"

"我会不断激励你的。"

"我倒希望你别这么干。你知道的，我可不想破坏你的计划。但我很可能会搞砸，这纯粹是出于恐惧和痛苦。"

"最好不要出现这种情况。"那个声音强调了一遍。

"我倒希望我死了。"马弗尔说。

"这不公平，"他又说道，"你不能不承认……我完全有权利……"

"跟上！"那个声音说道。

马弗尔先生加快脚步。他们再次陷入沉默。

"这太难了。"马弗尔先生说。

完全没有反应。他又想了一个办法。

"如果我按照你要求的去做，能得到什么？"马弗尔用委屈的声音说。

"闭嘴吧！"那个声音突然之间提高了说话声，让人胆战心惊，"我会照看好你的。你就按照我要求的去做就行，你会没事的。虽然你是个傻瓜，但你肯定能做好……"

"告诉您，先生。我不是干这种事的人。我没有贬低它的意思，但这件事太……"

"如果你再不闭嘴的话，我会再拧一遍你的手腕。"隐身人说，"我现在需要思考。"

很快，两道黄光透过树间的缝隙照射出来。暮色中一所教堂的方塔若隐若现。

"我会把手放在你的肩膀上，"那声音说，"一直到穿过村子。别干蠢事，直接走出村子，否则的话你会很惨。"

"我知道，"马弗尔先生无奈地叹了口气，"我全都懂。"

这个戴着破旧绒帽的流浪汉，满面愁容。他手中拿着东西，穿过小村庄的街道，消失在茫茫夜色中。而他身后，灯火通明。

第14章 在斯托港

第二天早上十点,在斯托港的郊区,胡子拉碴、脏乱不堪、风尘仆仆的马弗尔先生,正坐在一家小酒馆外的长凳上。他身边放着几本书,双手插在口袋里,看起来疲惫不堪,神经紧张,还时不时地鼓着两个腮帮子。那几个本书现在用绳子系着,就放在他旁边。包裹被扔在布兰伯赫斯特外的松树林里,因为隐身人改变了他的计划。马弗尔先生坐在凳子上,虽然根本没人注意到他,可他还是神情紧张。他的双手总是笨拙地在几个衣服口袋里摸索。

在他坐了快到一个小时后,一个老船员拿着一份报纸从小酒馆里走出来,坐在他旁边。

"天气不错啊。"船员说。

马弗尔先生用类似惊恐的表情盯着他。

"确实不错。"他说。

"正好是一年中最合这个季节的天气。"船员以不容置疑的口吻说。

"的确是。"马弗尔先生说。

那个船员拿出一根牙签（也没寒暄），专心地剔了几分钟。同时，他的眼睛还随意地审视着马弗尔先生脏兮兮的外表以及放在他身旁的书。当他靠近马弗尔先生的时候，他听到了类似硬币掉进口袋里的声音。马弗尔先生的外表和这种有钱的迹象实在不相称，所以他觉得很惊讶。很快，他的思绪又回到了那个老问题上，而这个问题一直萦绕在他的头脑中。

"那是书吗？"剔完牙，他突然问道。

马弗尔先生被吓了一跳。他看了看那些书。

"嗯！是的，"他说，"它们是书。"

"那些书里有着超乎寻常的东西吧！"船员说道。

"我觉得你说的对。"马弗尔先生说。

"它们外面也有超乎寻常的东西吧。"船员说。

"确实是。"马弗尔先生说。他看了那个跟他说话的人一眼，又看了看他的四周。

"就像报纸上有些超乎寻常的东西一样。"船员说。

"确实有。"

"就在这张报纸上。"船员说。

"啊！"马弗尔先生说。

"这上面有一则新闻，"船员说道，眼睛故意盯着马弗尔先生，"比如说啊，这上面有一条关于隐身人的消息。"

马弗尔先生撇了撇嘴，挠了挠腮帮子，觉得耳朵好像要烧起来了。

"他们还想写什么啊！"他心虚地问道，"那隐身人是在奥地利，还是在美国？"

"都不是,"船员说,"他就在这里。"

"天呐!"马弗尔先生吃了一惊似的叫起来。

"我说这里,"那个船员说,"当然不是说这个地方,我是说在这附近。"马弗尔先生听了这话,紧张的神色缓和了下来。

"隐身人!"马弗尔先生说,"那他都干了什么?"

"他什么都干,"船员用眼睛盯着马弗尔,又放大声音说了一遍,"所有——该死的——事儿!"

"这四天我都没看报纸。"马弗尔说。

"伊滨村首当其冲。"船员说。

"真的啊!"马弗尔先生说。

"他是从那里出现的。看起来没人知道他从哪儿来。你看:伊滨怪事。报纸上说证据确凿,相当确凿。"

"天呐!"马弗尔先生说。

"这个故事真是太不同寻常了。一个牧师和一个医生亲眼看到了。他们觉得他一切都挺好,或者说,至少是没留意他。报纸上说,在'车马旅馆'的时候,好像没有人注意到他的不幸,直到一起争执的发生。报纸上说,有人扯下了他头上的绷带。这个时候,人们才发现,看不到他的脑袋。据说,大家想要马上抓住他,但却扯掉了他的衣服,这让他顺利逃脱了。这期间他还进行了殊死的搏斗。报纸上说,在那场搏斗中,能干的知名警察杰弗斯先生被打成了重伤。多可靠的报道,对吧?有名有姓,所有的细节都有。"

"天呐!"马弗尔先生紧张地看着他说道。他一边摸索着数他口袋里的钱,一边冒出一个新奇的怪念头,"听起来真吓人。"

"是吧?所以我说它很'特别'。以前从来没听说还有隐身人，反正我是没听说过。不过现在这个社会，人们还是能听到很多奇特的事情……"

"他就干了这么多?"马弗尔试图镇静地问。

"这就够了，不是吗?"船员说。

"没找机会回去吗?"马弗尔问，"就只是逃跑就完了啊?"

"完啦!"船员说，"怎么啦? 这还不够?"

"绝对够了。"马弗尔先生说。

"我觉得也够了。"船员说，"我觉得也够了。"

"他没有同伙吗? 报纸上没说他有没有同伙吗?"马弗尔先生急切地问。

"这样的人一个还不够吗?"船员说，"谢天谢地，他就一个人。"

老船员慢慢地点了点头，继续说道:"只要想到那个家伙在城市里四处乱逛，我就不舒服! 他现在还没有被抓住，从某种迹象可以判断出，他已经——我觉得他们的意思是早就到了，朝着斯托港来了。关于这一点，我们肯定是对的。你们美国人就没想想嘛? 想想他会干什么吧! 如果他喝多了想找你麻烦怎么办? 如果他想抢劫，谁能阻挡得了他? 他可以擅自闯入，可以盗窃，他可以轻而易举地穿过一群警察，就像我从瞎子面前走过一样! 可能还更容易，因为我听说盲人的听觉异常敏锐。不管在什么地方，他只要想喝酒……"

"他有很大的优势，这是肯定的。"马弗尔先生说，"而且……"

"你说得对，"船员说，"他确实有。"

这段时间内，马弗尔先生一直专心地看着他，倾听着最轻微的脚步声，注意着周围的一举一动。看起来，他要做出某项重大决定。他用手捂着嘴咳嗽了几声。

他又看了看船员，听了一下周围的动静，然后弯下腰靠近他，低声说："事实是，我碰巧知道一两件关于隐身人的事，是从私人途径得到的消息。"

"噢！"船员很感兴趣地说，"你？"

"对，"马弗尔先生说，"就是我。"

"真的？"船员说，"那我能问问……"

"你肯定会大吃一惊，"马弗尔先生拿手捂着嘴说道，"不可思议的事。"

"真的？"船员问。

"事实是……"马弗尔先生急切地用相当机密的口吻说道。可他才开始说，表情就突然变得奇怪起来，好像非常痛苦。"哎呀！"他大叫一声，直挺挺地从长凳上站起来。脸上的表情说明他正遭受着身体上的痛苦。"哎呀！"他又叫了一声。

"怎么啦？"船员关切地问道。

"我牙痛。"马弗尔先生说着将手放到耳朵上。接着他拿起身边的书，"我想我必须得走了。"他沿着凳子的边缘，避开和他说话的人就要走。

"可你还没告诉我有关隐身人的事！"船员提醒道。

马弗尔先生看起来好像在自言自语。"骗人的。"一个声音说。"那是骗人的。"马弗尔先生说。

"可是报纸上是这么登的。"船员说。

"那都是骗人的。"马弗尔说，"我了解那个说谎的家伙。压根就没有隐身人……哎呀！"

"但是这个报纸又是怎么回事？你是说……"船员问。

"一句也别信。"马弗尔坚定地说。

船员瞪着两眼，手中还拿着那份报纸。他看见马弗尔痉挛性地扭过头。

"等等，"船员站起来，语速缓慢地说，"你是想说……"

"对！"马弗尔先生说。

"那你为什么要让我把这些该死的东西讲给你听啊？你这样耍弄人是什么意思啊？"

马弗尔先生鼓着腮帮子。船员突然满脸通红，他握着拳头。"我在这儿整整说了有十分钟，"他说，"但你，你这个大肚子，披着人皮的混蛋，一点儿礼貌也没有……"

"你别和我斗嘴。"马弗尔先生说。

"斗嘴！我本身是出于好意……"

"跟上来。"一个声音说。马弗尔先生突然转了个圈，开始用时快时慢的步伐向前走去。

"你最好滚蛋！"船员说。

"谁滚蛋？"马弗尔先生问。他侧着身子往后走，步子很急也很古怪，有时候还会向前蹭一下。走了一段距离后，他开始一个人咕哝起来，好像是在抗议或者指责着什么。

"蠢货，"船员说。他的双腿分开，双手叉腰，看着远去的背影，"我会叫你好看的，你这个大笨蛋，还想骗我！就在这儿，报纸上登着呢！"

马弗尔先生语无伦次地反驳着，退到路上的拐弯处就不见了。可是那船员还神气地站在马路中间，直到一辆屠夫的马车过来，才让他转身去了斯托港。

"真是些奇怪的家伙，"他小声自言自语道，"差点就让我上当了，这都是他的蠢把戏。这件事可是在报纸上登着呢！"

不久之后，他就听说，附近又发生了一件很奇怪的事。有人看到整整"一把钱"，在圣·迈克尔巷的墙角处凭空飞行。他的一个船员兄弟就在当天早上，亲眼看到了这个奇异的现象。他立马就抓住了那些钱，却被揍倒了。当他爬起来的时候，那些飘着的钱已经没了。我们的老船员声称他很容易相信别人，但这件事太离谱了。随后，他又重新思考起这件事来。

有钱在飞这件事情是真的。整个地区，甚至庄严肃穆的伦敦和国家银行，商店和酒馆的钱柜，都在灿烂的阳光下敞开着门。在那一天，整打整打的钱都静静地浮在空中，巧妙地沿着墙壁和阴暗的角落避开了人们的眼光。尽管没人追踪，可那些钱都奇妙地飞进了一位戴着破旧绒帽的人的口袋里。那个人一直焦虑不安地坐在斯托港郊区的小酒馆外。

第15章 奔跑的人

傍晚时分,坎普(Kemp)医生正坐在他的书房里。书房位于一座观景台内,而观景台坐落在俯瞰着波多克的小山上。那是一间非常舒适的小房间,西、北、南三面都有窗户,书架上摆满了各种各样的书籍和科学出版物,里面还有一张宽大的写字台。靠北的窗户下,有一架显微镜、一些玻璃涂片、精密的仪器、细菌培养器,以及到处散落的试剂瓶子。虽然落日的余晖让天空明亮,而且因为不怕有人偷看所以窗帘也没有放下,但坎普医生还是点亮了灯。他是个瘦高个儿的年轻人,淡黄色的头发,胡子几乎都是白的。他希望,他目前进行的研究,能让他获得皇家学会①会员的资格。他向来很推崇这个头衔。

---

① 皇家学会:全称"伦敦皇家自然知识促进学会",1660年成立,学会宗旨是促进自然科学的发展。它在英国起着全国科学院的作用。

现在,他的眼神从工作中移开,看到了对面山坡背后闪闪的落日。他在那儿坐了有一分钟,嘴里叼着钢笔,欣赏着山腰上金光闪闪的景色。然后,他的注意力就被吸引到一个漆黑的小小人影上。那个人正跑过山顶,向着他这边来了。那人身材矮小,戴着一顶高高的帽子,他跑得如此快,以至于两条腿不停地交替着。

"又是一个笨蛋,"坎普医生说,"他就跟今天早晨在拐角的地方撞到我的人一样笨,那人还喊着'先生,隐身人来了'。真不明白这些人脑子里想的什么。别人还以为我们活在十三世纪呢。"

他站起身,走到窗前,注视着黑黢黢的山脊,还有那个奔跑着的黑色身影。"他看起来是真的很焦急,"坎普医生说,"可他好像也没跑多远啊。就算他的口袋里装满了铅,他也不可能跑得这么沉重啊。"

"加油!"坎普医生喊道。

很快,从波多克一直到小山上的那些别墅,就把奔跑着的身影给遮住了。但一会儿他又出现了,一次又一次。在三所不搭边的房子之间,他隐约出现了三次,然后一个平台挡住了他。

"蠢驴!"坎普医生一边说着,一边转了个身,回到写字台前。

不过在近处看到那个逃亡者的人,那些能看到他大汗淋漓的脸上满是惊恐的人,恐怕不会像医生一样表示出轻蔑。那个男人脚步沉重,当他奔跑的时候,身上叮当作响,就好像拿着一个装满钱的钱包甩来甩去似的。他瞪大的眼睛没有环顾四周,而是直直盯着山下,那里灯火通明,街上人头攒动。他那张歪斜的嘴大张着,嘴唇上挂满泡沫,他的喘气声也很粗重。他所到之处，人人都驻足停留，来来回回地看着那条马路，还不安地彼此打探着那人奔跑的原因。

没过一会儿，在高高的山顶上，一只在马路上玩耍的狗就突然狂吠起来，并躲到了一扇大门下。当他们还在疑惑发生了什么事情时，一阵风，一阵"啪啪啪"的跑步声，还有类似喘气的声音从他们身边疾驰而过。

人们都尖叫着从人行道上散开。这阵风所到之处引起一片叫喊声，很明显它是朝着山下去了。马弗尔还在半路的时候，人们就在大街上喊起来了。一听到消息，大家就逃回屋子，关好门，插上了插销。马弗尔听到了那声音，就拼了命进行最后一次冲刺。恐怖先他而来，立刻就席卷了整个城镇。

"隐身人来啦！隐身人来啦！"

第16章 在"快乐板球手"酒馆

"快乐板球手"酒馆正好位于山脚下,那里是有轨电车的起始点。酒馆的伙计正把他红色的胖胳膊依靠在柜台上,和一个脸色苍白的车夫讨论有关马的事情。一个身穿灰衣服,留着黑胡子的人,正在吃着饼干奶酪,喝着波顿啤酒,用美国腔和一个下班的警察聊天。

"外面吵吵什么呢?"脸色苍白的车夫突然扯开话题,试图从酒馆窗户下半部分那脏兮兮的黄色窗帘上面看到山顶。有人从外面跑过去。

"也许是起火了。"酒馆的伙计说。

有沉重的脚步声传来,酒馆的门被猛烈地撞开。马弗尔哭着冲进来,他头发乱糟糟的,帽子也不见了,外套的领子被撕开了。他抽搐了一下转过身,想要把门关上,可是门上的带子只能让它半掩着。

"来啦!"马弗尔尖叫着,他的声音因为恐惧而颤抖着。

"他要来啦！是隐身人！他在追我！看在上帝的份儿上，救命，救命，救命啊！"

"把所有的门都关上，"警察说，"谁来了？吵什么呢？"他走到门跟前，解开带子，关上了门。美国人关上了另一扇门。

"让我到里面去，"马弗尔抽泣着说道，然后他蹒跚着走进酒馆，手里还拿着那几本书。"让我到里面去。把我锁到里面，哪里都行。我告诉你们，他在追我！我从他手底下逃跑了。他说他要杀了我，他肯定会这么干的。"

"你已经安全了，"留着黑胡子的人说，"门已经关好了。这究竟是怎么回事？"

"让我到里面去，"马弗尔恳求着。他刚说完，那扇紧闭着的门就被撞得震颤起来，这把他吓得又尖叫起来。紧接着就是急促的敲门声和喊话声。

"喂，"警察喊道，"你是谁啊？"马弗尔先生开始疯狂地想要钻进看起来像是门的嵌板中。

"他会杀了我的，他有一把刀还是什么别的东西。看在上帝的份儿上……"

"过来，"那个伙计说，"到这里面来吧。"他把柜台的板子抬了起来。

外边叫喊声又起的时候，马弗尔先生一下子冲到了柜台后面。

"千万别开门，"他尖叫着，"求求你们千万别开门。要不然我躲哪儿去啊？"

"这就是那个隐身人了？啊？"留着黑胡子的人问道，他将一只手背在身后，"我觉得是时候让我们见见他了。"

突然，酒馆的窗户被砸碎了。街上传来一声尖叫，还有来回跑动的声音。警察一直站在靠背长椅上向外张望,想看看到底是谁在敲门。他从椅子上下来,抬了抬眼眉。"就是他。"他说。酒馆的伙计站在酒馆客厅的门前,那门已经被马弗尔先生锁住了。伙计盯着被砸碎的窗户,绕到另外两个人那里去了。

一切突然静了下来。

"我要是随身带着警棍就好了。"警察说着,犹豫着走向门口,"如果我们把门打开,他就能进来了。这样就没什么东西能挡住他了。"

"你别急着开门。"脸色苍白的车夫急切地说。

"把门闩打开,"留着黑胡子的人说,"如果他进来的话……"他晃了晃手里拿的左轮手枪。

"这不行,"警察说,"这是谋杀。"

"我知道我待在什么样的国家,"留着黑胡子的人说,"我打算射他的腿。把门闩打开吧。"

"别从我的背后开枪。"伙计一边说着,一边从窗帘上探头张望着。

"好吧。"留着黑胡子的人说。他弯下腰,准备好手枪,自己将门闩打开了。伙计、车夫和警察都转过了身。

"进来。"留着黑胡子的人用低沉的声音说道。他退了几步,脸朝着已经打开门闩的门,将手枪放在身后。没人进去,门还是紧闭着。五分钟后,当另外一个车夫小心地将脑袋伸进来的时候,他们都还在那儿等着。这个时候,一张焦急的脸一直盯着酒馆大厅的外面,提供了一些信息。

"这个屋子的所有门都关上了吗?"马弗尔问道,"他正在到处转悠,到处搜。他狡猾得很。"

"我的天哪!"一个结实的伙计说,"还有后面呢!得去看看后面那儿扇门！我说……"他无助地看了看周围。酒馆大厅的门"砰"地关上了，他们听见钥匙转动的声音。"还有院子里的门和便门。院子里的门……"

他冲出了酒吧。

很快，他手里就拿着一把刀出现了。

"院子里的门开着，"他说。他厚厚的下嘴唇垂着，"可能他现在已经在这儿了！"第一个车夫说道。

"他没在厨房里，"伙计说，"有两个女的在那儿。我用我切牛肉的这把小刀把厨房的每一寸都捅了一遍。她们也觉得他没来过，她们没注意……"

"你把院子里的门关紧了没有？"第一个车夫问道。

"我太忙啦。"伙计说。

留着黑胡子的人收起了手枪。就在这时，酒吧的挡板突然关上了，插销也被插上了。突然一声巨响，酒吧大厅的门突然被撞开了。大家听到马弗尔像一只被抓住的兔子一样尖叫起来，于是他们赶紧爬过挡板去救他。留着黑胡子的人开了一枪，大厅后面的镜子顿时千疮百孔，哗啦啦地碎了一地。

那伙计进到房间里的时候，看见马弗尔奇怪地蜷缩在一起，死命抵住通向院子和厨房的门。在那个伙计犹豫着的时候，门一下子被撞开了。马弗尔被拖进了厨房，里面传来一声尖叫，还有锅碗瓢盆稀里哗啦的声音。头朝下的马弗尔拼命抵抗，还是被强行拖到了厨房门口，那里的门闩已经被打开了。

此时，本来想超过那个伙计的警察也冲进来了，其中一个车夫也跟了进来。警察一把抓住那只拽着马弗尔衣领的看不见的手，不料脸上却被揍了一拳。他跟跟跄跄地向后退去。这时候门开了，马弗尔拼命地挣扎，想要在门后面稳住脚。

这时候，车夫抓到了什么，他大喊道："我抓到了！"伙计红通通的双手也抓住了某个看不见的东西。"他在这儿！"伙计喊道。

被松开的马弗尔先生突然一下子跌坐在地上，试图爬到那些打斗的人后面。人们在门口厮打起来。当警察踩在隐身人的脚上时，他尖叫了一声，大家这才第一次听到隐身人的声音。接着隐身人就拼命大喊起来，他抡圆了拳头让它像鞭子一样挥舞着。车夫突然叫着蜷起身子，因为他的肋骨被踢了一脚。从厨房通向酒馆大厅的门猛地关上了，这正好掩护马弗尔先生逃走。这时，厨房里的人才发现自己是在和空气厮打。

"他哪儿去啦？"留着黑胡子的人叫道，"出去了？"

"这边。"警察说着，走进院子里，停了下来。

一片瓦片从他头上嗖的一声飞过，将厨房桌上的陶罐砸碎了。

"我要给他点儿颜色看看。"留着黑胡子的人喊道。一支亮闪闪的枪管突然出现在警察的肩膀上方。五发子弹，一发接一发地飞向瓦片飞过来的夜色中。留着黑胡子的人在射击的时候，将手移动着画了一条水平面的弧线，所以，他的子弹就像轮子的辐条一样，发散着射到狭窄的院子中去了。

随后就是一阵寂静。"五发子弹，"留着黑胡子的人说，"太棒了。四个小 A 一个大王[①]。谁去拿盏灯，我们来找找他的尸体吧。"

[①] 四个小 A，一个大王：都是扑克里面的用语，表示肯定可以胜利。

第17章　坎普医生的访客

坎普医生一直在他的书房写东西，直到枪声惊动了他。啪、啪、啪，一枪接着一枪。

"嘿！"坎普医生说。他又将笔放进嘴里，然后仔细听着。"谁在波多克开枪啊？现在那些蠢驴又想干什么？"

他来到南向的窗户那儿，把它推了上去，探出身子俯视着那座小城镇的夜色：星罗棋布的窗户，珠串似的煤气灯，还有屋顶和院子都阴影重重的商店。"看起来山下是聚集着一群人啊，"他说，"就在'板球手酒馆'旁边。"他继续看着。然后他的视线越过小镇，看向更远的船灯闪耀处，那里的码头灯火通明，一座被亮光照着的小亭子，就像一颗散发着黄光的宝石。一轮新月悬挂在西面的山上。星光闪耀，夜空清澈。

在这五分钟的时间里，坎普医生的思绪飞到了遥远的未来社会，一时迷失在时间中。五分钟后，伴随着一声叹息，他清醒过来,拉下窗户,重新回到写字台。

大约过了一个小时,前门的门铃响了。自从听到枪响以后,坎普医生的写作就进行得很慢,偶尔还会分心。他坐在那儿听着。他听到仆人去开门。他等着听她上楼的声音,但她却没有上来。

"是谁啊?"坎普医生说。

他试着继续工作,可是失败了。于是他站起来,从书房走到楼梯口那儿,拉了下铃。看到女仆到了楼下大厅的时候,他叫住了她。

"是送信的吗?"他问。

"是有人恶作剧,按了铃又跑了。"她回答说。

"我今天晚上静不下心来。"他自言自语道。这次回到书房后,他决定好好写作。很快,他就开始埋头工作了。房间里唯一的声音就是时钟的嘀嗒声和羽毛笔写字的沙沙声。他奋笔疾书的身影投射在桌上台灯的光圈中。

坎普晚上的工作结束时,都已经是凌晨两点了。他站起来,打了个呵欠,然后就下楼睡觉去了。当他把外套和衬衣脱下来后,忽然发现有点渴。于是拿着一支蜡烛,去楼下餐厅找威士忌和吸管。

坎普医生在科学上的追求,让他成为一个极具观察力的人。当他再次穿过大厅的时候,发现在楼梯下方的擦脚垫旁的漆布上,有块深颜色的斑点。他上了楼,忽然想到,那块漆布上的斑点会是什么呢?很明显,这是他的潜意识发挥了作用。不管怎样,他还是手里拿着东西回到了大厅,然后放下吸管和威士忌,弯下着腰仔细地进行检查。如他所料,那块东西的黏性和颜色表明它是一块快要干涸的血迹。

他又拿起东西,上了楼。他一边打量四周,一边思索着那滴血迹。在楼梯口那儿，他发现了什么东西，不禁吃惊地停在那里。他自己房间的门把手上也血迹斑斑。

他看了看自己的双手，很干净。然后他想起来，当他从书房里下楼的时候，房间的门一直是敞开的，所以他根本不可能去碰门把手。他径直走进自己的房间，面色从容，或许比以往更坚定。他四处搜寻，目光一下子就落在床上。被褥上有一摊血，而且床单也被撕破了。上次他进屋的时候径直去了梳妆台那儿，所以根本没有注意到这些问题。床的另一边，被子下陷，好像有人坐过似的。

这时，他很奇怪地感觉到，好像听到有人低沉的说话声："我的天哪！——是坎普！"可是，坎普医生根本不相信有上帝的声音这种东西。

他站在那儿观察着乱糟糟的床单。真的有说话声吗？他又看了看四周。可是，除了那血迹斑斑、乱糟糟的床单外，他没有注意到别的东西。这个时候，他清清楚楚地听到，房间另一头脸盆架附近有动静。不论受过何等教育，每个人多少都会有点迷信。一种"诡异"的感觉向坎普袭来。他关上房间门，走向梳妆台，并放下了手里拿的东西。突然，他看到在他和洗手盆之间，有一卷血迹斑斑的绷带挂在半空。

他惊讶地盯着它。那是一卷空的绷带，包扎得很规整，但里面空空如也。他本来想要上前抓住它，但却被什么东西碰了一下。一个声音在他耳边响起。

"坎普！"那个声音说道。

"啊？"坎普吃惊地张大了嘴。

"别激动，"那个声音说，"我是隐身人！"

坎普一时间无语了，只呆呆地盯着绷带。

"隐身人。"他说。

"我是个隐身人。"那个声音重复了一遍。

那天早上坎普还觉得可笑的故事,现在闪过他的脑际。这一刻,他既没有特别害怕,也没有特别吃惊。只不过花了一点时间来消化这件事。

"我以为这都是谣言。"他说。他脑海中一直想的就是早上那场喋喋不休的争论。"你包扎了伤口吗?"他问道。

"嗯。"隐身人说。

"哦!"坎普打起精神说道,"我说,这就是胡说。肯定是什么把戏。"他突然走上前,朝着绷带伸出手,却碰触到一些看不见的手指。

坎普立马将手缩回去,脸色都变了。

"镇定点,坎普,看在上帝的份儿上!我急需帮助。别动!"

那只手抓住了他的胳膊,坎普伸手就打。

"坎普!"那个声音叫道,"坎普!镇定点!"他的手抓得更紧了。

坎普疯狂地想要摆脱束缚。那只缠着绷带的手抓住了他的肩膀。他突然之间被绊了一下,向后倒到床上。他正要张嘴呼救,就被床单的一个角塞住了嘴。隐身人把他狠狠地压在下面,不过他的胳膊是自由的,于是就乱打乱踢一通。

"你能不能理智一点?"隐身人说。虽然他的肋骨被打了一拳,可他还是压在坎普的身上。"我的天呐,我要发疯啦。"

"老老实实躺着,你这个蠢货!"隐身人在坎普的耳旁喊道。

坎普又挣扎了一会儿,然后就躺在那里不动了。

"如果你敢喊的话,我就打烂你的脸。"隐身人说着将坎普嘴里的床单拿了出来。

"我是一个隐身人。这不是蠢事,也不是什么魔法。我真的是一个隐身人。而且,我需要你的帮助。我不想伤害你,可你如果像刚才那样表现出疯狂乡巴佬的样子,我可饶不了你。你不记得我了吗,坎普?我是格里芬(Griffin),你的大学同学。"

"让我起来,"坎普说,"我不乱动了。我要安静一会儿。"

他坐起来,摸了摸脖子。

"我是你的大学同学格里芬。我将自己变成了隐身人。我只不过是一个普通人,一个你认识的人,只不过可以隐身罢了。"

"格里芬?"坎普说。

"就是格里芬,"那个声音回答说,"一个比你小的学生,白化病患者,身高六英尺,长得很壮。我的脸色白里透着粉,眼睛是红的。我还得过化学的奖章。"

"我现在糊涂了,"坎普说,"我的脑子锈掉了。这跟格里芬有什么关系?"

"我就是格里芬。"

坎普想了一下。"这太恐怖了。"他说,"什么样的魔法能让人隐身啊?"

"这不是魔法。这只不过是清晰易懂、明了简单的方法……"

"这太恐怖了!"坎普说,"究竟……?"

"确实够可怕。不过我受伤了,现在又痛又累……天呐!坎普,你是个男人,镇定点。给我点吃的和喝的,让我坐下吧。"

坎普盯着那些绷带,看着它穿过屋子,然后看到一把柳条的椅子被拖到床边。柳条椅"吱嘎"响了一下,椅子就下陷了四分之一英寸左右。他揉了揉眼睛，又摸了一下脖子。"这比鬼怪还厉害。"他说着，就傻傻地笑起来。

"这样好多了。谢天谢地，你总算理智了！"

"是变傻了。"坎普说着擦了擦眼睛。

"给我点威士忌。我都快死了。"

"感觉起来可不像。你在哪儿？如果我站起来的话，会不会撞到你？在这儿，好吧。威士忌？好啦。我递到哪儿去？"

椅子"吱嘎"响了一声。坎普感觉到杯子被拿走了。他费力握住，他的本能完全不想让陌生人拿走杯子。杯子停在距离椅子边缘二十英寸的地方。

他困惑地盯着杯子："这——这肯定是——催眠术。因为你已经暗示你是隐身人了。"

"胡说！"那个声音说。

"这太疯狂了。"

"听我说。"

"我今天早晨还得出结论，"坎普说，"隐身术……"

"别管你得出什么结论！我现在快饿死了。"那个声音说，"而且对一个没穿衣服的人来说，晚上是很冷的。"

"要吃的吗？"坎普说。

盛着威士忌的酒瓶自己倾斜了一下。

"是的，"隐身人说着将酒瓶"啪"的一声放下，"你有睡袍吗？"

坎普低声咕哝了几句。他走向衣柜，拿出一件脏兮兮的暗红色的袍子。

"这件行吗？"他问。睡袍被从他手中拿走，在半空中悬了一会儿，被古怪地拍了一下，然后就立起来，自己扣上了扣子。最后还坐在了椅子上。

"要是有内裤、袜子和拖鞋就更舒服了。"隐身人简单说了一下,"还有吃的。"

"什么都行。不过这是我这辈子做过的最荒谬的事了。"

他拉开抽屉拿出隐身人要的东西,然后又下楼去找吃的。回来的时候他拿了些冷肉和面包,又拉上来一张小桌子,然后把东西放在他的客人面前。

"不用刀子。"他的客人说,然后一块肉片就悬挂在半空,还有咀嚼的声音。

"隐身人!"坎普说着一屁股坐在卧室的椅子上。

"我吃东西之前很喜欢找东西挡一下。"隐身人嘴里都是食物,还不断往嘴里塞东西。"想想都奇怪。"

"我猜那只手腕是没问题。"坎普说。

"相信我。"隐身人说。

"在所有最奇怪最神奇的事情之中……"

"确实如此。可奇怪的是,我竟然会闯到你的家里缠绷带。这是我第一次走运。不管怎么样,我今晚就打算在这儿睡觉了。你得忍一下啦!我的血都流出来了,真讨厌是吧?那里的一摊血只要凝固就显出来了。我改变的只是活着的组织,而且只有我活着……我在这儿待了快三个小时了吧?"

"可是这是怎么做到的?"坎普愤怒地说,"这都让我糊涂了!整件事情从头到尾就不合理。"

"很合理。"隐身人说,"相当合理。"

他伸手拿起威士忌的酒瓶。坎普盯着暗红色的睡袍在狼吞虎咽。一丝烛光透过睡衣右边肩膀上的一个裂口,在左边肋骨下面形成一个三角形的光斑。

"刚才怎么开枪了?"坎普问道,"为什么会开枪?"

"有一个蠢货,算是我的同伙。去他的!他想要偷走我的钱,而且他已经偷走了。"

"他也可以隐身吗?"

"不可以。"

"那?"

"在告诉你所有的事情之前,我就不能再多吃点东西吗?我很饿,现在还很痛苦,你竟然还让我讲故事!"

坎普站起来,"你没开枪吧?"他问。

"不是我开的枪,"隐身人说,"有个我从没见过的傻瓜在胡乱开枪。许多人都被吓坏了,他们很多人都害怕我。去他们的!我说,我还想多吃点东西,坎普。"

"我到楼下看看还有什么吃的,"坎普说,"恐怕不太多了。"

隐身人吃完饭后,要了支雪茄。还没等坎普找到刀子,他就野蛮地把雪茄屁股咬掉了。这时,外面的烟叶松了,他还骂了几句。看他抽烟真的很奇怪:他的嘴巴、喉咙、咽喉和鼻孔都可以被看到,就像是一个烟雾缭绕的模型。

"抽烟真是一种享受啊。"他一边说,一边吞云吐雾。"坎普,我很幸运遇到了你,你得帮我。我刚才还和你摔跤了,哈哈。我现在的处境很糟糕……我觉得我现在都要疯了。想想我经历的这些事啊!可不管怎样,我们还是要干下去。让我告诉你——"

他又给自己倒了些威士忌和苏打水。坎普站起来,四周看了看,然后从客房里拿来一个杯子。

"太疯狂了,不过我可以来一杯。"

"坎普,这十几年你的变化一点也不大。你们这种人就是这样,第一次遇到挫折后,还那么冷静,那么有条不紊。我必须告诉你,我们得合作。"

"可你到底是怎么做到的?"坎普说,"你是怎么变成这样的?"

"哦,看在上帝的份儿上,让我静静地抽会儿烟吧!等我抽完了再告诉你。"

但是那天晚上,隐身人并没有告诉他自己的故事。隐身人的手腕越来越疼了。他有点发烧,而且浑身无力。他脑海中总是出现他追着马弗尔先生下山以及在酒馆打斗的场景。关于马弗尔先生,他的讲述很零散。他抽烟越来越快,声音也怒气冲冲。坎普想尽量明白他所说的一切。

"他害怕我,我能看出来他害怕我。"隐身人说了好几遍,"他早就打算溜走,他一直在找机会!我真傻!"

"那个混蛋!"

"我应该杀了他!"

"你从哪儿弄的钱?"坎普突然问。

隐身人沉默了片刻,"今晚我不能告诉你。"他说。

突然,他呻吟起来,身体向前倾,用那只看不见的手撑着他看不见的脑袋。

"坎普,"他说,"除了一个小时左右的打盹外,我差不多有三天没睡觉了。我必须要快点睡觉了。"

"好吧,你就在我房间睡吧,就这个房间。"

"但我怎么可以睡觉呢?如果我睡着了,他会跑掉的。呸!那有什么关系!"

"你的枪伤怎么样了?"坎普突然问。

"没什么,只不过被擦伤了,流了点血。哦,天呐!我真想睡觉啊!"

"那就睡吧!"

隐身人似乎是在打量坎普。

"我很讨厌被自己的同伴抓住。"他放慢了语速说道。

坎普吃了一惊。

"我太傻了!"隐身人说着狠狠捶了下桌子,"我这么说反倒告诉你该怎么做了。"

第18章　隐身人睡着了

隐身人既筋疲力尽又受了伤，但他却不相信坎普关于可以保障其安全的说法。他仔细检查了一下卧室的两扇窗，然后拉起窗帘，推开窗户，以确保坎普所说的从窗户逃走是可行的。室外，夜晚静谧祥和，一轮新月挂在高地的上空。然后他又仔细检查了一下卧室和两间更衣室门上的钥匙，这让他觉得自己的自由更有保障。最后，他终于对一切都满意了。坎普听到他在壁炉毯前打呵欠的声音。

"抱歉，"隐身人说，"要是今天晚上我能把所有的事情都告诉你那就好了，可我实在太累了。毫无疑问，这样的事情很怪异，很可怕！但是相信我，坎普。尽管你今天早上还对此有过争议，但这件事情是能够办到的。我有了新发现，本来只有我自己知道。但是不行，我需要有一个伙伴。而你……我们可以一起做这些事情……但是得等明天了。坎普，我觉得我现在必须去睡觉了，要不然我就得死了。"

坎普站在房间的中央,看着那件没有头的衣服。

"我该出去了,"他说,"真是太不可思议了。再发生三件这样推翻我全部认知的事情,我就要变成一个疯子了。可这居然是真的!你还要拿点什么东西吗?"

"只要祝我睡个好觉就行了。"格里芬说。

"那晚安啦!"坎普说着,跟那只看不见的手握了一下。他侧身走向门口。突然,那件睡袍快速走向他。"一定要理解我!"睡袍说,"不要打算阻止我,或者抓住我!否则的话……"

坎普的脸色微变。"我想我已经做过保证了。"他说。

坎普随手轻轻地关上门,门随即被锁上了。然后他一脸诧异地站在那儿,听着快速的脚步声走向更衣室那里,然后那道门也被锁上了。坎普拍了拍额头。"我在做梦吗?整个世界都疯了吗?还是我疯了?"

他笑起来,将手放在上了锁的门上。"被锁在自己卧室外面了,真是荒唐。"他说。

他走到楼梯那里,转身盯着那扇上锁的门。"这是事实,"他说着摸了摸自己有点瘀青的脖子,"无法辩驳的事实!"

"可是……"

他无望地摇了摇头,转过身下了楼。

他点着餐厅的灯,拿出一支雪茄,一边踱步,一边自言自语,还时不时地跟自己辩论几句。

"隐身!"他说。

"真的有可以隐身的动物吗?……大海里面有隐形的生物,成千上万!一切幼虫!一切硬壳或软体动物的幼虫,一切微生物,就像水母。在海洋里,隐形东西的数量远远超过看得见的东西!我以前从没想过这一点。水塘里也是这样!

那些池塘里的所有小生物,像斑点一样没有颜色、透明的胶状物!但是在空气中没有?!"

"不可能有。"

"可是为什么不能呢?"

"如果人是由玻璃做成的,那也是能看见的啊。"

他陷入了沉思中。当他再次开口的时候,三只雪茄已经变成地毯上的白灰了。可他开口发出的只是一声感叹。他走到另一边,离开房间,进了他的会诊室,然后在那儿点着一盏煤气灯。因为坎普医生并非以治病为生,所以会诊室很小。房间里有当天的报纸。早上的报纸随意地摊开,放在一边。他捡起来看了看,找到斯托港那个船员费劲儿读给马弗尔听的"伊滨怪事",快速浏览了一下。

"包裹起来!"坎普说,"隐蔽!躲避!'看起来没人了解他的不幸'。他到底在耍什么把戏?"

他将报纸扔到一边,眼睛却仍然在搜寻。"啊!"他说着,捡起那份跟送来时一样还折叠着的《圣·詹姆斯报》。"现在我们马上就要知道真相了。"坎普医生说。他摊开报纸,看了两三栏的消息,标题是:"萨塞克斯的整个村庄一片混乱"。

"天呐!"坎普一边说,一边迫不及待地读起这篇关于伊滨的报道。他读到了前一天下午发生的事情,这些前面已经描述过了。报纸的反面重印了晨报上的报道。

他重新读了一遍。"在大街上乱跑……杰弗斯没有意识……哈克斯特先生痛苦不堪……仍无法描述眼见之实……奇耻大辱——牧师……妇女们因害怕过度而生病……窗户被砸碎……这个奇特的故事也许只是捏造……内容相当精彩,如果不登载太可惜——请自行斟酌。"

他将报纸放下,茫然地看着前方。"可能是虚构的。"

他重新拿起报纸，又阅读了一遍整件事情。

"可那个流浪汉是什么时候加入的呢？他为什么要追赶一个流浪汉呢？"

他突然坐在手术椅上。"他不仅仅是隐身人，"他说，"而且他还疯了！杀人魔。"

当黎明的曙光与餐厅的灯光和烟雾融合在一起时，坎普还在来回踱步，试图要弄明白这件不可思议的事情。

他兴奋得无法入睡。当他的仆人睡眼惺忪地下楼，发现他的时候，还以为他研究过度而病倒了。他让仆人准备两份早饭送到书房然后就待在地下室或者楼下不要随意走动。这条命令很奇怪，但他却表达得很清楚。然后他继续在餐厅里走来走去，直到有人送来晨报。可除了对前一晚的事情进行证实之外，报纸上都是长篇大论，还有一条对波多克港糟糕的报道。坎普因此知道了在"快乐板球手"酒馆发生的事情，也知道了马弗尔这个名字。"他逼着我跟他一起待了二十四个小时。"马弗尔证明道。他还对伊滨的故事做了一些细节上的补充，尤其是被切断的电报线。可是，报上并没有提供隐身人和流浪汉之间关系的线索，因为马弗尔先生并没有提供有关那三本书的信息，也没有提及与他有关的钱。已经没人对隐身人这件事抱有怀疑态度了。大批的记者还有调查人员已经准备调查隐身人这件事。

坎普阅读了这份报告上的每一个细节。他还派出自己的女仆，将所有的晨报都买了回来。他把这些信息都消化了。

"他是隐身人！"坎普说，"而且，从报纸上来看，他的愤怒正在转变成疯狂！他什么都干得出来！他什么都干得出来！他现在就在楼上，像空气一样来去自如。我到底要怎么办？"

"如果我这样做的话是不是就算不守诺言？——不行！"

他走到墙角一张凌乱的桌子前,准备写一张便条。可刚写完一半,他就给撕了,又重写了一张。他读了一遍,想了想,拿出一个信封,地址写着:"波多克港,埃迪(Adye)上校收。"

坎普正在做这件事时,隐身人醒了。他起床的时候脾气不好。坎普对任何声音都很警觉,他突然听到头顶卧室传来的脚步声,然后是椅子被扔开的声音,洗手架上的盆也打碎了。坎普急忙跑上楼,急切地敲起门来。

第 19 章　基本原理

"怎么啦？"当隐身人开门让他进去的时候，他问道。

"没事。"隐身人回答。

"可是见鬼啊，你怎么砸东西了？"

"一怒之下做的。"隐身人说，"我忘了这条胳膊了，太疼了。"

"你真的很容易发脾气。"

"确实是。"

坎普穿过房间，捡起破碎的玻璃碴。

"外面全是关于你的事。"坎普说。他手中拿着玻璃碴站起来。"在伊滨发生的所有事情，还有山下的事情。整个世界都已经发现你这个隐身人了。但没人知道你在这儿。"

隐身人骂了几句。

"秘密已经传出去了，我猜这本来应该是个秘密。我不知道你接下来的计划，但我愿意帮你这一点是肯定的。"

隐身人在床上坐下。

"楼上有早餐。"坎普尽量放松语气说话。他很高兴看到他古怪的客人愿意站起来。坎普带着陌生人穿过狭窄的楼梯，去了楼上的书房。

"在我们做其他事情之前，"坎普说，"我一定要先了解一下你这种隐身的情况。"他神经兮兮地瞥了一眼窗外，然后坐下来，像是有话要说。他本来还对整件事情存有疑虑，但这个念头转瞬即逝，因为他看到格里芬坐着吃早餐的地方——一个没有头没有手的睡衣，正拿着餐巾擦着他看不见的嘴唇。

"很简单，也很可信。"格里芬说着将餐巾放到一边，将他看不见的头用看不见的手支撑着。

"毫无疑问，对你来说是没问题，可是……"坎普笑了起来。

"嗯，是啊。毫无疑问，这件事情最开始对我来说很神奇。但是现在，我的天呐……可不管怎么样，我们还是要干大事的。我第一次接触到这件事是在切瑟斯顿。"

"切瑟斯顿？"

"对，我离开伦敦后就去了那里。你知道我弃医学了物理吗？不知道？好吧，我改行了。光学让我着迷！"

"啊哦！"

"光密度！整个学科就是一张由谜题组成的网，一个答案扑朔迷离的网。当时我是一个满腔热情的二十二岁的小伙子。我说：'我愿意为之献身，这是值得的。'你知道我们二十二岁的时候有多傻！"

"不是那个时候傻，就是现在太傻。"坎普说。

"对一个人来说，知识就是一种满足！"

"可我还是像奴隶一样的刻苦研究。对于这个问题，我一直研究思考了六个多月。突然之间，我就豁然开朗了！我发现了有关色素和折射的基本原理——一个公式，一个涉及四维空间的几何公式。傻瓜，普通人，甚至于普通的数学家，也不会明白，对于学习分子物理的学生来说，一个基本公式意味着什么。在被流浪汉藏起的几本书中，隐藏着许多奥妙和奇迹！不过，这不是一种方法，而是一种设想。如果可能的话，它可以变成一种方法。通过这种方法，人们无需改变某种物质除了颜色以外的其他属性，就可以把固体或者液体的折射率降低到跟空气的一样。"

"哟！"坎普说，"确实很新奇！不过，我还是不太理解……我知道用这种方法可以毁了一块值钱的宝石。但是，这跟人体隐身术还是相差甚远。"

"确实如此，"格里芬说，"但是想一想，物体的可见度依赖于物体对光的作用。任何物体，要么吸收光，要么反射或折射光，要么两者皆有。如果它既不反射、折射，也不吸收光，那它本身是不可见的。比如说，你看见一个不透明的红色盒子，因为盒子的颜色吸收了某部分光，并将光线中剩余的红色反射给你。如果它不吸收任何的光，而是将其全部反射，那它就是一个发光的白盒子。银子就是这种情况！钻石盒子的表面既不会吸收太多光，也不会反射太多光。只有某些特定表面才利于光线的反射和折射。所以，你就会看到一个闪闪发光的透明物体——某种光线的轮廓。而玻璃盒子就不会像钻石盒子那么璀璨，那么透明。因为，它的反射和折射情况相对较少。明白了吗？从某种角度看，你可以看透它。某些玻璃会比其他玻璃更可见。一盒燧石①玻璃就比普通玻

---

① 燧石：俗称火石，是比较常见的硅质岩石，多为灰、黑色。

璃盒子更亮。在昏暗的光线下，普通玻璃盒子很难看到，因为它几乎不会吸收光，反射和折射的现象也很少。如果你将一片普通的白色玻璃放到水中，甚至于将它放到密度比水大的液体中，那你就几乎看不到它了。因为，光线穿过水射到玻璃上的时候，只有很少一部分会被折射或反射，也可以说几乎没有影响。它就像空气中的煤气和氢气一样不可见。这完全是一样的原理！"

"确实如此！"坎普说，"道理很简单。"

"还有一个你需要知道的事实。坎普，如果一块玻璃被打碎，变成粉末，那它在空气中就会更清楚可见。因为它最终变成了不透明的白色粉末，而粉末可以增加玻璃上的折射面和反射面。一块玻璃只有正反两面，而光可以通过每一粒粉末进行折射和反射，很少有光能穿透粉末。可是，如果把这些白色玻璃粉末放进水里，它立马就不可见了。因为，玻璃粉末和水有着几乎相同的折射率。也就是说，光从水中照射到粉末时，几乎不会产生折射或反射。"

"你将玻璃放到与之折射率几乎相同的液体中，玻璃就会不可见。如果将透明的东西放到任何与之折射率相同的媒介，那它也会不可见。仔细想一下，如果玻璃粉末的折射率与空气相同，那它在空气中也会消失。因为当光线穿过玻璃射进空气的时候，不会有折射和反射。"

"对，对，"坎普说，"但是人可不是玻璃粉末！"

"确实不是，"格里芬说，"人更透明！"

"胡说！"

"这竟然出自医生之口！人的忘性是有多大！你在这十年里，把物理全都忘掉了吗？想想那些原本是透明的但看起来却又不是那么回事的东西！比如说纸，它由透明纤维制成，它跟不透明的白色玻璃粉末是一个道理。油将白色油纸的微粒空隙都填满了，所以除了表面，它就不能再产生折射和反射，这样它就跟玻璃一样透明了。不仅仅是纸，还有棉纤维、麻纤维、毛纤维、木纤维，甚至于人的骨头、血肉、头发、指甲和神经。坎普，事实上，人体的全部纤维，除了血液中的血红素和头发中的黑色素以外，其他全都由透明无色的组织构成。它们极其微小，所以我们能够看到彼此。生物的大部分纤维透明度并不会比水差。"

"我的天呐！"坎普叫道，"确实如此，确实如此！我昨天晚上只想到了大海里面的幼虫和水母！"

"你现在懂了吧！所有的一切都是在我离开伦敦一年以后才知道的，那都是六年前了。不过，我一直保守着这个秘密。我不得不在对我极为不利的环境下进行工作。我的教授奥利弗（Oliver），是科学界里的骗子，天生是个记者，是个偷窃别人观点的贼——他一直在打听！你知道科学界里这种骗人的体系。我只不过不想将他公之于众，不想让他也分享属于我的荣誉。我不断研究，越来越接近于将我的公式付诸实验，并将它变成现实。我没有告诉任何人，因为我本来打算将我的研究成果突然公布于众，这样可以引起轰动，一举成名。为了填补空白，我开始着手研究色素问题。突然之间，完全出于巧合而非预先的设计，我在生理学上有了新发现。"

"然后呢？"

"你知道血液中的红色物质！它可以变白，变的没有颜色，但又保留着全部功能。"

坎普突然发出难以置信的尖叫。

隐身人站起来开始在小书房里踱步。"这确实值得你尖叫。我还记得那天晚上。那天深夜，白天有愚蠢的学生要应付，我一直工作到天亮。突然之间，我的脑海中就充满了丰富完美的想象。我自己呆坐着，实验室里很安静，悬在头顶的煤气灯，发出明亮的光。在所有伟大的时刻，我都是一个人。'人类可以将动物——一个组织变透明！人类可以将它变得不可见。除了色素外，我自己也可以隐身！'我说道。突然我就意识到，这样的知识对一个白化病患者来说意味着什么。这太令人激动了。我放下正在用的过滤器，走到窗前，凝视着外面的星星。'我可以隐身！'我不断重复着这句话。"

"能够完成这件事也就意味着超越了魔法。我拨开重重疑云，发现隐身术可以给人类带来的宏伟前景——神奇、力量、自由。我根本没发现其中有缺陷。你只需想一想！我，一个衣衫褴褛、穷困潦倒、备受束缚，在省立学校里面教一群傻瓜的演示教员，可以在突然之间变成这样。我问你坎普，如果是你的话……任何人，我告诉你，都会投入这项研究的。我为此研究了三年。每当我越过一座困难之峰时，就会发现另外一座更险峻的山峰出现在我面前。那些无穷无尽的细节！那些让人恼怒的事情！一个教授，一个省里的教授，还一直旁敲侧击。'你什么时候才发表你的研究成果啊？'这就是他无休止的问题。那些愚蠢的学生，还有简陋的条件！我忍了三年……"

"三年的守口如瓶和重重困难之后，我发现这是不可能完成的，完全不可能。"

"为什么？"坎普问道。

"钱。"隐身人说着，再次走到窗前盯着外面。

他突然转过身。"我抢劫了一个老头，我抢劫了我父亲。钱不是他的，他饮弹自尽了。"

第 20 章 在大波特兰街的房子中

坎普静静地坐在那里,看着窗旁边那个无头的身影。突然,他想起一件事,急忙站起来,抓着隐身人的胳膊,将他拉离窗口。

"你累了,"他说,"我坐着的时候,你一直在走来走去。坐我的椅子吧。"

他站在格里芬和最近的窗户中间。

格里芬安静地坐了一会儿,然后又突然重新讲起来。

"当那件事情发生时,我已经离开了切瑟斯顿的屋子。"他说,"那时候是去年十二月底。我在伦敦租了一所房子,房子在伦敦大波特兰街周围贫民窟的一幢管理不善的大公寓里。房子很大,但没有家具。很快,房子里就装满了我用我父亲的钱买来的仪器。研究顺利地进行着,很成功,快要接近尾声。那个时候,我就像一个刚从灌木丛里钻出来的人,却要去演出一场无意义的悲剧,我去把他埋了。我的心仍然想着研究，我没做任何可以挽回他声誉的事情。我现在还记得那场葬礼：廉价的棺木、简洁的仪式，被霜冻的小山坡上寒风凛冽，他学校里的一个老朋友念了祷文，那是一个衣衫褴褛、驼背的黑人老头儿。他感冒了，还一直在流鼻涕。"

"我记得我步行回到空无一人的房子。路上经过一个曾是小村庄的地方，那里现在是一座被偷工减料的建造商补成的丑陋城镇。每条路都通向脏兮兮的田地，尽头是乱石堆，长着湿乎乎的野草，臭气熏天。我自己那时候又黑又瘦，走在光滑、闪亮的路上，奇怪地感觉到自己与当地的体面人和盈利主义者截然不同。"

"我一点儿也没有为我父亲的死感到痛惜。对我来说，他就是他自己愚蠢伤感的牺牲品。虚伪的习俗要求我在他的葬礼上出现，可那真的跟我一点关系都没有。"

"走在路上的时候，昔日的生活又重新出现。因为我遇到一个认识了十多年的女孩。我们的目光相遇。"

"某种情愫让我转过身去跟她交谈起来。她是一个很普通的人。"

"故地重游这回事就像是做梦一样。当时，我并没有感觉到孤独，没有那种我从一个喧嚣的世界进入废墟的感觉。我知道我的情感消失了，不过我只把情感当作一种愚昧无知。重回我的房间，好像回到现实一样。那里有我熟悉和喜爱的事物。那里有仪器，有安排好的实验在等着我。现在，除了对细节的策划，什么困难也没有了。"

"坎普，早晚我会把所有复杂的过程告诉你，但现在没有必要。因为，除了我选择记住的一些步骤外，大部分情况都被用密码写在那些被那个流浪汉藏着的书里了。我们必须抓到他，我们必须把那些书拿回来。书中提到的最关键的部分，是将需要降低折射率的透明物体,放在带有微射线的两个放射中心中间。晚点儿我会告诉你细节。不,不是伦琴射线①——我不知道其他哪些射线被叙述过,反正都是浅显易懂的道理。我需要两个发电机,用一个廉价的煤气引擎启动。我的第一次实验对象是白色毛纤维。看到在闪烁的电光中毛纤维变得柔软亮白,然后像一缕轻烟一样消失不见,这真是这个世界上最奇怪的事情。"

"我几乎不敢相信我做到了。我把手放在那个空荡荡的地方,摸到它还在那里。我笨拙地抚摸着,然后将它扔在地上。把它再找回来还真是费了我一番工夫。"

"接下来的经历很奇怪。我听见身后传来'喵喵'的声音。转身一看,一只又瘦又脏的小白猫趴在窗户外面的水箱顶上。我脑海中灵光一闪。'一切都给你准备好了。'我说着走到窗前打开了窗户,然后把它唤进来。小白猫进来后'喵喵'地叫着,那个可怜的畜生快饿死了,我给了它点奶喝。我的全部食物都在屋子角落那儿的小橱柜里。它喝完奶后,就在屋子里嗅来嗅去,像是在自己家一样。那块隐形的破布让它心烦意乱。你应该看看它在上面吐口水的样子!我把它舒服地放在床上的枕头上,还拿了块黄油引诱它洗了个澡。"

"你在它身上做实验了?"

"我在它身上做实验了。但喂猫吃药可不是开玩笑的。坎普!实验失败了。"

"失败了?"

---

① 伦琴射线:指 X 射线,是一种波长很短的电磁波,波长结余 0.01—100 埃之间。由德国物理学家威廉·康拉德·伦琴发现,所以又称伦琴射线。

"有两个问题——猫爪和色素。那个叫什么？就在猫眼睛后面那儿，你知道吗？"

"反光色素层。"

"对，反光色素层。它们无法隐形。所以，我就先用药漂白了猫的血，还做了一些其他准备工作。我给它吃了点鸦片，连同它睡在上面的枕头，我都一起放在了仪器上。所有其他的一切都消失后，它的眼睛还如幽灵般留在那里。"

"奇怪！"

"我解释不了这种现象。它是被绑着的，逃不掉。可在它的身体还模糊不清时，这个畜生就醒了，还痛苦地叫起来。然后有人就来敲门了。是住在楼下的老太婆，一个醉醺醺的老东西，整个世界上她就只在乎那只白猫。她怀疑我在做活体解剖。我急忙配了点氯仿的麻醉剂，抹在猫身上，然后才去开门。'我好像听到猫叫了？'她说，'是我的猫吗？''不是。'我礼貌地回答她。她有点怀疑，还试图偷看屋子里的光景。对她来说，里面有点奇怪：家徒四壁，窗户没有窗帘，四轮矮床，振动的煤气引擎，时明时暗的辐射点，空气中还隐隐有氯仿刺鼻的味道。她最终什么也没看到，只得离开。"

"用了多长时间？"坎普问。

"那只猫用了三四个小时。骨头、肌腱、脂肪，还有带颜色的毛发顶端，是最后才不见的。就像我刚才说的一样，猫眼睛后面那块顽固的彩虹色东西，一点儿也没有消失。

"整个实验完成时，外面的天色早就黑了。除了模糊的眼睛和爪子，什么也看不见。我关掉煤气引擎，摸了一下那个畜生，又打了它一下，可它一动不动。我把绑着它的地方都解开了。这时候我累得很，就让那只畜生继续躺在那个看不见的枕头上，然后自己上床睡觉去了。可我无法入睡。我很清醒地躺在那里，胡思乱想，反复地思考着刚才的实验，然后还兴奋地梦到四周的所有东西都模糊不见，甚至于我脚下的大地也不见了。然后我就陷入人们经常会梦到的坠落的噩梦中。两点钟左右的时候，猫开始在房间里叫。我试图通过对话让它安静下来。后来我又决定放它出去。我还记得我擦亮火柴时的震惊。除了一双绿幽幽闪着光的眼睛，其他什么都没有。我本来想给它喂点奶喝，可是我一点儿也没有了。它就是不肯安静，一直坐在门口'喵喵'地叫。我本想抓住它扔到窗户外面去，可是我抓不住它，让它跑了。然后它就在房间里各个地方不停地叫唤。最后，我只得打开窗户，胡乱赶了一通。我猜它是出去了，反正以后再没看见过它。

"后来，天晓得为什么我又一次想起我父亲的葬礼，想到凄凉的、寒风凛冽的山坡，一直想到白天来临。我觉得我肯定睡不着觉了，就随手锁上门，在晨光乍泄的大街上闲逛。"

"你是说外面还有一只隐身猫在闲逛？"坎普说。

"如果它没被杀掉的话，"隐身人说，"为什么不能有呢？"

"为什么不能有呢？"坎普说，"我并不是要打断你。"

"它很有可能已经死了，"隐身人说，"我知道四天后它还是活着的。因为在大蒂奇菲尔德大街的栅栏那儿，我看到有一群人围在一起，试图弄明白'喵喵'的叫声到底是从哪儿发出来的。"

他沉默了足足有一分钟，然后又继续讲下去：

"我还记得我的身体发生变化的那个早晨。我去了大波特兰街。因为我还记得骑兵正从奥尔巴尼街上的兵营出来，最后我去了普林姆罗斯山的山顶。那里阳光明媚，但我却觉得浑身不舒服，有一股异常的感觉。那是一月份一个阳光明媚的日子，那是在当年的降雪来临前，明媚霜冻的日子之一。

我困顿的大脑试图整理一下我的处境,然后制订出行动计划。

"我奇怪地发现,我的成就已唾手可得,可是要有结果却是那么难。事实上,连续四年的紧张工作,已经让我精疲力竭,没有感知的能力。我已经冷漠无情了。我徒劳地想恢复初次研究时的热情。那种发明新事物的激情曾让我对父亲的死无动于衷。没有什么是重要的。我很清楚这是暂时性的情绪,因为我工作过度,缺乏睡眠。无论是吃药还是休息,都可以让我恢复精力。"

"我很清楚的是,这件事必须进行下去。这个固执的想法一直控制着我。研究要快,因为我的钱快花完了。我在山顶环顾四周,有玩闹的孩子,照看他们的姑娘。我试图想起隐身人在这个世上能得到的所有好处。过了一会儿,我就慢悠悠地回家,吃了点东西和大量的士的宁①,然后就在没铺好的床上穿着衣服睡觉了。士的宁是一剂很好的补药,坎普。它能赶走人的脆弱。"

"那种鬼东西,"坎普说,"旧石器时代它就是瓶子里的药物了。"

"我醒来的时候,精力充沛,但是脾气很暴躁。你知道吗?"

"我知道那东西。"

"这时,外面有人在敲门。来的人是房东,一个犹太教的波兰老头儿。他穿着灰色长衣和油乎乎的拖鞋,既是恐吓,又是查问的。他认定前一天晚上我折磨了一只猫,那个老太婆就会嚼舌根。他坚持要知道发生的一切。这个国家的法律

---

① 士的宁:是从马钱子中提取的一种生物碱,能选择性兴奋脊髓,增强骨骼肌的紧张度,临床用于轻瘫或弱视的治疗。

严禁解剖活物，他可能因此受到牵连。我否认了。他又说，整幢房子都能感觉到引擎的颤动。这是事实。他侧着身子挤进屋里，眼睛透过那德国的银边眼镜四处张望。我突然担心起来，害怕他会带走我的秘密。我尽量站在他和我亲手安装的浓缩器之间。这反倒让他更加怀疑我了：我在干什么？为什么我总是一个人，还要藏着掖着呢？我做的事情合法吗？有没有危险？除了正常的房租外，我别的都没有支付过。尽管周围的地区名声不好，但他的房子还是受到一定赞誉的。我突然火冒三丈，叫他立刻滚出去。他不听，还辩驳说他有权利进来。然后我就抓住他的衣领，好像撕破了什么东西，把他扔到了外面的走廊。我用力甩上门，加了锁，坐在房间里直发抖。"

"他在外面吵了一会儿，我直接无视他。过了一会儿，他就离开了。"

"可这么一来，事情就闹大了。我不知道他会干什么，也不知道他有权干什么。搬到新地方会耽误时间，而且，我只剩下二十镑了，大部分还在银行里。总之，我搬不起。消失吧！这是不可避免的了！那到时候就会有人来调查我，搜查我的房间。"

"一想到我的工作会在关键的时刻被曝光或者被打断，我就怒火攻心。我带了三个笔记本和支票簿，就是现在在流浪汉手里的那些东西，匆忙出门，从最近的一个邮局将它们寄到大波特兰街领取邮件和包裹的地方。我出门的时候尽量不发出任何声响。回来的时候，我发现房东正在悄悄地上楼。我觉得他肯定是听到关门的声音了。在楼梯口的时候我从他后面冲过去，他吓得赶紧躲到一边。你要是看到他那样子，你也会笑的。我经过他的时候，他一直盯着我。我把门重重地甩上,感觉整个房子都颤了。我听到他拖着脚走上楼梯,犹豫了一会儿,又下去了。然后我就赶紧动手做准备。"

"那天晚上,一切准备就绪。我在吃了血液褪色药而软弱无力、昏昏欲睡的时候,一连串的敲门声响起。然后声音停下了,脚步声离开又回来,敲门声又起。好像有人要从门底塞进来东西,那是一张蓝纸。我气得站起来,走过去把门拉开。'又想干吗?'我说。

"房东站在外面,手里拿着驱逐令还是别的什么东西。他把那张纸递给我。我猜他是觉得我的手有点奇怪,就抬起头看我的脸。

"他瞬间就愣住了,呜里哇啦地叫了几声,丢下蜡烛和纸张,沿着黑黢黢的走廊跌跌撞撞地跑下楼梯。我关上门,然后锁上,走向穿衣镜。于是我知道他害怕什么了……我的脸色苍白,就像一块白色的石头。"

"所有的一切都很可怕。我没想到会这么痛苦。整晚都是剧痛、恶心和眩晕。尽管我的皮肤和全身好像着火一样,但我还是咬紧牙关。我躺在那里,像是死了一样。这个时候,我才明白,在给那只猫用麻药之前它发出的惨叫。很幸运我一个人住,没人照看。我有时候呻吟几声,有时候哭几声,还自言自语。可是我一直坚持着……然后慢慢失去了知觉。我醒来时,周围漆黑一片。"

"痛苦已经过去了。我当时觉得这就是自杀,但我一点儿也不在乎。我忘不了那个黎明,忘不了看到的吓人景象。我看着自己的手渐渐变得像块毛玻璃。随着白天的到来,它们越来越透明、淡薄。最后,即使闭着眼,我也能透过双手看到混乱不堪的屋子。我的四肢也变得透明,骨头和血管渐渐模糊、消失。白色的细小神经最后也不见了。我咬紧牙关坚持着。最后，只剩下惨白的指甲盖和酸液的褐色斑点留在手指上。"

"我挣扎着起来。我还很软弱，像襁褓里的婴儿。我用看不见的腿走着。我身体虚弱，饥肠辘辘。站在剃须镜前，我看到里面什么也没有，除了视网膜后面比雾气的颜色还要淡的色素，里面什么也没有。我得靠近桌上，把头贴在玻璃上面才能看清。"

"我仅仅是依靠一丝疯狂的意志力，才拖着自己走到仪器前，完成了整个过程。"

"我用床单盖住眼睛，以遮挡光线，然后整整睡了一上午。快到中午的时候，我又被敲门声惊醒。这时候，我的力气已经恢复。我从床上坐起来，听到低声交谈的声响。接着我就跳起来，开始尽量悄无声息地拆解仪器，然后将它们分散在房间内，这样就没人能看出它们的组装方法。这时，外边又传来敲门声，还有叫喊声。刚开始是房东，后来又有另外两个人的声音。我应了一声，以便争取点时间。我将隐形的毛毯和枕头抓在手里，打开窗户，将它们扔到水箱盖上。当窗户打开的时候，传来了猛烈撞击房门的声音——有人想要破门而入。但是几天前，我已经安了一个比较结实的插销，这样门就不容易被撞开了。可这件事还是让我既惊又怒。我哆嗦着加紧收拾东西。"

"我收拾了一些散乱的纸张、稻草、包装纸等东西，把它们放在屋子中间，然后打开煤气灯。这时候，沉重的撞击雨点般落在门上。我找不到火柴，气得用拳头捶起墙来。我只能关上煤气，爬到窗户外的水箱盖上，然后轻轻拉下窗帘，坐在那里张望。我是隐身的，所以很安全。但我还是气得浑身发抖。我看到他们劈开一块门板，很快就弄坏了插销上的钉子，然后门就打开了，是房东和他的两个继子，都是二十三四岁的壮实小伙子。他们后面就是楼下那个啰里吧嗦的老太婆。"

"你可以想象他们发现屋里空无一人时的震惊。其中一个年轻点的小伙子立马冲到窗口，打开窗户向外张望。他瞪圆的眼睛，有着厚嘴唇和胡茬的脸，就在我脸前一英尺远。我差点就要将握紧的拳头挥在他的脸上，可我没这么做。他的视线穿过我的身体。其他人过来张望的时候也跟他一样。那个老头儿还跑到床边向床底下张望。后来，他们又冲向小橱柜。最后他们用意地绪语①和伦敦土话吵起来，最终得出的结论是，并没有人出声回应他们，他们听错了。那个老太婆进了门，像猫一样疑神疑鬼地四处张望，试图找出我的藏身之谜。我坐在窗外看着这四个人，突然之间，异常的喜悦就取代了刚才的愤怒。"

"就我能听懂的几句话来看，那个老头儿同意老太婆认为我是活体解剖者的观点。他的两个儿子满嘴蹩脚的英语，他们认为我是电工，还用发电机和辐射器来证明。后来我才发现，尽管他们把前门栓上了，但还是怕我回去。老太婆先去查看了一下橱柜，又看了看床底。一个小伙子翻开记录簿，看了看烟囱。我的一个小贩房客出现在门口，他与一个屠夫住对门。他被叫进了屋子，叽里呱啦地讲了些事情。"

"我突然想起那两台辐射器，如果落到受过良好教育的聪明人手里，很有可能就会泄露我的秘密。于是，我趁机回到房间，把一台小发电机从它的底座上推倒，两台辐射器被砸

---

① 意地绪语：中东欧犹太人以及他们的后裔说的一种从高地德语派生出来的语言。

得粉碎。当他们试图解释发动机被砸碎的事情时,我已经悄悄溜出房间下楼了。"

"我等在一间起居室里,直到他们下楼。他们还在争论和猜测,很失望没发现任何'恐怖'的东西。所有人都不知道该怎样合法地处置我。我带了一盒火柴悄悄地溜回楼上,点燃了那堆废纸和垃圾,把椅子和铺盖放在上面,还用橡皮管把煤气灯接过去,然后就最后一次跟那个房间说拜拜了。"

"你把房子点着了!"坎普叫道。

"没错。烧掉房子是唯一能抹掉我痕迹的方法。毫无疑问那房子是有保险的。我悄悄将前门的门闩打开,走到街上。我是隐身人!我刚意识到隐身带给我的巨大好处。我的脑海中出现了各种美妙的计划,我现在可以不用担心受到惩罚而大胆地去做了。"

第 21 章 在牛津街

"下楼的时候,我第一次遇到了意料之外的麻烦。我看不到自己的脚,所以被绊倒了两次;在抓门闩的时候也很不习惯。不过只要不往下看,走平地的时候还是挺好的。

"当时我很得意。感觉就像一个视力很好的人在盲人的世界里走过一样,脚步很轻,衣服也没有窸窣声。我有一种冲动,老想吓唬人,拍他们的后背,将他们的帽子扔掉。我总感觉自己高人一等。

"可还没等我走到大波特兰大街(我住的地方靠近一家布店),就听到猛烈的撞击声,我的后背被狠狠撞了一下。我回过头,看到一个人正惊讶地看着自己拿的一篮子苏打水瓶子。虽然撞得很疼,但看到他那副不可思议的表情,我还是大笑起来。'篮子里有魔鬼。'我说着一把夺走他的篮子。他随即松开手,我把整个篮子扔到空中。

"但是一个愚蠢的车夫正站在一家酒馆外面。他突然冲过来抓篮子，伸开的手指狠狠戳到我的耳朵下面，我的耳朵痛得要命。然后，我就把篮子里的所有东西摔到了那个车夫身上。这时候，人们都从商店里跑出来，我周围都是尖叫声和杂乱的脚步声，所有的交通工具也都停了下来。我这才意识到，自己给自己带来多大的麻烦。我只能一边骂自己愚蠢，一边紧贴着商店的橱窗，打算逃出骚乱。可我差点被挤进人群。要是那样的话，我肯定就会被人发现。我推开肉店老板的徒弟，幸好他没转身看看那个把他推开的'乌有之物'。接着我又躲到那个车夫的四轮马车轮子后面。不知道那场纷乱最后是怎么平息的，反正我是急匆匆地穿过马路，幸好这时候路上的人不多。我惊恐万分，根本没注意自己奔跑的方向，没想到钻进了牛津街下午闲逛的人群中。

"我试着挤进川流不息的人群，可实在是太挤了，很快就有人踩了我的脚后跟。我不得不跑进路边的水沟。可是水沟里面粗糙不平，没过多久，我的脚就被磨痛了。这时候，一辆双轮马车正好慢慢地行驶过来，我的肩胛骨被车辕狠狠撞了一下，这让我想起来那里其实早就有一块瘀青。我蹒跚着闪过马车，又猛地躲过一辆童车。这时，我发现那辆双轮马车就在我前面。我灵光一闪，紧跟着那辆缓慢行驶的马车向前走。我一边庆幸有了转机，一边发抖，不，简直就是战栗。那天是一月里晴朗的一天，我一丝不挂，而马路上的泥已经结了薄冰。现在看起来，那时候的我很傻。我没有意识到，不管我隐没隐身，我仍然得服从于气候。

"忽然，我想到一个好办法。我绕到马车旁边，然后钻了进去。我受惊过度，浑身发抖，而且总想打喷嚏，这是感冒的征兆。我后背上的瘀青也越来越疼。我坐在马车上，慢慢驶过牛津街，经过了托特纳姆①的法院路。可以想象，我那时候的心情，和十分钟前从房间里出发时大不一样了。就是这个隐身术！我唯一想到的就是怎样摆脱眼前的困境。

"马车载着我慢慢驶过穆迪图书馆。在那儿，有一个长得很高的女人，她手里拿着五六本书，上面贴着黄色的标签。她叫住了我这辆马车。我正好跳出马车躲开了她。躲避她的时候我还差点撞上一辆铁路货车。我沿着马路跑向布鲁姆斯伯里广场②，想要往北跑过博物馆，然后进入一个安静的地方。那个时候，我都快被冻死了。这种陌生的处境让我很不安，我边跑边啜泣。在广场的北边，有一只小白狗从药学协会的办公室跑了出来。它鼻子贴着地，嗅来嗅去，很明显朝着我来了。

"我以前从没有意识到，狗的鼻子就如同人的眼睛。狗可以嗅出人移动的味道，就像人能捕捉到影像一样。那畜生一边叫一边跳，似乎察觉到我的存在。我穿过大罗索尔街，还扭头看了一眼。在我意识到自己跑向哪里之前，我已经沿着蒙塔古街跑了一段距离。

"这时，我听到一阵音乐声。沿着街道望去，我看见很多人从罗索尔广场出来。他们穿着红色的衣服，举着救世军③的旗帜。浩浩荡荡一群人，有的在马路上放声高歌，有的在人行横道上嬉闹。我不可能穿过去，但又害怕往回走会离家更远。所以就急匆匆地决定跑到博物馆对面一座房子的白台阶上，打算在那儿等人群过去。幸好那只狗听到乐队的歌声

---

① 托特纳姆：位于伦敦北部的一个区。
② 布鲁姆斯伯里广场：位于伦敦市，20世纪初曾是一个文化艺术中心。
③ 救世军：1865年创立的基督教组织，属于宗教团体。

后就停下了。它犹豫着摇了摇尾巴,又跑回广场了。

"乐队过来的时候,里面的人在高声唱赞美诗:'何时得见主面',真是有点嘲讽的意思。人群汹涌着从我面前的人行道上走过,好像没个尽头似的。咚、咚、咚,鼓声传来,还有伴唱。这时候,我没注意两个淘气的小孩正站在我身旁的栏杆那儿。'看,'其中一个小孩说。'看什么?'另一个问。'嗨,有脚印,光着脚的脚印,就像你在泥里弄的一样。'

"我低下头,看见两个小孩子正站在那儿,盯着我留下的脚印,那些脚印正好在新刷成的白色的台阶上。路人不断推搡他们,可他们被眼前的一切吸引住了。'咚、咚、咚,何时,咚!我们能见到!咚!主面!咚、咚……''有个赤着脚的人上了这些台阶,肯定是。'其中一个说,'他没有下来过,而且他的脚还在流血呢。'

"大部分人群已经过去。'看这儿,特德(Ted)。'那个年纪小一点的孩子,指着我的脚印说道,口气中带着惊奇。我低下头一看,地上还真的隐约有两只脚印,那是些泥印子。一时间我吓得不知所措。

"'为什么呢?真奇怪!'年纪大一点的那个孩子说,'太奇怪了!看起来像是鬼脚,对吧?'他犹豫着伸出手走向我。一个男人停了下来,想要看看那个孩子要抓什么,接着一个女孩也停了下来。那个男孩马上就要抓到我了。我突然知道自己该怎么办,就向前走了一步。那个孩子尖叫着退了回去。电光火石之间,我飞身一跃,迅速跳到隔壁房子的门廊下。没想到那个年纪小点的男孩,一直紧盯着我。我还没跨下台阶走到人行道上,他就从短暂的震惊中恢复过来,还喊叫着'那两只脚翻过墙了!'

"他们跑过来,看到新的脚印先是出现在下面的台阶,然后又出现在人行横道上,'怎么啦?'有人问道。'两只脚!看!那两只脚在跑!'除了三个追赶我的,路上的其他人也都涌到救世军的后面。这不仅阻挡了我,也阻挡了追赶我的人。震惊和询问声此起彼伏。我只能打倒一个年轻小伙子才得以钻出人群。很快,我就朝着罗索尔广场的环行路冲了过去。六七个吃惊的人一直跟着我的脚印。根本没有解释的时间,要不然整个人群都得来追我了。

"我跑了两圈,三次穿过马路,然后又回到最初的路线。这时,我的脚又干又热,泥印也逐渐消失了。我最终有了喘息的机会,用手将脚擦干净,然后跑掉了。在这场追逐中,我最后看到的,就是大约十几个人,困惑地研究着慢慢变干的脚印,那是我经过塔维斯托克广场的泥潭时粘在脚上的。对他们来说,那个孤零零的脚印就像鲁宾孙·克鲁索①发现的脚印一样令人费解。

"这次奔跑让我暖和了一点。我勇气倍增,穿过附近人迹罕至的马路。我的后背又硬又疼,扁桃体被车夫的手指戳得隐隐做疼,我脖子的皮肤也被他的指甲挠破了,两只脚更是痛得厉害,其中一只还被割破了口子,所以我只能跛行。我看到一个盲人走向我,赶紧踉跄着躲开。我害怕他敏锐的感觉。有一两次我还不小心碰到了别人。我不断咒骂着,留下他们满脸莫名其妙。有东西悄无声息地落在我脸上。穿过广场时,雪花慢慢落下,像是纱幔一样。我已经感冒了,所以忍不住会打几个喷嚏。我视线范围内的每一条狗,它们好奇地嗅来嗅去的鼻子,都让我恐惧。

"接着跑过来很多大人和孩子。一个人在前面跑,其他的

---

① 鲁宾孙·克鲁索:小说《鲁滨孙漂流记》里的主人公。

人都跟在后面,还边跑边叫。失火了。他们朝着我住的地方奔去。沿着街道回头望去,我看到大团的黑烟从屋顶和电话线上升起。肯定是我住的地方着火了。除了等在大波特兰大街的支票簿和三本备忘录外,我的衣服、仪器,所有的资源都在那里。它们正烧着呢!我只能破釜沉舟——如果人类可以这样做的话!那个地方燃着熊熊大火。"

隐身人停下来想了一会儿。坎普神经兮兮地瞥了一眼窗外。"然后呢?"他说,"继续讲啊。"

第22章 在大商场

"去年一月份,空中的一场暴风雪向我袭来时,如果雪花落在我身上,那它会将我暴露,我开始了曾经许诺过的新生活。疲倦、寒冷、痛苦、无法言表的困难,甚至于不敢完全信任自己的隐身水平。我没有住处,没有生活用品,这个世界上没有我可以信任的人。告诉别人我的秘密,就意味着暴露自己,只会让自己变成仅供展览的罕见品。尽管如此,有时候我还是特别想跟路人说话,恳求他们发发慈悲。可是我很清楚,这样做会带来恐惧以及残酷的后果。我在街上闲逛,没有任何计划。我唯一的目的,就是找到可以避雪的地方,让自己有衣服穿,可以暖和起来,这样我才能制订进一步计划。可是,对我这个隐身人来说,伦敦的一排排房子都闭门锁户,无法逾越。

"我唯一能清楚看到摆在眼前的事情,就是我即将暴露在暴风雪夜晚的刺骨寒冷中。

"突然，我有了一个好主意。我沿着一条从高尔街通向托特纳姆法院路的街道，走到'奥姆涅姆'外面。那个地方可以买到任何东西，你知道那样的地方：肉类、杂货、亚麻布、家具、衣服，甚至是油画，多家商店在那里结合，而非只有一家。我本来以为门会开着，但实际上它们却是关着的。当我站在宽敞的大门口时，一辆货车停在了外面。一个穿着工服的人，你知道那种头上戴着印有'奥姆涅姆'标志的帽子，打开了大门。我设法进去，在商店里面一直溜达，然后找到一个部门，那里出售丝带、手套、袜子之类的东西。我走到一个相对宽敞点的地方，那里专门卖野餐篮子和柳条家具。

"不过，我觉得没有安全感，因为那里人来人往。我不安地到处寻找，终于在楼上找到一个大商店，那里有各种各样的床架。我爬上去，发现一大堆叠好的羽绒床垫，我可以在这里休息。这个地方已经点好炉子，所以非常暖和。我决定躲在这里。我一直谨慎地盯着两三个店员和徘徊在这里的顾客，直到这里关门。我想，那个时候，我就可以偷一点食物和衣服，还有用来伪装的用品，然后再回来看看，有没有钱财之类的，或许还能在床上睡个觉。这个计划看起来还不错。我的想法是用衣服把自己裹成还可以接受的样子，然后再弄点钱，把那些书和包裹领到手，再某个地方找个住处，然后再好好策划一下，如何能利用隐身给予我的好处（我现在仍然这么认为）。

"很快就到了打烊的时间。从我在被褥上躺下，到我发现店员把窗帘拉下来，顾客们走向门口为止，总共不到一个小时。然后，许多活泼的年轻人就开始整理那些被弄乱的货物。当人群都消失后，我就从藏身的地方偷偷溜到店里人员较多的地方。那些男女迅速将白天展示的货物收拾起来，速度之快令人咋舌。所有的货物箱、挂着的纺织品、蕾丝，杂货区一盒盒的甜食，陈列的种种，都被收拾折叠整理好，放进收纳盒中。那些无法拿下的，不便于收藏的东西，都用麻袋样粗布盖了起来。最后，所有的椅子都被翻过来，倒放在柜台上面，这样地板就很整洁了。一旦有人干完活，就会立刻冲向门口。我过去见过的店员身上都没有这种活力。然后又来了很多年轻人。他们到处撒木屑，还带着水桶和笤帚。我必须得躲开，因为我的脚腕都被那些木屑扎疼了。我在黑黢黢的大商场里闲逛了一会儿，还能听到他们扫地的声音。最后，在商场关门一个多小时候以后，我才听见嘈杂的锁门声。这时，整个地方才安静下来。我一个人，在巨大、复杂的商店、走廊和样品间内徘徊。周围一片寂静。我还记得，在托特纳姆法院路的入口处，能听到路人走过的鞋跟声。

"我第一个去的地方，是刚才看到的卖袜子和手套的地方。那里很黑，我四处找火柴。最终在收银桌的抽屉里找到了。我不得不找了根蜡烛，然后撕掉很多盒子的包装纸，打开很多抽屉，才最终找到我要找的东西，盒子上的标签写的是羊毛裤和羊毛衫。后来我又找了一些袜子和厚厚的围巾。我还在服装部找到一些裤子、一件休闲夹克、一件大衣和一顶软软的宽边帽子，就是牧师戴的那种帽檐向下翻的帽子。这时，我觉得自己又是个人了。下一步，就是找到吃的。

"楼上是点心铺。我在那儿找到一些冻肉。咖啡壶里还有点咖啡。我点着煤气，将它又热了一下，这一切做得还挺顺利。后来，我又到处找毯子，但最终只找到了一堆鸭绒被。我还发现一个食品区，那里有大量的巧克力和蜜饯，多得我都吃不了。我还找到一些葡萄酒。在它旁边是玩具区，我突然灵机一动，想到一个好主意。我找到一些人造鼻子——就是些假鼻子，你知道的啦。我还想到了墨镜，可是奥姆涅姆公司里没有相关的眼镜部门。我的鼻子确实是个大问题——我本来还想过用颜料。假鼻子的发现让我又想到了假发、面具等等这些东西。最后，我躺在一堆鸭绒被中，暖和又舒服地睡着了。

"睡觉前我心情舒畅，这是我变成隐身人之后最惬意的状态。身体上的平静也让我的思绪放松下来。我觉得我应该在第二天早上穿着衣服悄悄出门，用我找到的白布裹着脸，再用偷拿的钱买副眼镜或者之类的东西。这样，我的伪装就完成了。之后，我就陷入了光怪陆离的梦里，都是前几天发生的乱糟糟的事情。我看见那个丑陋的小个子犹太房东，他在自己屋里大喊大叫；我还看见他的两个儿子惊讶的样子；还有那个满脸皱纹的老太婆，她在跟我要她的猫，面部扭曲；我又一次感觉到那块毛料消失的奇怪感受；我又回到寒风凛冽的小山坡，那个老牧师吸着鼻涕，在我父亲敞开的坟墓前念叨：尘归尘，土归土。

"'还有你。'一个声音说道。突然我被强制推到坟墓前。我挣扎、大喊，求助送葬的人，可他们像石头般僵硬地举行着葬礼；那个老牧师在整个仪式中，还在一直吸鼻涕，哼哼唧唧。这时我才意识到，我是隐身无声的，可我被几股压倒性的力量抓住了。我陡劳地挣扎着，还是被拖到坟墓边上。当我掉进去时，棺材'轰隆'一声巨响，然后一铲铲的沙土砸了下来。没有人注意到我，没有人察觉到我。我痉挛性地抽搐了几下，醒了。

"伦敦灰白的黎明已经降临。整个房间都被从窗帘边缘透过来的寒冷灰色光线照亮了。我坐起来，看着宽敞的房间、所有的柜台、成堆卷好的东西、成堆被褥和垫子，还有屋子里的铁柱，一时间想不起来这是什么地方。当我意识回笼的时候，就听到传来了说话的声音。

"离这里较远的地方，某个店铺的窗帘已经拉起来了，所以比较明亮。我看见有两个人正朝我这边走过来。我赶紧爬起来，寻找逃离的地方。可还是晚了，我的动作让他们发现了我。我猜，他们只是看见了一个身影在悄悄快速地移动。'谁在那儿？'一个人喊道。'待在那儿别动！'另外一个人也喊起来。我急忙转过一个角落，正好跟一个，提醒你一下，我这样看就是个没有头的人，十五岁左右的高瘦男孩撞在一起。那个男孩一声尖叫，吓得呆若木鸡。我从他旁边冲过去，又拐了个弯。这时候我灵机一动，一下子躲在一个柜台后面。很快，我就听到脚步声跑过去，还有喊叫的声音：'把所有门都关上！'有人在问出了什么事，还彼此交流怎么抓到我。

"我躺在地面上，真是吓得要死。可奇怪的是，我本来应该脱掉衣服的。可是那一刻我竟然没有想到要这么做。我觉得，大概是因为我已经决定要穿着这些衣服走了，就是这种想法控制着我。这时，有人在两排柜台之间吆喝：'他在这儿！'

"我一跃而起，将一把椅子扔出柜台。椅子像风一样砸在那个喊叫着的蠢货身上。我转过身跑向拐角，在那儿又碰见一个傻瓜。我给了他一拳，然后就冲上了楼梯。他稳了稳身子，'啊呀'地叫了一声，就紧跟着我跑上了楼梯。楼上有成堆的五颜六色的罐子。它们叫什么来着？"

"艺术花瓶。"坎普提示道。

"对，就是艺术花瓶！我在最上面一级台阶转过身，从一堆罐子中抽出一个。等他靠近时，我就把瓶子摔碎在他那愚蠢的脑袋上。整堆罐子都滚下了楼。我听到到处是喊叫声和跑动的脚步声。我疯狂地冲向点心铺。那儿有一个穿着厨师一样白衣服的人，他也开始追我。我拼命拐了最后一个弯，那里都是台灯和五金器具。我跑到柜台的后面，等着那个厨师。当他第一个跑过来的时候，我就用一盏台灯将他揍得直不起腰来。等他倒下之后，我又在柜台后蹲下，开始尽可能快地脱衣服。外套、夹克、裤子、鞋子，都很容易脱。可是，羊毛衫就像皮肤一样紧紧贴在身上。我听到有更多的人朝这边跑来，而那个厨师在柜台的另一边静静地躺着。要么是晕过去了，要么是吓傻了。我得尽力一搏，就像兔子被从木堆中赶出来一样。

"'警察，在这边！'我听到有人在喊。我发现自己又回到了放床架的房间。房间的一边有数不清的衣柜。我一下子冲到衣柜中间，平躺在地上。拼命挣扎之后，那个羊毛衫终于被脱下来了。于是，我是自由之身了。当警察和那三个店员从拐角处跑过来时，我还气喘吁吁，吓得要命。他们朝着羊毛衫和底裤冲了过去，还抓住了长裤。'他正在扔掉赃物，'其中一个年轻人说道，'他肯定躲在这附近。'

"可他们就是找不到我。

"我站在那儿，看着他们搜查了好一会儿。他们还骂骂咧咧的，说我运气不好把衣服都弄丢了。然后我就去了点心铺，找了点牛奶喝。后来，我坐到炉火旁，开始思考我的处境。

"很快就来了两个店员。他们在热烈地讨论这件事，就跟傻瓜一样。他们夸夸其谈，讨论着我的盗窃过程，还在猜测我能去哪儿。听了一会儿，我就又开始思考自己的计划。现在商场里已经拉响了警报，很难带走任何东西。我又回到仓库，看看有没有可能打包寄出去，可我不知道这里面的邮寄流程。上午十一点左右，气温比前一天还要高，雪刚落下来就融化了。我对大商场很失望，就离开了。我迫切渴望成功，但屡次失败，所剩无几的只是脑海中模糊的计划。"

第 23 章　在特鲁里街

"现在，你开始明白我所处的不利环境了吧。"隐身人说，"我无处可藏，没有衣服。一旦穿上衣服，就意味着我失去了有利条件，变成一个奇怪可怕的怪物。我还戒了食，因为只要吃东西，那些还没消化的食品就会让我再次显露出奇怪的形态。"

"我从来没想到这一点。"坎普说。

"我也没想到。积雪还让我想起其他种种危险。下雪的时候我无法出门——它会落到我身上，让我暴露。下雨也是一样，会让我显示出一个湿漉漉的轮廓。一个闪着光的人形，一个水泡。而且在雾气中，我也会像一个模糊的气泡，一个人形，湿漉漉的人形。另外，如果在伦敦这种天气下出门的话，我的脚腕会沾上灰，皮肤也会沾上浮尘。我不知道这种情况下多久就会露出原形。可我清楚地知道这个时间不会太长。

"只要在伦敦,不论哪种情况时间都不会太久的。

"我朝着大波特兰大街的贫民窟走去,很快就到了我曾经住过的那条路的尽头。我没有从那条路上走,因为好多人挤在半道上,就站在我放火烧掉的房子废墟对面。那废墟还冒着青烟。现在迫在眉睫的问题是要找到穿的,怎么遮住我的脸倒是让我有点犯难。这时,我一下看到了一间小的杂货铺,那里面有报纸、糖、玩具、文房四宝、过时的圣诞节小礼物等等,里面还有一排排的面具和假的鼻子。这又让我想起奥姆涅姆商场里的玩具带给我的启示。我意识到问题解决了,一瞬间我就知道该怎么走了。我不再漫无目的,而是转过身,绕开人满为患的街道,走向斯特兰街北边的路。虽然我记不清确切的地址,但我记得那里有几家卖戏服的商店。

"那天很冷,南北方向的道路上寒风刺骨。我急匆匆地走着,害怕被别人抓住。每次过马路都意味着一场危险,每一个行人我都得小心提防着。在贝德福德街街口,我正要从一个人旁边走过,他突然转向我,正好撞到我身上,把我撞到了马路上,差点就撞到一辆出租马车的车轮底下了。车夫还以为自己中风发作了呢。这次冲撞让我受惊不小。我赶紧进了科文特花园市场,在一个安静的角落里坐了一会儿,那旁边有紫罗兰花摊。我坐下来,一边大口喘气,一边发抖。我觉得我又感冒了,所以我得赶紧离开,以免打喷嚏引起别人的注意。

"最后,我到了要找的目的地,德鲁里街旁的一条僻静小路。那里有一家脏乎乎、沾满苍蝇屎的小店铺,里面的橱窗里摆着镶了金线的红袍、假宝石、假发、拖鞋、戏装衣和剧照。店铺样式老旧,房檐低矮,光线昏暗。店铺上还有四层房间,阴森昏暗。我从橱窗向里看了看,没有人,所以我就进去了。推门的时候，门上的铃铛响了起来。我敞开门，绕过一个光秃秃的衣架，躲到穿衣镜后面的角落里。一分钟左右以后，我听到沉重的脚步声穿过房间，楼上走下一个男人。

"这个时候，我的计划已经很明确了。我计划走进屋子，躲到楼上。等一切安静后，我就瞅准机会去找假发、面具、眼镜和戏装，然后穿好。想想自己穿的那个样子，可能会有些奇怪，不过还算说得过去。当然，我也可以一块儿把那里的钱都偷走。

"进入商店的人，个头矮小，驼背，眉毛上挑，胳膊特长、腿很短，还是罗圈腿。很显然，我打扰了他吃饭。他期待地朝商店里看了看，可是里面根本没有人。这个时候，他的期待转变成惊奇，后来就是愤怒。'该死的小孩！'他骂骂咧咧地走出门，朝街道两头望了望。没过多久就回来了。他用脚把门狠狠地踢上，然后咕哝着走向房门。

"我走上前跟着他。可是我一动，他就停住了。我也赶紧站住。他的耳朵可真尖，吓了我一跳。他当着我面砰地把房门关上。

"我站在那儿犹豫不决，突然听到他快速返回的脚步声，房门又被打开了。他好像还不满意似的，站在那儿又看了看商店，然后一边自言自语，一边查看着柜台后面，还去看了看橱柜后面。接着，他满腹疑虑地站在那儿。他没有关房间门，我趁机溜进了里面的房间。

"那是一间很奇怪的小房间。角落里有很多大个儿的面具。他还没吃完的早餐放在桌子上。坎普，对我来说，闻着咖啡的香味，站在一边看着他回来后重新开始吃饭，真的是很恼火！而且我真是无法忍受他吃饭的样子。这个房间有三扇门，一扇通往楼上，一扇通着楼下，可它们都关着。他待在房间的时候,我无法出去。他太警觉,我几乎都不敢动弹。一阵阵的凉风从我背后吹来。有两次我差点要打出喷嚏,幸好及时憋住了。

"我天生就好奇心重,但还没等他吃完早饭,我就厌烦不已,火冒三丈了。最后,他终于吃完了饭。他一边把破烂的陶瓷碗放到摆放茶壶的铁质黑色托盘上,一边用沾着芥末的桌布把所有碎屑擦干净,然后把所有的东西都收拾走了。他本来想随手关上门,可手里的东西没让他完成这个动作。我就从没见过这么爱关门的人。我跟着他去了位于地下室的厨房。那里很脏,有一个洗碗池。我本来在高兴地看着他刷碗,可后来觉得继续待在下面没什么好处,而且地面是砖铺成的,冻脚。于是我回到楼上,坐在他火炉旁的椅子上。壁炉里火不旺,我不加思索地加了块煤。这个声音立马将他引了上来。他站在那儿,瞪着眼睛,在屋子里瞅来瞅去,差点儿碰到我。即使是检查完以后,他也不放心,还在门口停了会儿,又回头看了看才离开。

"我在那间小客厅里等了好长时间。他终于上来打开了楼上的门。我设法跟在他后面。

"他突然在楼梯上停住。我差点儿撞到他。他站在那儿,正好看着我的脸,还在仔细听着。'我敢打赌。'他说。他用长满毛的手扯了扯下嘴唇,眼睛来回看了看楼梯,然后又嘟囔着走上楼。

"他的手已经放在门把手上了,可又停住了。他的脸上还是困惑、恼火的神情。他已经稍微察觉到我在他身边的动作。他的听觉肯定很灵敏。他突然怒气冲天:'如果房间里面有人的话……'他叫喊着,还骂骂咧咧,只不过下半句恐吓的话还没说完。他把手插进口袋,但没找到他想要找的东西,于是从我身旁冲过去，跌跌撞撞地下了楼，弄得声音特别响。我坐在台阶顶上直到他回来。

"他很快又出现了，嘴里还在嘟哝着。他打开房门。我还没进去，他就把门'砰'的一声关上了。

"我下决心要好好搜搜这所房子，于是就尽可能不出声地搜了一会儿。房子年代久远，破烂不堪，潮湿异常。阁楼上糊的墙纸已经脱落，老鼠很多，到处跑。有些门把手已经生锈，我也不敢转动它们。我检查过的几个房间里没有家具，另外几间堆着一些戏剧道具。从外表来看，好像是二手货。在他隔壁的房间，我找到了很多旧衣服。我开始翻找这些衣服，匆忙间又忘记他的耳朵很好使。我听到悄悄走上来的脚步声。抬头一看，正好看到他手中拿着一把老式左轮手枪，瞪着那堆乱糟糟的衣服。我一动不动地站在那里。他震惊地张大了嘴巴，疑惑地瞅来瞅去。'准是她，'他慢吞吞地说。'她真该死！'

"他轻轻地关上门，我立马就听到钥匙转动的声响。然后他的脚步声就越来越远。我突然意识到，我被反锁在房间里面了。一时间，我不知道如何是好。我从门口走到窗口，然后又返回来，茫然地站在那里。突然之间我就很生气，但我决定要先找到衣服，然后再去干别的事情。于是，我将一堆衣服从上面架子上拉下来。这又把他引回来了，而且样子更加凶狠。这次，他是实实在在地碰到我了。他吓得往后跳了一步，然后震惊地站在房间中间。

"他很快就平静下来，'老鼠。'他压低了声音说道，还用手捂着嘴。很显然，他害怕了。我悄悄绕出房间，可是脚下的一块地板'吱嘎'响了一声。于是，那个矮小的混蛋就拿着枪，在整座房子里跑，还把门一一锁起来，然后将钥匙揣进口袋。当我明白他干了什么时,我一肚子怒火,再也无法耐心地等候时机了。这时候,我已知道只有他一个人住在这所房子里了。于是我当机立断,给他的脑袋来了一下。"

"给他脑袋来了一下?"坎普叫道。

"对,把他打昏了。当时他正在下楼,我用楼梯口那儿的一把凳子从他身后把他打昏了。他就像一袋旧靴子似的滚下了楼。"

"可是我说,人道主义的普遍精神……"

"这是对普通人来说的。可关键是,坎普,我必须得伪装好后离开那所房子,还不让他看见。我想不出来还有什么别的办法。所以我就用路易十四时代的背心将他的嘴塞住,用床单把他捆了起来!"

"用床单把他捆了起来!"

"捆成像袋子一样。吓一吓那个笨蛋让他安静下来倒是个好主意。他要出来真是比登天还要难——他的头离绳子可远了。亲爱的坎普,你坐在那里瞪着个大眼睛,好像我是杀人犯似的,这可不好。我必须这么做。他手里可是拿着左轮手枪的。只要他一看到了我,他就肯定会把我描述成……"

"可是,"坎普说,"这是在伦敦,是现代!而且那个人还是在自己家里,而你正在抢劫。"

"抢劫!你这是胡说!那你接下来还会说我是贼啊!坎普,你不至于顽固到愚蠢的地步吧?你难道不清楚我的处境吗?"

"还有他的处境!"坎普说。

隐身人蓦地站起来:"你这么说是什么意思?"

坎普脸色变得有点严肃。他本来想说话的,但又想了想。"我想,毕竟……"他突然变了态度,"你不得不这么做。你深处困境。但这毕竟……"

"我当然是处在困境中了,简直就像在地狱一样!他让我很恼火,在房子里四处搜查我,像傻瓜一样拿着他的那把左轮手枪,把门锁上又打开。他真的让人很上火。你不会怪我的,对吧?你不会怪我吧?"

"我从来没有怪过任何人,"坎普说,"这已经过时了。你接下来又干了什么?"

"我很饿,就在楼下找了一条面包和一些酸臭的奶酪,要填饱我的肚皮还是绰绰有余了。我喝了点白兰地和水,然后从即兴做成的袋子旁走了过去,他还在那儿安静地躺着呢。我走到放旧衣服的那间屋子。那里正好靠近马路,两条脏兮兮的花边窗帘已经变成了褐色,正好遮住窗户。我走过去,从窗帘的缝隙偷偷往外看。外面的天气很好,跟我所在的阴暗房子相比,外面明晃晃的耀眼。街道上车水马龙,相当热闹,有几辆水果车,双轮马车,载着一大堆盒子的四轮马车,鱼贩子的车。我回头看了看房间里昏暗的壁橱,眼前出现了些彩色的小点。我慢慢平复了下激动的心情,又重新清楚地意识到自己的现状。屋里隐隐飘着一股汽油味,我猜是用来洗那些服装的。

"我开始系统地搜索起这所房子。我可以断定,那个驼背的人已经一个人在这所房子里住了很长时间了。他真是个古怪的家伙。所有可能有用的东西,都被我搜集到了藏衣室。然后我再仔细地挑选。我发现一个比较合适的提包、一些粉、胭脂和胶带。

"我本来想在脸上有可能暴露的地方涂上脂粉,这样别人就能看见我了。不过缺点在于,我必须有松油和其他器具,而且还要很长的时间来重新隐身。最后我选了一个样式比较好的面具。虽然有些奇怪，但比其他很多人要好得多。我还挑了一副黑色眼镜、灰颜色的假胡子和假发。我没有找到内衣，就暂时把自己用化装舞会上可能穿的白衣服和白羊毛围巾裹起来了，反正以后可以买。我也没找到袜子，那个驼背的鞋还很大，只能将就了。商店里的一张桌子上，有三个金镑和三十先令左右的银子。里面的房间有一个上锁的小橱柜。打开之后，我发现里面有八镑的金币。一切准备就绪，我又可以进入人类的世界了。

"可是，我又迟疑起来。我的样貌真的不会让别人有疑心吗？我拿着卧室里面的一个小镜子，从各个角度打量了一下自己，看看有没有问题。看起来一切都很不错。虽然我古怪的样子有点像舞台上面的吝啬鬼，可样貌也肯定没有什么破绽。我鼓足勇气拿着镜子到了楼下的店铺，拉开商店的帘子，在角落的穿衣镜里，把自己从各种角度又审视了一番。"

"我花了几分钟的时间来给自己打气，然后就打开商店的门，大步流星地走到了街上。那个矮子还在被单里，他想什么时候出来就什么时候出来吧。没用五分钟，我就跟那个商店隔了十几个拐弯了，没人注意到我。看起来最后一道难题已经解决了。"

隐身人又停了下来。

"你再没担心那个驼背的吗？"坎普问道。

"没有，"隐身人说，"我也没听说他后来怎么了。我觉得他是自己把自己解开了，又或者是踢开的。反正那些绳子扣得很紧。"

他沉默了一会儿，去了窗户那边向外看着。

"你到斯特兰街后又发生什么了？"

"唉！幻想又一次破灭了。我本来以为我的麻烦事儿结束了。我以为只要不泄露秘密，我就可以做我想做的任何事情，而且不会受到惩罚。我真的是这么想的。不论我做什么，不论结果是什么，对我来说都无所谓。因为我随时可以把长袍往边上一丢，然后消失。这样就没人能抓住我。只要发现了钱，我就可以带走。我决定先好好犒劳一下自己，然后找一家高档的旅馆住下来，然后再想办法弄点新资产。我相当自信。想起自己以前就是个傻瓜，这点还真是让人扫兴。后来，我去了一个饭店。我在点菜的时候才想起来，如果在这儿吃东西，会暴露我那张隐形的脸。点完菜后，我告诉服务员我先出去十分钟，然后就憋着一肚子的气离开了。我不知道你有没有胃口很好但却失望而归的情况。"

"情况没有这么糟，"坎普说，"不过我可以想象。"

"我真想砸烂那些愚蠢的笨蛋。最后，在对食物极度渴望的驱使下，我去了另外一个地方，要求开了个包间。'我的脸毁了，'我说，'相当厉害。'他们都好奇地看着我，当然，这不关他们的事，最后，我终于吃上了午饭。这顿饭味道不是很好，但勉强够吃了。吃完饭以后，我就坐在那里抽雪茄，想着计划一下进一步的行动。这时，外面又下起了暴雨。"

"坎普，我越思考，越意识到，在寒冷泥泞的气候下，在拥挤的文明城市中，隐身人是多么无助地存在。在我开始这项疯狂实验之前，我曾经想到了数千条好处。可在那天下午，一切好像都变成了失望。我得到了每个人都梦寐以求的东西。毫无疑问，我可以用隐身术得到这些东西，可我却无法享用它们。就拿野心来说吧，如果你无法在人前出现的话，显赫的地位又有什么用呢？如果你得到了一个女人的爱情，可她的名字却是戴丽拉（Delilah）①，那这一切又有什么用呢？我无心政治，无心争名夺利，无心哲学，无心体育。那我能干什么呢？这样的话，我只不过是变成了一个包裹起来的谜团，一个缠着绷带的可笑人物！"

他停顿了下，好像是向窗外看了一眼。

"可是，你是怎样到伊滨村的呢？"坎普问道。他很急切地希望他的客人能一直说下去。

"我到那儿是工作的。我有一个愿望，当然它还只是个想法！我现在还抱着可以实现它的希望。现在，我觉得它已经成熟了。这个想法就是如何回到隐身的状态。当我做完所有需要非隐身状态才能完成的事情之后，我可以随时变成隐身状态。这才是我现在想重点跟你讲得事情。"

"你直接去了伊滨？"

"是的。我只带了三本备忘录和我的支票簿，还带了行李和内衣，然后订购了很多化学药品来实现我的这个想法，只要一拿到那些书，我就给你看那些计算方法，然后我就开始了。我的天呐！我现在还记得那场暴风雪。为了不让雪花打湿那个纸板做成的假鼻子，我真是费了一番功夫。"

"最后，"坎普说，"就在前天，他们找到你的时候，报纸上说，你很……"

"是的。相当生气。那个愚蠢的警察死了吗？"

"没有，"坎普说，"他有望恢复。"

"那是他走运。我绝对是怒火攻心了，那帮笨蛋！为什么他们就不能离我远点呢？还有那个杂货铺里的乡巴佬？"

"估计是没人死亡。"坎普说。

---

① 戴丽拉：《圣经》中的人物，是迷惑大力士参孙的妖妇。

"不知道我那个流浪汉现在怎么样了。"隐身人说着还苦笑了一下。

"我发誓,坎普,你这样的人根本不知道愤怒是什么!辛苦工作了那么多年,处心积虑了那么长时间,但最后来了个半瞎的蠢货将一切都弄得一团糟!好像这个世界上所有被创造出来的傻瓜都来烦我。"

"如果多来几个这样的人,我真是要疯了。我就该一开始杀光他们。"

"就是这样,他们让事情困难了一千倍。"

"确实让人恼火。"坎普冷冷地说。

第24章 计划失败

"但是现在,"坎普偷偷用眼角的余光瞟了一眼窗外,说道,"我们又能干点什么呢?"

他向自己的客人靠得更近了一点,以阻止对方突然瞥见正向山路上走来的那三个人,对坎普来说,他们走得太慢了,慢得让人无法忍受。

"当你动身前往波多克港的时候,你是怎么打算的?有什么计划吗?"

"我本来是想离开这个国家的。可自从遇到你以后,我就决定要改变计划。我觉得现在最好是到南方去,因为现在天气炎热,方便隐身。而且我的秘密现在都众所周知,每个人都对戴面具、缠绷带的人提高了警惕。你们这里有轮船可以去法国。我打算搭乘其中一艘,冒险来一次旅行。然后再坐火车去西班牙或者是阿尔及尔。这应该不是什么困难的事。在那里,我可以一直隐身,而且照常生活下去。当然还能干点其他事儿。在我将我的书和其他东西送出国之前，那个流浪汉就是我的钱匣子和搬运工。"

"看得出来。"

"可是后来，那个愚蠢肮脏的混蛋竟然想要抢劫我！坎普，他已经把我的那些书藏起来了。藏的是我的那些书！我真想亲手抓住他！"

"最好的计划，还是先设法从他手中拿过来那些书。"

"但是，他在哪儿啊？你知道吗？"

"他在镇上的警察局里。他自己要求把自己锁起来，还是锁在里面最坚固的牢房里。"

"胆小鬼！"隐身人咒骂了一句。

"可是这会让你的计划推迟一点。"

"我们必须要拿到那些书。那些书是至关重要的！"

"当然可以，"坎普有点紧张地说，因为他好像听见了外面传来的脚步声，"我们肯定是要拿回那些书的。如果他不知道那些书对你的重要性，那弄回那些书就不是什么难事。"

"他不知道。"隐身人想了想说道。

坎普想要找个话题让谈话继续进行下去，没想到隐身人自己又主动谈了起来。

"坎普，混乱中闯入你家，"他说，"我所有的计划都改变了。因为你是可以理解我的人。尽管发生了很多事情，尽管我的秘密已经众人皆知，尽管我的书丢了，尽管我遭受了很多苦难，可我们仍然还有很大的机会，相当大的机会……"

"你没告诉其他人我在你这儿吧？"他突然问。

坎普犹豫了一下。"我已经答应你这一点了。"他回答道。

"任何人都没说？"隐身人继续追问。

"一个人也没有。"

"哦！现在——"隐身人站了起来，双手叉在腰间，开始在书房里来回踱步。

"坎普，我犯了一个错误，相当大的错误，那就是单枪匹马去做这件事。我浪费了精力、时间和机会。独自一人——独自一人能做的事情太少了。抢点钱，伤害几个人，就完了。"

"坎普，我需要的是一个守门员，一个帮手，一个藏身之所，一种我可以平平安安睡觉、吃饭和休息的安排，而且还不会被怀疑。我必须要找到一个同伙。有了同伙、食物和休息之地，那什么事情都可以完成了。"

"在这一刻以前，我的想法还一直很模糊。现在，我们必须考虑一下隐身术意味着什么，坏处又是什么。在偷听这类事情上，它几乎没什么作用，人总是要发出声音的。在破门而入这类事情上，它也几乎没什么用处，或者说用处很少。一旦有人抓住我，那他很容易就能把我关起来。可另一方面，我又很难被抓住。实际上，隐身术只在两种情况下有用：一种是用于逃跑，一种是用于接近。所以，在杀人方面隐身术很有用。不论那个人拿着哪种武器，我都可以靠近他，在我选择好的位置上，尽情攻击，随心所欲地躲闪和逃跑。"

坎普用手捋了捋胡子。楼下有动静吗？

"我们必须要做的就是杀人，坎普。"

"我们必须要做的就是杀人。"坎普重复道，"我听到你的计划了，格里芬。可是我不同意，请你记住了。我们为什么要去杀人呢？"

"不是胡乱去杀人，而是有选择地去杀。关键在于：他们知道隐身人的存在，就像我们也知道一样，而现在的隐身人，坎普，必须建立起一个恐怖王国。是的，毫无疑问这一点很吓人，可我就是这么想的。恐怖王国！隐身人必须占领像波多克这样的城镇，让它陷入恐慌，进而统治它。他必须发号施令。他有无数个方法可以做到这一点。例如，他只要将纸条塞进门缝里就可以了。凡是违背他命令的人，就全都杀掉，还要杀掉所有维护他们的人。"

"哼！"坎普说。他不再仔细听格里芬说话，而是听着前门开关的声响。

"格里芬，依我看，"他说，试图掩盖自己心不在焉的样子，"你的同伙会很难做。"

"没人会知道他是我的同伙呀，"隐身人赶紧说。突然，"嘘，楼下是什么声音？"

"没什么啊。"坎普说，突然之间，他的嗓门提高了，而且语速很快。"我不同意这么做，格里芬。"他说，"请理解一下我。我不同意你这么做。为什么要想着违反游戏规则呢？你怎么能想着从中得到快乐呢？别再做一匹孤独的狼了。将你的成果公布于众，相信这个世界，至少相信你的国家。想一想，如果你有数以百万的助手，你能干出怎样的大事啊……"

隐身人伸出胳膊，打断了他的话。"有脚步声在往楼上走。"他低声说道。

"胡说。"坎普说。

"让我看一看。"隐身人说着就伸开手臂走向门口。

一切都发生在一瞬间。坎普犹豫了一秒钟，就要上前去阻止他。隐身人吃了一惊，一动不动地站在那儿。"叛徒！"那个声音尖叫着。突然，睡袍解开了，隐身人坐在那里开始往下脱衣服。坎普迅速跨了三大步，走向门口。这时，隐身人的腿已经看不见了，他看到坎普的动作立马大吼一声站了起来。坎普猛地将门打开。

门一开,楼下急匆匆的脚步声和说话声就传了上来。

坎普快速将隐身人向后推,接着跳到一旁,把门"砰"地关上。钥匙就在门外,已经准备好了。下一刻格里芬就要被孤零零地一个人锁在瞭望台的书房里,成为囚犯了。可意外就在这一刻发生了。那天早上钥匙就被匆忙地插进锁孔里了。当坎普将门狠狠关上时,钥匙"咣当"一声掉在了地毯上。

坎普吓得面如土色。他用两只手抓住门把手,在那儿站着拉了好一会儿。然后门被拉开六英寸左右。但是他又使劲关上了。第二次门开了一英尺左右,那件睡袍拼命往门外挤。坎普的喉咙被隐形的手扼住了。他不得不放开门把手以便保护自己。随后,他就被狠狠推了出去,跟跟跄跄地摔倒在楼梯口的角落里。那件睡袍被甩在他的身上。

埃迪上校是波多克港的警察,他收到坎普的来信,正好到了楼梯的中间。坎普的突然出现让他吃了一惊,紧接着就看到那件空衣服在半空飘动的奇怪景象。他看到坎普摔在地上,又挣扎着要起来。他还看见坎普向前冲去,接着又一次重重摔倒,像公牛一样。

突然,埃迪上校被狠狠地揍了一拳,可他根本没看到是谁动的手。他感觉到一个庞然大物跳到了自己身上。他被扼住喉咙,一只膝盖也抵在他的腹部,他就这样被头朝下地从楼上扔了下去。接着,一只看不见的脚踩在了他的后背上,然后是幽灵般的脚步声下了楼。他听见大厅里的两个警察尖叫着跑开,然后房间的前门就被狠狠甩上了。

他翻过身,惊恐地坐起来。他看见坎普摇摇晃晃地走下楼,满面灰尘,头发糟乱。坎普的一边脸被揍得发青,嘴唇在流血,胳膊上搭着一件粉红色的睡袍和一些内衣。

"我的天呐!"坎普叫道,"完了!他跑了!"

第25章　搜寻隐身人

坎普一时间语无伦次,埃迪都不明白刚才发生了什么。两个人都站在楼梯口,坎普说话的语速很快。格里芬的奇怪绷带还挂在他的胳膊上。很快,埃迪就开始明白刚才发生的状况。

"他疯了,"坎普说,"完全没有人性。他就是一个极度自私的家伙。除了自身的好处和安全外,他不会考虑其他任何东西。今天早上,我就听了一个关于追求私利的故事……他已经伤害了很多人。如果我们不阻止他的话,他甚至会杀人。他将制造恐慌。没有什么可以阻止他。现在,他跑到了外面,还怒气冲天!"

"我们必须抓住他,"埃迪说,"这是必需的。"

"但是怎么抓呢?"坎普叫道。突然之间他想到了很多主意。"你们必须马上动手。你得把所有可以用到的人都派出去,不要让他逃出这个地方。一旦他离开这里,就会在村子里随意走动，滥杀无辜。他想要建立恐怖统治！是恐怖统治，我告诉你。你必须严密监控火车、陆运和轮船。警备队也得帮助我们。你必须赶快发电报寻求帮助。唯一让他留在这里的理由，就是他想夺回那几本对他来说非常重要的笔记本。这个以后我会告诉你！你们警察局里面有个人——马弗尔。"

"我知道，"埃迪说，"我知道。那些书——对。可是，那个流浪汉……"

"说他没拿，对吧？不过隐身人觉得就是流浪汉拿的。你必须阻止隐身人吃饭和睡觉。整座城镇必须日夜提防他。一定要把食物锁起来，所有的食物都得锁起来。这样的话，他就必须另外想办法找吃的。每家每户都得把门拴好。真希望老天爷能在这几天晚上冷一点，最好能下雨！整个村庄必须不间断地搜捕他。我告诉你，埃迪，他就是个危险分子，他就是一场灾难。除非将他抓住，确保我们的安全，否则很难想象会发生多么可怕的事情。"

"我们还能做点什么？"埃迪说，"我现在就得赶紧下楼，开始组织了。你为什么不一起来呢？对，你也一起来吧。来吧，我们还得召开一次军事会议，去找奥普斯（Hopps）来帮忙，还有铁路的管理者。我的天呐！事情太紧急了。走吧，我们一边走一边说。我们还有什么能做的呢？把那些东西放下来。"

很快，埃迪就率先下了楼。他们发现前门开着，两个警察站在外面看着空空的地方。"他跑了，先生。"其中一个警察说。

"我们必须赶紧去警察中心，"埃迪说，"你们中找个人先下山，去叫辆马车上来接我们，要快。现在，坎普，还有什么？"

"狗，"坎普说，"多带几只狗，虽然狗看不见他，但却能闻出他的气味，去带几条狗。"

"好!"埃迪说,"一般人都不了解这一点。霍尔斯特德监狱的官员认识一个养猎犬的人。要带几条狗,还有什么?"

"一定要记住,"坎普说,"他吃的东西能让他显形。他吃完东西以后,如果食物还没消化,那就能在他体内看见。所以,吃完东西后,他就必须躲起来。你必须不间断地搜索。每一片丛林,每一个安静角落都得仔细搜。还要将所有的武器,所有可以用做武器的工具都收拾起来。他无法长时间携带这些东西。凡是他随时可以用来打人的东西都得藏起来。"

"很好,"埃迪说,"我们一定得抓到他!"

"还有马路上……"坎普犹豫了一会儿,说道。

"怎么了?"埃迪说。

"都要撒上玻璃喳,"坎普说,"我知道这样做很残忍。但是我们得想想他会干出什么样的事情来!"

埃迪从牙缝间倒吸了一口凉气:"这太没有体育精神了。我也说不准。反正我让人准备好玻璃碴。如果他太过分的话……"

"这个人已经没有人性了,我告诉你。"坎普说,"我敢肯定,一旦从此次逃跑的惊恐中恢复过来,他就会开始建立他的恐怖政权。我很肯定这一点,就像我很肯定我们两个现在在谈话一样。我们唯一的机会就是先声夺人。他已经与自己的同伴断绝关系,那他的罪必将归到他自己的头上①。"

---

① 原文中为"His blood be upon his own head",此处为引用《圣经》中的话语:"Then whosoever heareth the sound of the trumpet, and taketh not warning; if the sword come, and take his away, his blood shall be upon his own head. But he that taketh warning shall deliver his soul." 是指他听到角声,但却不受警戒,那他的罪必归到自己身上;他若受警戒,那便救了自己的性命。

第26章 威克斯第德凶杀案

隐身人冲出坎普家时雷霆大发。当时，一个小孩儿正在坎普家门口的路上玩耍。忽然，他被猛地抓起来扔到了一边，他的脚踝也因此被摔断了。在接下来的几个小时里，隐身人就从人们的视野中消失了。没人知道他去了哪里，也没人知道他做了些什么。不过可以想象，他顶着六月的大太阳，急匆匆地爬上山，一直跑到波多克港后的开阔丘陵上。在那里，他为自己坎坷的命运感到愤慨和绝望。最后，他大汗淋漓，精疲力竭，所以就躲在辛通汀的灌木丛中，再次将他反人类的零散计划拼凑起来。看起来，那里是他最可能隐藏的地方了。因为在那里，在下午两点左右的时候，他又出现了，而且样子相当凄惨。

有人可能会想，在那段时间，他是怀着怎样的心情，又制订出了怎样的计划。有一点可以肯定，坎普的背叛把他气疯了。尽管我们可以理解这种欺骗背后的动机，但是我们完全可以想象，甚至说还会同情隐身人因为背叛而产生的愤怒。或许他又一次像在牛津街时一样吃惊，因为很显然，他一直希望能与坎普合作，共同建立一个恐怖世界。不管怎么样，中午时分他神不知鬼不觉地离开了。直到两点半之前，没人知道他都干了些什么。或许对人类来说，这是一件幸运的事情。可对他而言，这种无动于衷是致命的。

在那段时间内，越来越多的人分散到村庄的各处，开始忙碌起来。早上的时候，他还只不过是一个传说，是一种恐怖主义。可到了下午，在坎普不加渲染的解释后，他就变成了一个有形的敌人，可以被伤害，可以被逮捕，可以被制服。整个村子的人都快速自发地组织起来。本来在下午两点以前，隐身人还有机会坐火车离开这个地方，可是两点以后，他就没有这个机会了。在南安普顿、温彻斯特、布赖顿、霍舍姆这四个地区之间形成的巨大平行四边形铁路线上，每一辆客运火车都锁着门，而货运火车也差不多都停止了运行。在波多克港周围二十英里的范围内，带着枪和棍的人，三四人一组，带着狗，开始在马路和田间搜索。

骑警队的人沿着乡村的小巷子来回巡逻，挨门挨户地查看并警告人们要锁好门窗。除非带着武器，否则不要轻易出门。所有的小学在下午三点钟前都放了学。受到惊吓的孩子们三五个一组，急匆匆地往家赶。坎普的告示由埃迪签署，在下午四五点钟的时候已经张贴在整个地区的大街小巷。布告简洁清楚地向人们介绍了斗争中可能遇到的各种情况，阻止隐身人进食和睡觉的重要性，还有时刻保持警惕并密切关注他的行踪的必要性。政府行为如此迅速果断，人们便不假思索地相信了这种奇怪生物的存在。这些因素让方圆几百平方英里范围内的地区在天黑之前都加强了戒备。也正是在天黑之前，一阵恐慌席卷了这个戒备森严、人心惶惶的乡村。大家口口相传，很快关于威克斯第德（Wicksteed）先生被杀害的消息就迅速且准确无误地传遍了整个乡村。

如果假设隐身人的避难所在辛顿丁的灌木丛里，那么我们就可以推测出他在中午后不久又出来了。他本来打算使用武器来执行某项计划。我们无法得知计划是什么，但对我来说，他在遇到威克斯第德之前手中就一直拿着铁棍这件事是毋庸置疑的。

当然，我们无法知晓他们相遇时的细节。事情发生在距离波多克爵士家的大门不足二百码远的沙坑边上。所有的迹象都表明这是一场激烈的争斗，被踩踏的凌乱不堪的地面，威克斯第德先生身上数不清的伤痕，还有他被折断的拐杖。可是，这场斗争因何而起，除了疯狂谋杀这个理由，其他的我们想象不出来。威克斯第德是个四十五六岁的人，他是波多克爵士的管家，习惯和长相都不讨人厌。他是这个世界上最不可能挑衅那个可怕对手的人了。看起来，隐身人是用了一根从破栅栏上抽出的铁棍来对付他的。他堵住了这个安安静静回家吃午饭的老实人。他袭击了威克斯第德，攻破了他脆弱的抵抗，弄断了他的胳膊，绊倒了他，还把他打得脑浆迸裂。

当然，隐身人在遇见被害者之前肯定已经从栅栏中抽出了铁棍，并一直将它牢牢地握在手中。除了前面已经说明的情况外，有两个未提及的细节还与此事有关。一是凶案现场，也就是那个沙坑，不在威克斯第德回家的直接路上，而是在距离那条路近两三百码远的地方。还有一点，一个小女孩声称，她在吃完午饭上学的时候，看到被害者模样怪异地"跑过"田野，朝着沙坑去了。从她模仿他的行为来看，那个人好像一直在追赶他前面的什么东西，还一直用他的拐杖击打它。那个小女孩是最后一个看到他还活着的人。他穿过她的视线，走向了死亡。一片山毛榉树林和一个浅土坑挡住了小女孩的视线，她没有看见那场争斗。

现在，至少就笔者来看，这个细节证明这场谋杀案并非无故乱杀。我们可以想象，格里芬确实是将铁棍作为了武器，但并非有意用它来杀人。威克斯第德可能正好路过，发现那根铁棍竟然在空中移动，真是不可思议。他根本就没想到那是隐身人，因为波多克港还在十英里以外的地方，他可能追上了铁棍，他甚至可能都没听说过隐身人这回事。我们可以想象，为了避免被周围的人发现，隐身人可能想要悄悄离开，而威克斯第德却激动万分、好奇心十足地追着那个不明移动物，最后还开始击打它。

毫无疑问，一般情况下，隐身人可以轻而易举地远离那个中年追逐者。但从威克斯第德尸体被发现的地方看，他的运气太差了。他把自己的追赶对象赶进了一堆扎人的荨麻和沙坑之间的角落。对于了解隐身人火爆性格的人来说，剩下的事情就不难想象了。

不过这也纯粹是假设，因为孩子们的故事经常是不能相信的。唯一无法否认的事实，就是发现了威克斯第德的尸体（他确实已经死掉了），还有那根被扔在荨麻丛中的血迹斑斑的铁棍。格里芬丢掉了铁棍，也就意味着，这件事情让他情绪波动很大，而他将铁棍拿在手里的目的也就这样被他丢掉了——如果他有目的的话。他绝对是个极其自私冷血的人，但在看到受害者——他的第一个受害者——浑身鲜血、悲惨可怜地躺在他脚下时，不管他曾经策划过什么行动计划，那惨相也释放出了长期禁锢在他心里的悔恨。

威克斯第德先生被害之后，隐身人穿过村子，朝着丘陵方向走去。据说，傍晚时分，有两个人听到了从弗恩凹地附近的田地里传出的声音。那声音时笑时哭，间或啜泣不断，还有一次又一次歇斯底里的怒吼声，听起来肯定很古怪。声音最后穿过一片苜蓿地，在山岭间消失不见了。

那天下午，隐身人肯定知道，坎普已经快速地利用了他所倾诉的秘密。他肯定发现，家家户户都已经闭门锁户。他可能在火车站和酒馆附近逗留、徘徊过。而且毫无疑问，他已经看过布告，知道了针对他的这场斗争的本质。夜幕降临，田野中到处是三三两两的人群。嘈杂的声音加上狗吠声，让周围一片喧闹。这些"猎人"都接受过特别指令，知道一旦与陌生人相遇，应该怎样帮助彼此。可是隐身人全都避开了他们。我们完全可以理解他的愤怒，因为正是他自己提供的有效信息，才能让这些人这么无情地对付他自己。至少在那一天，他灰心丧气，因为除了攻击威克斯第德的那段时间外，在剩下的将近二十四个小时内，他一直处于被追捕的状态。晚上，他肯定吃了点东西，还睡了一觉，因为在第二天早上，他又做回了自己——活泼、有力、愤怒、邪恶。他已经准备好与这个世界来一场最后的斗争。

第27章 包围坎普的住处

坎普收到一封奇怪的信,信的内容用铅笔写在一张油腻腻的纸上。

"你可真是智勇双全,让我刮目相看啊!"信上写道,"尽管我现在还想不出来你能从中得到什么。你这是在与我作对。这一整天你一直都在追我。你还想夺走我晚上的休息。尽管你对我围追堵截,我还是吃过东西,睡过觉了。游戏才刚开始。这仅仅是个开始。不为了别的,就为了制造恐怖!这封信就代表了恐怖王朝建立的开始。告诉那些警察还有其他人,波多克港已经不在女王的管理之下了。它现在属于我,属于恐怖了!今天就是新纪元的第一天——是隐身人的新纪元。我是隐身人一世。这个世界刚开始的规矩会很宽松。第一天,我会处决一个人,就为了以儆效尤——这个人的名字就是坎普。今天就是他的死期。他可以将自己锁起来,躲到一边,被保护起来。如果他愿意的话,还可以配备铠甲。可是,死神，看不见的死神已经到来，让他小心点。这会让我的臣民印象深刻的。死神从今天中午的邮筒开始。当邮递员过来时，信就已经被丢进去了！游戏开始！死亡也开始！我的臣民啊，都不要帮助他，否则死亡也会降临到你们身上！今天，坎普必死！"

坎普读了两遍这封信。"这不是骗人的，"他说，"这就是他的口气！他是认真的。"

他翻过那张折叠的纸，看到在写地址的地方盖着辛通汀的邮戳和"两便士待付"的标志。

这封信是在下午一点的时候送到的。坎普看到信后，午饭都没吃完就站起来去了书房。他按铃叫来管家，让她立刻到房子四周去巡视，并检查所有窗户的插销，再将百叶窗都关好。他自己将书房的百叶窗也拉了下来，然后从卧室一个上锁的抽屉里拿出一把小型的左轮手枪。他仔细检查了一下手枪，将它放进了休闲夹克的口袋里。他写了很多简短的便条，其中还给埃迪上校写了一张。他将便条都交给了女仆，然后给她明确的指示，告诉她如何离开这所房子。

"这没有危险，"他说，然后又在心里加了一句，"对你来说没有危险。"做完这件事后，他又思考了一会儿，然后就继续去吃变凉的午饭了。

他边吃边想，最后突然狠狠敲了一下桌子。"我们肯定能抓到他！"他说，"我就是个诱饵，很快他就会来了。"

他登上观景台，随后仔细地关上每一扇门。"这是一场游戏，"他说，"一场奇怪的游戏。格里芬先生，尽管你可以隐身，但是机会是属于我们的。你是在与人类作对……打着报复的名义！"

他站在窗前，盯着那热浪滚滚的山坡。"他每天都得出去找东西吃，我一点儿也不羡慕他。他昨天晚上真能睡着觉吗？他在外面某个开阔的地方，不怕被人看见。真希望天气能再冷点，再下点雨，而不是这么热。"

"也许，他现在正在监视我。"

他走近窗户。什么东西敲了一下窗框上面砌的砖，这把他吓得猛地退了几步。

"我的神经绷得太紧了。"坎普说。可还不到五分钟，他又凑到了窗前。"肯定是只麻雀。"他说。

没过多久，他听到前门传来铃声，所以急匆匆地下了楼。他拉开门栓，打开锁，检查了一下门链，然后把它扣上，这才闪到门背后，谨慎地打开一条门缝。一个熟悉的声音跟他打了声招呼。原来是埃迪。

"你的仆人被袭击了，坎普。"埃迪隔着门说。

"什么！"坎普大叫起来。

"你写的便条被从她手里抢走了。他现在就在这周围。让我进去。"

坎普解下门链。埃迪从狭窄的门缝里挤了进去。他站在大厅里，看着坎普重新将门锁上，这才如释重负。"便条从她手中被抢走了，把她吓得不轻。她现在还在警察局，有点歇斯底里。他现在就在这周围。你那便条上都写了些什么？"

坎普骂了几句。

"我真他妈是个傻子！"坎普说，"我应该知道的。从辛通汀到我这边根本不用一个小时。他已经来了？"

"怎么了？"

"看这儿！"坎普一边说，一边带埃迪去了自己的书房。他把隐身人寄来的信给埃迪看。埃迪看了看，轻轻吹了声口哨。"那你……"埃迪问。

"设一个圈套,可我像傻瓜一样,"坎普说,"让女仆把我的计划送出去。可却给了他!"

坎普也骂了起来。

"他会溜走的。"埃迪说。

"不,他不会。"坎普说。

这时,楼上传来玻璃被砸碎的巨响。埃迪瞥见坎普的口袋里闪着小型左轮手枪的银光。

"是楼上的窗户!"坎普说着就带头往楼上跑。当他们还在上楼梯的时候,楼上又传来第二声玻璃破碎的巨响。当他们到达书房的时候,发现三扇窗户中已经有两扇被打碎了。玻璃碎渣迸溅到了大半个屋子,写字台上还有一块儿大石头。两个人站在门口,对着满地的残骸思索起来。坎普又骂起来。这时,第三扇窗户就像开枪似的"啪"地裂开了。一块块的三角形碎片在窗框上挂了一会儿,才哗啦啦地掉进屋子里。

"这是怎么了?"埃迪说。

"这只不过才是开始。"坎普说。

"这个地方能爬上来吗?"

"猫都爬不上来。"坎普说。

"没有百叶窗?"

"这里没有。楼下的所有房间,嗨!"

楼下传来玻璃被砸碎的声响,还有狠命敲击木板的声音。

"该死的家伙!"坎普说,"肯定是隐身人!准没错,他在砸卧室那里,他想把整个房子都毁掉。可他是个笨蛋。所有的百叶窗都被关上了,所以玻璃会掉到屋子外面。这样他割破的就是他自己的脚。"

又一扇窗户被打破了。两个人茫然地站在楼梯口那儿。

"我想到办法了!"埃迪说,"给我根棍子或者别的什么东西,我下山回到警察局把警犬带来。这样就能解决掉他了!他们就在这附近,不会超过十分钟的。"

又一扇窗户被砸得粉碎。

"你不是有支左轮手枪吗?"埃迪问。

坎普的手伸进口袋里,但他又犹豫起来。"我没有……我没有多余的了。"

"我会把枪带回来的。"埃迪说,"你在这里很安全。"

坎普为自己刚才瞬间的不诚实而感到羞愧。他将枪递给了埃迪。

"现在到门口那儿。"埃迪说。

他们站在大厅里犹豫时,听到二楼卧室的窗户又被砸得粉碎。坎普走向门口,尽量悄无声息地将门闩打开。他的脸色比以往更苍白了一些。"你必须马上出门。"坎普关照道。下一秒,埃迪就站在了外面的台阶上,他身后的门闩又被插上了。埃迪犹豫了一下,将后背紧紧靠着大门,这样他觉得更放心一点,然后就大步走下了台阶。他穿过草坪,朝着大门走去。突然,好像有微风吹过草地,在草地上激起一片涟漪,有东西正在靠近他。"站住!"一个声音说道。埃迪一动不动地站在那里,下意识地用手握紧了左轮手枪。

"怎么了?"埃迪说,脸色苍白冷酷。每一根神经都紧绷着。

"请你回到房子中。"那个声音说道,听起来像埃迪一样紧张坚定。

"不好意思,"埃迪的嗓音有点嘶哑。他用舌头舔了一下嘴唇。他觉得那个声音就在他的左前方。他运气好的话,或许可以开一枪。

"你要干什么去?"那个声音说。两个人都快速移动了一下。埃迪敞开的口袋里反射出一道光。

埃迪停住想了一下。"我去哪里,"他慢吞吞地说,"是我的事。"他的话还没说完,就感觉有一只胳膊绕在他脖子上,后背也被膝盖抵住,然后他就四仰八叉地躺在了地上。这时他才笨手笨脚地拔出枪,胡乱开了一枪,但下一秒就被一拳揍在嘴上,枪也被从手中夺走了。他试图抓住那只光溜溜的胳膊站起来,但抓了个空,又摔倒在地。"该死!"埃迪骂了一句。那个声音大笑起来。"如果不是为了节省子弹,我早就一枪崩了你。"那个声音说。埃迪看见左轮手枪在离地六英尺左右的半空中对准了他。

"接下来呢?"埃迪说着坐了起来。

"站起来!"那个声音说。

埃迪站了起来。

"听好了,"那个声音厉声说道,"别跟我耍花招。不要忘了,我能看见你的脸,但你却看不见我的。你必须回到那所房子里去。"

"他不会让我进去的。"埃迪说。

"那真可惜,"隐身人说,"我可不会跟你讨价还价。"

埃迪再次舔了一下嘴唇。他的视线从手枪的枪管上移开,转而投向远处正午阳光下深蓝色的大海,还有平坦的绿色高地,黑德湾上的白色悬崖,人头攒动的城市。突然之间,他感觉到了生活的甜蜜。他的眼神又转回到那个决定生死的金属物品上。

"你想要我干什么?"他阴沉地说道。

"你想要我干什么?"隐身人问道,"只要你回到房子里去,你就会得到帮助的。"

"我试一下。如果他让我进去的话,你能保证不破门而人吗?"

"我跟你没什么好说的。"那个声音说。

埃迪出门后,坎普就急匆匆地跑上了楼。现在,他正蹲在碎玻璃渣之间,谨慎地从书房窗台边上窥探着。他看到埃迪站在那儿跟隐身人交谈。"为什么他不开枪呢?"坎普低声自言自语道。然后左轮手枪稍微动了一下,反射出的阳光正好照在坎普的眼睛上。他将手搭在眼睛上,试图看清楚那刺眼光线的来源。

"肯定的!"他说,"埃迪的枪肯定被缴了。"

"保证你不会破门而入,"埃迪正在说,"不要太欺负人。给彼此一个机会吧!"

"现在你就回到那所房子去。我已经告诉你了,我保证不了什么。"

埃迪似乎突然之间就下定了决心。他转过身,将手放在背后,慢慢地朝着房子走去。坎普有点迷惑地看着他,不知道他要干什么。左轮手枪在埃迪身后不见了,没过一会儿又闪现出来,然后又消失了,就像一个黑色的物体跟在埃迪后面。接下来的事情就发生在一瞬间。埃迪突然向后纵身一跳,转过身想要抓住左轮手枪。可他什么都没抓住,反倒是双手一挥,脸朝下栽倒在地上。空中留下一缕青烟。坎普没听到开枪的声音。埃迪在地上痛苦地翻滚了一会儿,一只手撑起身子,但又向前扑倒,然后就一动不动了。

坎普盯着一动不动躺在那里的埃迪看了一会儿。下午的天气非常炎热,一丝风都没有。除了一对在房子和院门之间的灌木丛中互相追逐的黄蝴蝶外,整个世界看不到一丝波澜。埃迪躺在大门附近的草坪上。山下的别墅都拉上了百叶窗,只有一个绿色的避暑小房间里面有个白色的身影,很显然是一个老人在睡觉。坎普仔细看了一下自己的房子周围,想要找到那把左轮手枪,可它不见了。他的视线又回到埃迪身上。这场游戏的开局不错。

这是,前门传来响铃声和敲门声,而且声音越来越响。可是,所有的仆人都遵循坎普的指示,留在自己屋里,并将门锁好。之后是一片寂静。坎普坐在那儿仔细听着,然后又谨慎地从那三扇窗户那儿一个接一个地往外看。他走到楼梯口,不安地站在那里听着。他手中拿着卧室里的拨火棍,再次去检查了一下一楼房间内的窗闩。一切都很安全,周围一点动静都没有。他返回观景台。埃迪仍然如同他倒下时一样,还一动不动地躺在沙地的旁边。别墅旁的山路上,走来他的女仆和两个警察。

周围一切是死一般的寂静。那三个人看起来行动缓慢。坎普想知道他的敌人现在在做什么。

他吃了一惊,因为楼下传来破碎的声音。他迟疑了一下,又一次下了楼。突然整座房子里都回响着沉重的敲击声和木头碎裂的声音。他听到碎裂声和百叶窗的铁栓毁灭性的撞击声。他转动钥匙,打开了厨房的门。这时,四分五裂的百叶窗被砸进了房间里。他目瞪口呆地站在那里。除了一根横木,那个窗架仍然是完整的,不过只有少量锯齿形的玻璃还留在窗框上。百叶窗已经被一把斧头砍掉了。现在,那把斧子正疯狂地砸着窗框和保护窗框的铁栏杆。突然斧头被扔到一旁消失了。坎普看到左轮手枪躺在外面的路上,然后那个小型武器弹到半空中。他赶紧缩了回去。左轮手枪开火晚了一点,正好打在要关上的门边上,一块木片被打下来闪过他的头顶。他"砰"地关上门并上了锁。他站在厨房门外面,听到格里芬一会儿大喊大叫,一会儿哈哈大笑。接着,斧子的砍砸声音又响起来。

坎普站在走廊里试图想出解决办法。很快隐身人就会进入厨房了。这扇门不会阻挡他太久,然后……

前门的门铃又响起来。这次应该是警察。坎普跑向大厅,挂上门链,拉开了门闩。女仆先跟他说了句话,他才放下门链。三个人跌跌撞撞地挤进屋子。坎普又猛地把门关上。

"隐身人!"坎普说,"他有一支左轮手枪,里面还有两发子弹。他已经打死了埃迪。是用枪打死的。你们看到他躺在草坪上了吗?他现在就躺在那儿。"

"谁?"其中一个警察问。

"埃迪。"坎普说。

"我们是从后面过来的。"女管家说。

"那个敲击声是在干什么?"其中一个警察问。

"他在厨房里。即使现在不在,很快也会进来了。他弄到了一把斧头。"

突然,整栋房子里都是隐身人猛烈劈砍厨房门的声响。那个女仆震惊地瞪着厨房,吓得浑身颤抖,然后退到餐厅去了。坎普解释得语不成句。这时,他们听到厨房的门被劈开了。

"这边!"坎普叫着突然行动起来,把两个警察都推进餐厅。

"拨火棍。"坎普说,然后冲到了壁炉围栏那儿。他把手中的拨火棍递给其中一个警察,又把餐厅里的那一根递给另外一个警察。然后他突然向后一跳。

"哟。"一个警察说着往下一蹲,用拨火棍挡住斧头。手枪"砰"地一声射出倒数第二颗子弹,打中了一幅值钱的西德尼·库珀(Sidney Cooper)①画。另一个警察用拨火棍击落了那个武器,就像人们捅马蜂窝那样。手枪啪嗒一声掉到地板上。

双方刚开始交战,那个女仆就吓得尖叫起来。她站在壁炉旁叫了一会儿,然后就跑去开百叶窗,可能是想从被砸碎的窗户中逃跑。

那把斧头退到了走廊里,垂在大约离地二英尺的地方。他们能听到隐身人呼吸的声音。"你们两个让开,"他说,"我要的是坎普那个人。"

"我们要的是你。"第一个警察说,然后同时快速向前走了一步,挥舞着拨火棍朝那个声音打去。隐身人赶紧朝后退,却误撞到雨伞架子。当那个警察朝着他的目标胡乱挥舞着拨火棍时,隐身人用斧头开始反击,他将警察的头盔打得像纸一样皱起来。这一击让那个警察转了一圈,跌倒在厨房的楼梯口那里。另一个警察用他的拨火棍从斧头的后面瞄准,击中了一个软绵绵的东西。有人痛苦地喊了一声,斧子掉到了地上。那个警察又朝着空中挥了一下,但什么也没打到。他用脚踩着斧头,又打了一下。然后他紧紧握着拨火棍站在那里,仔细听着哪怕是最细微的动静。

他听到餐厅的窗户打开了,急促的脚步声跑了进去。他的同伴翻身起来,眼睛和耳朵都在流血。"他去哪儿了?"坐在地板上的人问道。

"不知道。我打到他了。他现在就在大厅的某个地方站着。要不然他就从你身边跑了。坎普医生——先生!"

---

① 西德尼·库珀(1803—1902):英国的风景画家,作品主要指向牛和农场动物,因此为其赢得了"奶牛库珀"的称号。

没人回应。

"坎普医生。"警察又喊了一声。

第二个警察挣扎着站起来。突然,他听到厨房楼梯上传来光着脚走路的微弱声音。"呀!"第一个警察喊着将手中的拨火棍扔出去。拨火棍砸碎了煤气灯的托架。

他本来打算下楼追隐身人,可想了想,又转身去了餐厅。

"坎普医生……"他喊起来,但又停住了。

"坎普医生是个英雄。"他说,他的伙伴回过头看了一眼。

餐厅的窗户敞开着,他们既没看到女仆,也没看到坎普。

第二个警察对坎普的评论简洁又形象。

第 28 章 猎人被捕

希勒斯先生（Mr. Heelas）是那些别墅的主人中离坎普先生最近的邻居。当坎普的房子被围攻的时候，他正在他那避暑的小房子里午睡。希勒斯先生是少数固执地认为隐身人是种"无稽之谈"的人中的一个。可他的妻子相信隐身人的存在，后来还不断提醒他要注意。他坚持就像没有隐身人这回事一样在花园里散步，而且出于多年的习惯，他总要在下午稍微眯一会儿。坎普家的窗户被砸时，他还一直在睡梦中，后来就突然醒过来，觉得好像出了什么奇怪的事情。他看看对面坎普的房子，擦了擦眼睛又仔细看了一下。然后他就下了地，坐在那儿仔细听。真该死，他还是能看到那个奇怪的东西。看上去，坎普的房子就像暴乱之后被遗弃了好几周一样，每一扇窗户都被砸得粉碎。除了观景台中书房里的窗户外，其他每一扇窗户的百叶窗都被拉下来了。

"我敢发誓。"他看了看手表，"那所房子在二十分钟以前还完好无损。"

他感到一阵有规律的震荡,还听到远处玻璃破碎的声响。当他震惊地张大了嘴时,发生了一件更奇妙的事情。坎普家客厅窗户的百叶窗被猛地推开了,那个女仆穿戴着外出时的帽子和大衣,拼命地想把窗框推开。突然,一个男人出现在她身边,帮她一起推,那个人就是坎普医生!很快,窗户就被打开了。女仆挣扎着爬出了窗户,她身子向前一倾,在灌木丛中消失不见了。希勒斯先生看着这些怪事,震惊地站起来使劲地叫喊着。他看到坎普站在窗台的基石上跳了下去,然后也沿着灌木丛中的一条小路跑远了。他奔跑的时候弓着腰,好像怕被人看见。不一会儿,他就消失在金莲花丛的后面,紧接着又出现在开阔高地的栅栏旁。他正试图翻越那个栅栏。很快他就爬了过去,然后快速地奔下斜坡,朝着希勒斯先生这边跑过来。

"天呐!"希勒斯先生叫道。他恍然大悟:"是隐身人那个畜生!这竟然是真的!"

希勒斯先生当机立断,立马采取行动。他的厨师从顶窗上惊奇地看到他以每小时九英里的速度奔向正房。

"我还以为他不害怕呐!"厨师说。"玛丽,快过来!"接着就是砰砰的关门声,响铃的声音,还有希勒斯先生公牛般的咆哮:"关上所有的门,关上所有的窗,把所有的东西都关上。隐身人马上就要来啦!"房间里顿时充满了尖叫声、命令声,还有匆忙的脚步声。他自己则跑去关上了走廊的落地窗。这时,坎普的头、肩膀和膝盖出现在花园的栅栏上。不一会儿,他就穿过芦笋地,跑过网球场,朝着房子这边跑来了。

"你不能进来,"希勒斯先生说着还插上了门闩。"如果是隐身人在追你的话,那我很抱歉,可你不能进来!"

坎普满是惊恐的脸紧贴着玻璃。他先是敲打，继而疯狂地摇晃起那扇落地窗。后来明白自己在做无用功，他便沿着阳台跑去，跳过阳台，开始捶起边门来。接着他又通过边门绕到房子前，上了山路。希勒斯先生满脸惊恐地盯着窗户，他几乎没有觉察到坎普不见了，因为他看到的是那些芦笋被一双看不见的脚践踏得不成样子。希勒斯先生见到此景，急忙跑上楼去。至于后续的追逐是怎样的，他并没有看见。不过他经过楼梯窗户的时候，听到边门被猛烈敲击的声音。

一踏上山路，坎普自然而然地就朝着下山的方向跑去。四天前，他从观景台上看到有人在奔跑，他还横加批判。现在，轮到他自己来参与到类似的追逐中了。对于一个没有经过系统训练的人来说，坎普跑得还不错。虽然脸色苍白，满头大汗，但他一直保持着清醒的头脑。他跑动的步幅很大，而且哪里粗糙不平，哪里有碎石子和碎玻璃，他就选哪里跑。就让那双紧随其后的光脚丫子选他自己的路跑去吧！

有生以来，坎普第一次发现山路如此空旷而荒凉，山脚下的城镇又是如此的遥不可及。这世上再没有哪种赶路方式比跑步更慢更痛苦了。所有在午后阳光下沉睡的别墅，都已经加了锁，上了门闩。毫无疑问，他们都是根据他的命令这样做的。可不管怎么样，他们总应该派人站岗，看看有没有像现在这样的意外吧。小镇已经渐渐显露出来，而大海也渐渐被城镇遮住。山脚下人来人往。一辆电车刚开到山脚下，再远一点就是警察局。后面传来脚步声了吗？快点跑吧！

山脚下的人都在盯着他看。有一两个人还正在奔跑，他已经开始喘不过气了。电车已经很近了，"快乐板球手"酒馆里在吵闹着插门。电车远处是许多杆子和成堆的沙子——是正在建的排水工程。坎普本来想跳到电车上，然后再锁上门。可后来他还是决定到警察局。终于,他跑过"快乐板球手"酒馆的门口,到了炽热道路的尽头,那里到处都是人。电车司机和他的助手看到他着急忙慌的样子,都惊呆了,根本来不及给拉电车的马上套。更远处,一群挖土工人站在高高的砂石堆上,面露惊讶。

他刚稍微放慢脚步,就听到后面传来快速追赶的脚步声,于是他赶紧往前跑。

"隐身人!"他一边朝挖土工人们喊着,一边比画着让人看不懂的手势。后来他急中生智,穿过一个已经挖好了的土坑,让那群健壮的工人挡在他和他的追逐者中间。然后,他放弃了跑去警察局的念头,转而跑向一条岔路,从卖果蔬的摊子旁边冲了过去,在糖果店门口犹豫了一下,又接着跑向一条通往希尔大街的小巷子的巷口。有两三个小孩子在那儿玩耍,一见到他奇怪的样子都吓得尖叫着四散逃开。他们紧张的妈妈立刻打开门窗询问自己孩子的情况。他又一次冲到希尔大街上。这时候,他离电车车站还有三百码的距离。突然,他发现大街上的人一阵骚动,还有人在到处奔跑。

他抬头望着通向山上的街道。在距离他不到十二码远的地方,一个身材魁梧的挖土工人正大步跑过来。他一边断断续续地骂着,一边恶狠狠地挥舞着手中的铁锹。跟在他后面的是那电车司机,他紧握着拳头。沿街的人其他人都跟着这两个人,一边打,一边喊。所有的人都朝着山坡下的城镇跑来。坎普清楚地看到,一个人手中拿着棍子,从一家商店里出来了。

"散开!散开!"有人在喊。坎普突然发现,这场追逐的情形已经完全改变了。他停下脚步,气喘吁吁地四处张望。"他就在这附近,"他喊着,"大家快排成一排……"

"啊!"一个声音喊道。

坎普的耳朵下面被狠狠揍了一拳,他感到一阵眩晕,试图找到那个看不见的敌人。他才刚刚站稳脚,就在空中胡乱挥了一拳。可紧接着他的下巴又被揍了,他整个人翻倒在地上。很快,一只膝盖压上了他的胸口,一双急切的手也掐住了他的喉咙。不过,他觉得两只手中的一只力量比较弱。所以他紧紧抓住了那两只手的手腕,紧接着就听到他的对手惨叫的声音。这时候,那个挖土工人用铁锹在坎普的上方抡了一下,然后就听到一声闷响。坎普感觉有一滴液体滴在他的脸上,掐在他喉咙上的手突然松了。坎普使劲挣脱出来,抓住一只软绵无力的肩膀,立刻翻身到了上面。他抓住了靠近地面的那个看不见的胳膊肘。"我抓到他了!"坎普尖声叫道,"快过来帮忙啊!快过来帮忙啊!抓住啦!他倒了!抓住他的脚!"

片刻工夫,一大群人就不约而同地加入了打斗中。突然从路上经过的人,可能会觉得马路上正在进行激烈的橄榄球比赛。在坎普的喊叫声之后,就没有别人的叫声了。只剩下拳打脚踢的声响和呼吸的声音。

隐身人突然生出一股蛮力,将他的两个对手甩了出去,双膝跪了起来。坎普紧紧吊在他前面,就像猎犬咬住雄鹿一样。十几只手同时在隐身人的身上乱抓。电车的售票员突然抓到了隐身人的脖子和肩膀,一把把他硬拽了回去。

一堆扭打的人再次倒在地上,滚成一团。恐怕有人在野蛮地踢踹。所以,突然传出一阵疯狂的喊叫声:"饶命啊!饶命啊!"那个声音很快低了下去,变成了快要窒息的声音。

"退后,你们这群傻瓜。"坎普声音低沉地叫道。那些壮硕的身体立刻向后退去。"告诉你们,他受伤了!都往后退!"

大家推搡着让出一块空地。那一圈急切的面孔看到医生跪在离地面十五尺寸左右的半空中，将看不见的胳膊压在地上。一个警察在他身后抓住了那两只看不见的脚踝。

"你别让他逃了！"那个高大的挖土工人喊道，手中还握着那把血迹斑斑的铁锹。"他在装死！"

"他没装死，"医生说着谨慎小心地抬起膝盖。"我会抓着他的。"坎普的脸上一片瘀青，已经红肿了。他说话声音低沉是因为嘴唇在流血。他松开一只手，好像是要去摸隐身人的脸。"嘴都是湿的。"他说，接着又大叫了一声，"天呐"。

他突然站起身来，然后跪在隐身人旁边的地上。大家推搡着移来移去。不断有新的人跑过来看，人群越来越多。现在，大家都从自己的屋子里出来了。"快乐板球手"酒馆的大门也突然打开了。几乎没有人发出声响。

坎普的手好像在空中摸了一下。"他没有呼吸了。"他说。接着又加了一句，"我感觉不到他的心跳。他旁边……呃！"

一个老太太正从那个壮硕的挖土工人胳膊下向里张望，她突然就大叫起来："看那儿！"她伸出一只满是皱纹的手指指着某处说道。

顺着她指的方向，大家看到一只手的轮廓。那只手柔软透明，就像玻璃制成的。血管、动脉、骨头和神经都能分辨得出来。大家都瞪着眼睛，看着它慢慢变得模糊且不透明。

"喂！"警察喊道，"看那儿！他的脚正在显形！"

慢慢地，从他的手脚开始，沿着他的四肢到他身体的中心部位，这一奇怪的变化在继续着。就像看到毒素在体内缓慢扩散似的。首先出现了小小的白色神经，灰蒙蒙的四肢轮廓，然后是玻璃一样的骨头和错综复杂的动脉，再接着是血肉和皮肤。先是微弱的朦胧感，然后急剧变得稠密、不透明。

这时，他们已经能看到隐身人被压扁的胸脯和肩膀，还有他被打歪的脸。

最后，当人们腾出空间让坎普站直时，地上躺着的就是一个赤裸裸的可怜身躯。那是一个遍体鳞伤、三十岁左右的年轻男子。他的头发和眉毛都是白颜色的，不是因为他年老发白，而是因为白化病的缘故。他的眼睛像石榴一样是深红色的。他的双手紧握，眼睛大睁。他的表情说明他正处于愤怒和绝望中。

"遮住他的脸！"一个人叫道。"看在上帝的分儿上，快遮住那张脸！"三个小孩刚挤进人群，就突然被转过身子，打发走了。

有人从"快乐板球手"酒馆里拿出一张床单，盖住了他。大家将隐身人抬进了屋子。

后　记

隐身人那怪异且邪恶的实验故事就讲到这儿了。如果你想要了解更多他的事情，那你得去靠近斯托港的一家小酒馆，跟那里的店主好好聊一聊。那家小酒馆的招牌只有一顶帽子和一双靴子。酒馆的名字就是这本书的名字。店主是个矮矮的、胖胖的男人，他的鼻子像圆柱形的凸起，头发像铁丝一样坚硬，脸上还有一块块的红斑。如果你能慷慨地多买点他的酒的话，他也会慷慨地将在那之后发生在他身上的事情告诉你。他还会告诉你，那些律师是如何千方百计地要"榨出"他身上的所有钱财。

"当他们发现那些钱以后，他们不能证明那些钱是谁的。我可真幸运！"他说，"要是他们没说我是无主珍宝的收藏家就好了！我看起来像是无主财宝吗？后来有一位绅士，他每天晚上给我一个基尼①，让我用自己的话在帝国音乐厅讲述这个故事，除了一件事情不能说。"

如果你想马上打断他对过去滔滔不绝的陈述，只需要问问他，故事中是否有三本手抄书就行。他会承认他有，但接着又郑重其事地解释，大家都认为书在他手里。但是，天知道！他根本没拿那些书。"我溜到斯托港的时候，隐身人就把书藏起来了。肯定是坎普先生让大家以为我拿了那些书。"

接着，他陷入沉思，但同时又狡猾地偷瞄你，神经分分

---

① 基尼：英国旧时金币的名称。

地把玩着杯子。不一会儿,他就离开了酒吧。

他是个单身汉,他就喜欢一辈子单身。他家里没有女人。表面上他用扣子,他本就应该这样,可是在比较重要的隐秘地方,比如说他的背带,他还是用绳子代替。他经营自己的酒馆,很稳重,但没有事业心。他行动缓慢,是个了不起的思想家。在村子里,他以聪明才智和勤俭节约出名。他对英国南部道路的知识堪比科贝特(Cobbett)①。

一整年里,每个星期天的早上,他都将自己关起来,与外部世界隔绝。每天晚上十点以后,他会带着一杯掺水的杜松子酒进入他自己的酒吧。放下酒杯锁好门后,他还要检查一下百叶窗,甚至还要检查一下桌子底下。接着,当他确定自己是独自一人时,才会打开橱柜的锁,再打开里面的一个盒子,再打开盒子上抽屉的锁,从里面拿出三本封面是褐色的书,严肃地将它们放在桌子中间。书的封面已残破不堪,染了一层绿色,因为有一次这些书掉进了水沟,有几页上面的字迹还被污水冲掉了。店主在一把扶手椅上坐下,慢慢地给一只陶土做的长烟斗装满烟丝,期间一直心满意足地盯着那几本书。装满烟后他拿过一本书,打开它,开始研究里面的内容,也就是将书页翻来翻去。

他的眉头紧皱,嘴唇还痛苦地动着。"嗨,两个小二在半空中,还有一个叉号和一些乱七八糟的东西。天呐!他真是个天才啊!"

很快,他就放松下来,向后靠着,透过那些烟雾,他盯

---

① 科贝特(Cobbett):全名威廉·科贝特,是英国的散文作家,是小资产阶级激进派的著名代表人物。他的作品《骑马乡行记》,记录了他行游乡村时的所见所闻。他笔下的英国景色美丽,风俗淳朴。

着屋子中其他人看不到的那些东西。"全是秘密,"他说,"这些秘密棒极了!

"一旦我掌握了这些秘密——天呐!"

"我不会重蹈他的覆辙,我会——嗯!"他吸了一口烟。

随后他就进入了梦乡,在那个美梦里,他的生活永远没有终点。尽管坎普在不停地打探消息,可除了这位店主外,没人知道这三本书就在那里,当然还有书中关于隐身人的秘密,还有上面写的其他十几个奇怪的秘密。这些秘密将无人知晓,直到店主死去。